Einaudi. Stile Libero Big

Maurizio de Giovanni
Il pianto dell'alba

Ultima ombra per il commissario Ricciardi

Einaudi

© 2019 Giulio Einaudi editore s.p.a., Torino

Pubblicato in accordo con The Italian Literary Agency, Milano

www.einaudi.it

ISBN 978-88-06-23137-8

Il pianto dell'alba

A mia madre, Edda.
Che apre e chiude ogni cerchio.

I.

Considerate adesso un colpo di vento.

Consideratelo nel momento della sua nascita, in una terra remota, ignaro della strada che dovrà percorrere, fatta di notte e di mare. Immaginatelo figlio del freddo che viene dalle stelle, perché abbia del padre la distanza dalle cose e la noncuranza per chi dovrà sfiorare; e dell'aria calda che sale dalla sabbia del deserto dopo una torrida giornata di sole, perché abbia la follia e l'imprevedibilità della madre.

Pensate al colpo di vento che parte per scappare dallo squilibrio e ne trova un altro e poi un altro, scemando fin quasi a diventare un sospiro e invece rafforzandosi, col suo carico di materia catturata dalle dune e di sogni ricavati dalla riva del mare di legno fradicio e scogli, prima di prendere il largo nelle ultime ore di luna verso posti sconosciuti. Immaginatelo lambire vele di pescatori dalla pelle scura, che allungano la mano sul bordo della barca prima di sentirla oscillare sotto i piedi robusti; e pronunciano senza voce il nome di quel vento, nobile e antico, che ricorda forse il luogo da cui lo percepiscono arrivare e forse porta con sé il presagio della pioggia.

Ma il colpo di vento non sa di chiamarsi come lo chiamano gli uomini. Sa solo che cerca equilibrio tra caldo e freddo per smettere di soffiare: e quello che cerca è un equilibrio assai difficile da conquistare.

La tenda, davanti allo spiraglio di finestra, vibra leggera e si scosta per lasciar passare l'aria. La corrente non si guarda intorno, accarezza il corpo che incontra, provocando un fremito di palpebre.

Gli occhi si schiudono e la mente registra pigra e sonnolenta che è notte, che il tempo della veglia è lontano. Che il territorio del sogno è ancora da percorrere, con la sua riserva di timori e di speranze.

L'ombra accoglie lo sguardo confuso e propone contorni e forme. Dalla lastra e dalla tenda appare il riverbero di un lampione, al quale la ragione si aggrappa per capire il senso di quanto emerge dall'incoscienza, un miscuglio confuso di paure. Fa caldo, molto caldo. Il sudore non lascia scampo, dall'aria non giunge sollievo.

La mente ricorda il sogno che l'abitava fino a un attimo prima. Una donna dai capelli bianchi e il volto giovane, vestita da sposa ma seduta su un letto sfatto, le mani sottili in grembo, le dita intrecciate. L'espressione seria, velata di rimprovero, le pupille vitree.

Come hai potuto, diceva la donna. Come hai potuto.

Le labbra sono serrate, eppure la voce arriva forte e chiara quasi non ci fosse il soffio del vento, e neppure il timore di svegliare qualcuno.

Scrutano l'ambiente, gli occhi. Aspettandosi di individuare quella voce e quei capelli, soprattutto quello sguardo fisso, enorme, da qualche parte in un angolo della stanza. E invece si imbattono in altro, e il sogno si dissolve. Quegli occhi trovano un lento alzarsi e abbassarsi del lenzuolo, il piano di un comodino con lo stelo di una lampada spenta, un libro chiuso dal quale sporge un segnalibro. Sul libro un oggetto, che ruba il riverbero e lo riflette. Un paio di occhiali.

Un respiro cadenzato, fatto di sonno pieno e di calore. Gli occhi si accordano con le orecchie e percorrono un profilo regolare, una bocca semiaperta, un collo lungo, la curva morbida di un seno coperto da una camicia di cotone. Lo sguardo reca una crescente angoscia, in qualche modo connessa al sogno la cui eco risuona ancora nella testa.

Come hai potuto.

Subito sotto il seno, che si muove assecondando il ritmo del respiro profondo, comincia una curva che somiglia a una collina ma che raggiunge al culmine la rotondità di una piccola mongolfiera, insensibile all'alito caldo e insistente che viene dalla finestra. Una mongolfiera pesante, che non conoscerà mai il cielo e le nuvole, e che però è un volo per il futuro.

Mentre la mente naviga veloce verso la coscienza, dagli occhi traspare il terrore che opprime il cuore, quel terrore che di giorno è tenuto nascosto sotto l'emozione e la tenerezza che pure esistono, che pure sono vere, che pure trionfano nel sole e nella dolcezza di mille carezze.

Ma in quest'attimo che precede l'alba, in cui – insieme al soffio del vento giovane che ha già solcato il mare col suo carico di sabbia e di dolore – entra dalla finestra aperta il canto lontano di una donna, la paura domina. Perché è l'ora senza barriere, l'ora del tragitto breve fra i sentimenti e i pensieri. L'ora in cui il domani ha il colore che ha, senza l'abbellimento del vano ottimismo.

Come hai potuto.

E gli occhi verdi tremano nel buio.

Ma il vento non si ferma, unico padrone della strada e del tempo a cavallo fra la notte e l'alba. Non si ferma, mettendo la sua sabbia fra la luna all'ultimo quarto e la città che ancora dorme.

Non si ferma, annusato dai cani che sollevano le narici f2ementi, mentre i gatti urlano brevemente col pelo ritto sulla schiena.

Non si ferma, il vento.

Un'altra finestra aperta, a cercare frescura dalla notte morente.

Un'altra tenda che si agita all'interno come per accompagnare l'aria carica di odori esotici, sabbia e sale, mare e terre e alberi ignoti. Aria nuova, impertinente, che entra senza permesso e senza curarsi di chi ci sia né di che cosa stia succedendo.

Aria che ha dita leggere, che esplora lieve la prima pelle che incontra: quella di seta di un corpo di donna, nudo e perfetto, abbandonato in un sonno oscuro. E la carezza del vento sfiora l'epidermide, facendo drizzare la peluria sottile ed eccitare il sogno, che diventa di baci e di mani, di respiro umido e di occhi verdi.

La mano protesa lungo il fianco trema inquieta seguendo il pensiero riposto dell'amore, tocca l'orlo di un calice incongruo sulle lenzuola, all'interno di una piccola pozza di vino rosso versato. Il colpo di vento ha sete di conoscenza, passa oltre e si accosta al corpo steso di fianco alla donna, e rinforza piano, offeso dall'assenza di reazione.

I capelli biondi dell'uomo ondeggiano simili ad alghe nella corrente. E tuttavia nessun sogno viene eccitato, nessun pensiero arriva involontario al profumo di erbe lontane. Nulla si muove nella testa dell'uomo, attraversata da un proiettile che ora è fermo all'interno del cervello, in mezzo al sangue rappreso, espulso dalla pistola che è nell'altra mano della donna che sogna.

Un po' deluso, il vento torna a uscire in strada, in attesa dell'alba.

A meno di un chilometro, un anziano pescatore si alza e lentamente va alla finestra. Libeccio, pensa. Il primo libeccio. Non porta mai buone notizie, il libeccio.

Giugno si rassegna alla morte, e fa posto a un torrido luglio.

II.

Uscito dal portone nel vento carico di sabbia, Ricciardi contò con attenzione i passi. Uno, due, tre e quattro; poi si fermò e alzò lo sguardo, schermando con la mano gli occhi dai primi raggi di sole che scavalcavano i palazzi per colpire la finestra del secondo piano.

Dietro la lastra si vedeva una tenda tirata a metà, e gli stessi raggi trassero un bagliore da un oggetto sospeso nel vuoto. Ricciardi sollevò la mano e la mosse piano. Il bagliore si avvicinò, mostrando di provenire dalle lenti che sormontavano un'espressione radiosa. Qualcosa di bianco si agitò, il saluto che seguiva un bacio che seguiva un buongiorno che seguiva un sorriso. E tuttavia altri ce ne sarebbero stati, prima di affrontare il mondo.

Il commissario si girò in direzione della strada e contò altri cinque passi. Li contò piú lentamente, figurandosi qualcuno che – trasportando un considerevole peso aggiuntivo – si affrettava a percorrere la casa fino all'ultima finestra utile per guardare via Santa Teresa, che scendeva verso il Museo Nazionale inabissandosi nella città. Si attardò un attimo e alzò di nuovo lo sguardo. Stavolta il sole non creò il fastidioso riflesso, e il viso gli apparve nitido e bellissimo, sei metri piú in alto. La donna aprí il battente, si sporse e gli lanciò un bacio sulla punta delle dita. Ricciardi rispose con un breve inchino del capo, secondo il codice segreto stabilito con la moglie per il rito che si riproduceva ogni mattina, anche quando come quel giorno era di turno la domenica. Gliel'aveva ripetuto spesso: avrebbe preferito che lei riposasse, soprattutto adesso che il caldo era arrivato e che la sua condizione la stancava cosí rapidamente, ma non c'era stato nulla da fare: la testardaggine di Enrica era proverbiale, gli aveva ribadito il suocero in tante occasioni.

Ricevuto il bacio, Ricciardi andò incontro alla sua giornata sentendo ancora gli occhi di lei sulla schiena e sapendo che, fin quando non fosse giunto all'angolo scomparendo alla vista, Enrica non si sarebbe rassegnata a rientrare in casa per concedersi un'altra oretta di sonno tranquillo.

Quindi è questa la felicità, pensò. Avere il cuore immerso in un liquido caldo e dolcissimo, con l'impressione di trovarsi al sicuro; godere della forza di combattere contro chiunque, ma anche coltivare l'inquietudine per la responsabilità di custodire un tesoro segreto e di non poterne piú fare a meno.

I passi risuonavano nel silenzio del ritardato risveglio della città nel giorno di festa. Ricciardi ripercorse con qualche traccia di incredulità l'anno che era trascorso, di stagione in stagione, di tempo in tempo. Un anno, si disse. Soltanto un anno, per rivoltare la propria esistenza come un guanto. Un anno, per stravolgere tutte le convinzioni che si era formato sino ad allora. Un anno, per convincersi di poter vivere quasi normalmente, per dire a sé stesso che in fondo forse non era pazzo, che le percezioni che riteneva un marchio di follia erano magari frutto di una peculiare immaginazione, o che potevano essere – se non ignorate – perlomeno considerate di poca rilevanza.

Un anno che aveva detto a Enrica di sé, e che le aveva chiesto di diventare sua moglie.

Una donna emerse da un locale sotto il livello della strada per scuotere una tovaglia, e gli rivolse un sorriso. Si sorprese a risponderle, con una cordialità che nemmeno immaginava di possedere; stava imparando a essere un uomo diverso, e mai avrebbe creduto di poterlo diventare.

Pensò alla trepidazione, all'angoscia con la quale aveva deciso di rivelare alla donna che amava la propria natura. Ricordò il tremito nella voce, mentre raccontava di sua madre e di come l'aveva persa, dell'infanzia a Fortino, nel basso Cilento, del bambino solitario e triste che non sapeva distinguere tra i vivi e i morti. Dell'oppressione che avvertiva in petto subito prima di trovarsi davanti a un cadavere. Di quegli occhi bianchi, del sospiro sommesso che veniva dalle bocche esanimi, del sangue nero che scorreva dalle ferite aperte.

Del senso del dolore, che non aveva senso. Della solitudine, che gli veniva da quella compassione. Del terrore che quelle parole, proprio quelle che stava pronunciando evitando lo sguardo affranto che lo penetrava, l'avrebbero fatta scappare per sempre.

Della paura di perderla, senza averla mai avuta.

Ricordò infine il silenzio che era venuto dopo, e le dita che gli avevano sfiorato il viso rivolto verso il mare percorrendo lo zigomo e la guancia come una lacrima, per costringerlo dolcemente a girarsi.

E piú di ogni altra cosa l'espressione muta con la quale gli aveva detto di sí, per poi baciarlo con tutta la tenerezza del mondo. Con quel bacio aveva voluto assumere l'ansia di lui, il dolore e le orribili tracce della memoria.

Le mani affondate nelle tasche, Ricciardi considerò con stupore la limpidezza di quegli istanti, mentre il periodo successivo era invece un caleidoscopio di eventi di cui gli sembrava di essere stato un testimone passivo, piuttosto che uno dei protagonisti. La visita ai genitori di Enrica, convinto che l'avrebbero sbattuto fuori a calci dopo la pessima figura dell'ultima volta; e invece era stato accolto benissimo, con la madre angelicamente affettuosa e il padre sorpreso ma felice. La proposta, impacciata e goffa eppure determinata. La scelta di fare presto, data l'inesistenza di dubbi e di impedimenti. E i preparativi che erano seguiti, con Nelide che provvedeva alla parte di sua competenza quasi non avesse fatto altro nella vita, dominando persino la madre di Enrica, che sembrava averne paura.

Mentre il vento di libeccio gli spettinava la testa priva di cappello, Ricciardi ripensò con emozione alla torrida giornata di luglio in cui aveva visto arrivare Enrica al braccio del padre, lungo il corridoio della parrocchia di San Ferdinando. Don Pierino, radioso, attendeva sull'altare. Maione – sudatissimo, strizzato in un abito di un paio di taglie in meno – e Modo, per una volta commosso, gli facevano ala in qualità di testimoni.

Era come vivere un sogno. C'era una specie di nebbia, un vago senso di ansia. Da un momento all'altro qualcuno poteva uscire dall'ombra per dire che era tutta una finzione crudele, che mai sarebbe toccato a lui, proprio a lui, un simile destino.

E invece.

Invece era cominciata una vita nuova, una convivenza che pareva essere sempre esistita, naturale e serena com'era. Erano partiti per passare dieci giorni a Fortino, e il vecchio castello di Malomonte aveva accolto la coppia al pari dell'abbraccio di un anziano parente. C'era stata una lunga teoria di visite curiose, amici di famiglia che Ricciardi non rammentava neanche lontanamente e di cui avevano riso insieme, con una complicità e una confidenza che per il commissario erano musica da imparare.

Poi c'era stato l'amore. La scoperta della pelle, dei sapori, degli odori, dei respiri intrecciati, delle parole sussurrate.

Nelle notti rinfrescate dall'aria che veniva dalla montagna, Ricciardi aveva compreso di essere un uomo, di saper riconoscere il desiderio e di poterlo assecondare senza remore e senza paure. Che essere debole era meraviglioso, come tenere in mano il cuore della propria compagna senza condizionamenti.

Tutto quello che aveva sentito dire dell'amore, incluse le parole sconnesse degli ultimi pensieri di chi lasciava l'esistenza, assunse un altro significato. Il dolore della perdita, la malinconia del distacco, l'urlo della separazione dal mondo divennero comprensibili alla luce dell'eventualità spaventosa di veder svanire Enrica e il pezzo di paradiso che adesso significava per lui.

Mentre dalla finestra della stanza padronale del castello entravano le antiche, allusive canzoni delle donne del paese ad accompagnare le loro sere d'amore, Ricciardi capí che ad averlo affascinato negli anni in cui aveva osservato la vita della ragazza scorrere dietro le finestre non era stata la normalità di lei, una normalità che credeva gli fosse preclusa dalla sua stessa follia, ma il riconoscimento di un'immensa, realizzabile passione. Ricciardi si era innamorato di Enrica perché Enrica era l'altra parte di sé, la parte che gli serviva per sopravvivere.

Era perciò un uomo nuovo quello che si avviava in ufficio all'alba dell'1 luglio dell'anno XII, altrimenti detto 1934. Un uomo che sarebbe diventato padre di lí a poco, secondo un concepimento avvenuto, com'era giusto, nell'antico letto dei baroni di Malomonte, nelle prime incerte quanto appassionate notti del suo matrimonio.

Come hai potuto, mormorò una voce sotto il livello della coscienza: e gli provocò una punta di terrore. Ma subito l'altra parte della mente tacitò quella voce, e stabilí con forza che ogni cosa era possibile e che gli ostacoli potevano essere superati, con un po' d'amore. Un po': e lui invece disponeva di tutto l'amore della terra.

Fu allora che si accorse che all'angolo di Sant'Anna dei Lombardi, appoggiato al muro col cappello in mano, c'era Maione ad attenderlo.

Con lui, una ragazza che singhiozzava.

III.

Sulle prime, il commissario pensò che i due fossero una specie di proiezione dei suoi pensieri, un'estensione del ricordo delle sue nozze, quando il brigadiere, testimone accaldato e compunto, combatteva il caldo feroce asciugandosi la testa con un fazzoletto.

Era presto, e Maione – a quanto ricordava Ricciardi – avrebbe dovuto finire il turno alle otto; si aspettava perciò di incrociarlo per il buongiorno in ufficio, dedicando la giornata che sperava tranquilla alla compilazione di verbali. E invece il brigadiere era lí, per strada, ad attenderlo con quella ragazza che da lontano non riconosceva.

Gli sguardi dei due uomini si incontrarono, e Maione si avvicinò. La donna venne fuori dall'ombra e Ricciardi capí chi era: la domestica di Livia, una giovane graziosa, discreta ma sollecita. Clara, si chiamava. Il nome venne in mente a Ricciardi fulmineo, insieme al lieve disagio che accompagnava sempre il pensiero della cantante vedova del tenore Vezzi, che si era trasferita in città per lui e che era scomparsa dalla sera precedente il suo matrimonio.

Ricciardi affrettò il passo, mentre Maione seguito da Clara gli veniva incontro in salita. Il ricordo però andò avanti. L'odore di alcol e fumo, i capelli scarmigliati, il trucco sbavato. Il volto di norma ironico, dai lineamenti affascinanti, stravolto dal dolore e dall'ebbrezza. Lo aveva atteso in auto, davanti all'uscita dell'ufficio; non la vedeva da tempo e aveva sperato che si fosse rassegnata a dimenticarlo, trovando quell'equilibrio di cui aveva bisogno.

E così ti sposi, gli aveva detto dopo averlo raggiunto. Così ti sposi, ripeteva, gli occhi resi vacui dal liquore, la bocca impastata. Hai questo coraggio. Hai questa forza.

L'aveva pregata di calmarsi, mentre le lacrime scendevano lungo le guance. Le aveva parlato con dolcezza, provando a spiegarle che mai le aveva nascosto di avere qualcuno nel cuore. Che sperava nella sua felicità, che le sarebbe rimasto amico se lei avesse voluto.

Livia l'aveva schiaffeggiato. Sputandogli in faccia che non sapeva cosa farsene della sua amicizia, che lei gli uomini li aveva sempre gettati via e non sarebbe stato certo lui a gettare via lei.

Arturo, l'autista, che fino ad allora aveva tenuto lo sguardo imbarazzato fisso davanti a sé, era uscito dall'abitacolo e con rispetto le aveva messo una mano sul braccio. Signo', vi prego, aveva detto. Vi prego.

Lei si era abbandonata ai singhiozzi e si era fatta riportare in macchina. Arturo era ripartito, e quella era stata l'ultima volta che Ricciardi l'aveva vista. Nei mesi successivi aveva saputo da Bianca, che partecipava alla vita sociale della città, che la vedova Vezzi era di nuovo sulla breccia, presente a ogni ricevimento e in ogni pettegolezzo; era stata per qualche mese a Roma, riallacciando antichi rapporti e frequentando la figlia del Duce di cui era amica, e faceva coppia fissa con Manfred von Brauchitsch, il maggiore della cavalleria tedesca che era addetto culturale presso il consolato ed era stato molto vicino a sposare Enrica. Ricciardi aveva davvero sperato che Livia fosse felice e avesse finalmente trovato l'amore che cercava; ma alla superficie della sua coscienza affiorava talora il rimorso di averla forse illusa, incontrandola oltre il dovuto e girandole poi le spalle.

Fu per questo che riconoscere Clara gli diede un senso di ansia, che incrementò sensibilmente quando fu vicina abbastanza da vederne l'espressione. La ragazza era stravolta, il viso una maschera di terrore e angoscia. Stringeva un fazzoletto tra le mani, e incespicava cercando di tenere il passo di Maione che quasi correva.

Quando fu a pochi metri da lui, il brigadiere affannato esalò:

– Commissa', buongiorno. Scusatemi se vi sono venuto incontro, ma... La signorina, qua, forse non ve la ricordate, ma è...

Ricciardi aveva fatto un cenno del capo, in segno di saluto.

– Clara, certo, la cameriera di Livia. Buongiorno, signorina. Che è successo?

La ragazza aprí la bocca, poi ebbe un colpo di tosse e la coprí col fazzoletto. Guardò accorata il brigadiere, che ne raccolse la muta richiesta di aiuto.

– Commissa', sembrerebbe che a casa della signora Vezzi sia successo un fatto brutto, brutto assai. La signorina Clara, qua, me la sono trovata davanti in ufficio mentre stavo preparando le carte per voi, e... Nemmeno riusciva a parlare, la vedete. Ci sono voluti dieci minuti, per farle dire qualcosa.

Ricciardi corrugò la fronte.

– E questo qualcosa si può sapere o no?

– Sí, sí, naturalmente, commissa'. Siccome la signora abita qui dietro, a Sant'Anna dei Lombardi, a metà strada fra casa vostra e la questura, allora ho pensato che guadagnavamo tempo a venirvi incontro, e mi sono preso pure la libertà di mandare Camarda all'ospedale dei Pellegrini a vedere se il dottor Modo ci stava a quest'ora, perché da quello che ho capito serve pure lui. E d'altra parte si doveva fare presto, perché a quanto dice la signorina, qua...

– E che dice la signorina, dannazione? Che è successo?

Il brigadiere scattò sull'attenti, al tono brusco del superiore.

– Allora, commissa', il fatto in due parole, perché tante me ne ha dette la signorina, è che lei ieri mattina ha lasciato il servizio perché la sono venuti a chiamare e le hanno detto che la madre stava poco bene. È cosí, signori'?

La ragazza annuí, il fazzoletto ancora premuto sulla bocca. Maione continuò.

– La signorina sta a Cardito, in provincia. Ha dovuto prendere la tranvia e poi fare un lungo pezzo a piedi, alcuni chilometri. Era preoccupata assai, mi ha detto, perché la mamma è piuttosto anziana, lei è l'ultima di undici figli e...

Ricciardi fissò Maione accigliato. L'altro capí l'antifona.

– Avete ragione, commissa', è che non voglio omettere niente, pure per ricordarmi io bene quello che mi ha detto la signorina; era sconvolta, piangeva, le ho dovuto dare un bicchiere d'acqua e l'ho fatta sedere, mi pareva che doveva sbattere a terra da un momento all'altro. Insomma, il fatto strano è che quando è arrivata a casa ed era piena notte, la mamma stava benissimo. Anzi, mi ha raccontato che per poco non le veniva un colpo, appena ha sentito bussare alla porta ed era la figlia, che lei sapeva stare in città al lavoro.

Il commissario si era rassegnato: Maione avrebbe ripercorso tutto il racconto prima di arrivare alla conclusione. Il brigadiere non aveva, tra i numerosi pregi, il dono della sintesi.

Clara nel frattempo fissava lo sguardo allucinato alternativamente sul volto dei due uomini, quasi avesse difficoltà a comprendere il linguaggio in cui si svolgeva la conversazione.

– Cioè, fammi capire: hanno chiamato Clara perché la madre non stava bene, e invece stava benissimo? E chi è che l'aveva chiamata, si può sapere?

– Esattamente, commissa': proprio quello che le ho chiesto io. Pare che un giovane l'abbia detto al custode del palazzo, Gennaro, dicendo pure che era un paesano di Clara, che doveva scappare perché teneva un carretto con la frutta ma che la voleva avvisare, se no non faceva in tempo a dare un bacio a sua mamma prima che moriva.

– E allora? Cos'era, uno scherzo? E soprattutto, per quale motivo è venuta in questura stamattina?

Maione assentí compiaciuto, simile a un maestro di fronte a un allievo diligente.

– Proprio quello che ho pensato anch'io. Non si sa se era uno scherzo, commissa', sta di fatto che la signorina ha chiesto un permesso alla signora Vezzi ed è partita subito. Naturalmente, quando ha visto che la mamma stava fresca e tosta è subito tornata qui per non lasciare troppo tempo il servizio. E quando è arrivata...

Il racconto fu interrotto da una specie di singulto, un rumore sordo soffocato dal fazzoletto. I due uomini si voltarono verso la ragazza, che si era fatta pallida come un cencio e pareva sul punto di svenire. Ricciardi allungò una mano per sorreggerla, ma lei fece cenno di stare bene. Poi trasse un sospiro e disse:

– Pareva che non ci stava nessuno, commissa'. Qualche volta la signora... Non dorme sempre a casa, fa tardi e resta dove sta. Allora sono entrata per vedere se dovevo rifare il letto, e... Il maggiore. Il maggiore sembra... Ci sta il sangue, e pure il vino sul letto, e la signora non si sveglia. Io ho provato a farla svegliare, ma...

Maione si inserí.

– Sí, io per questo ho mandato a chiamare il dottore, commissa', perché forse ci sta bisogno di... E siccome la signora la conosciamo, data l'ora ho pensato che era meglio se vi venivo incontro, cosí magari manteniamo un poco di riservatezza per rispetto alla signora Livia, meglio evitare confusione, no?

Ricciardi non aveva distolto lo sguardo da quello smarrito di Clara.

– Sangue, avete detto? Quale sangue? E da dove? Livia sta... La signora Vezzi, sta bene? Che vuol dire, non si sveglia?

Clara si strinse nelle spalle.

– Respira, la signora respira profondamente, dorme. È... Non è vestita, commissa'. Ci sta del vino sul letto, forse... Qualche volta beve assai, si ubriaca e dorme fino a tardi, ma quando la chiamo risponde, mo' invece... Ma non è quello che mi ha spaventata.

– E che cosa vi ha spaventata, signorina?

Clara fissò il fazzoletto che aveva in mano, quasi lo vedesse per la prima volta. Poi sussurrò:

– Il maggiore, commissa'. Il maggiore Manfred tiene un buco in testa.

IV.

La panchina era la terza all'esterno della Villa Nazionale, venendo da Mergellina, di fronte alla strada che dall'altra parte aveva il mare.

Il vento stava rinforzando, ed era un vento caldo. Batteva la via alzando nuvole di polvere, foglie e pezzi di carta, pagine di giornale che raccontavano storie ormai vecchie. L'uomo in grigio fumava tenendo la sigaretta all'interno della mano: aveva imparato a farlo in trincea, dove il fumo era l'unico svago e accadeva di trovare le cicche nelle tasche di uomini riversi al suolo che non avrebbero inspirato piú nemmeno l'aria che sapeva di cordite. Pensava che quello era libeccio, e che il libeccio di luglio può portare anche una pioggia rossa che sporca tutto, e che a tutto dà un colore di ruggine e sangue rappreso.

L'uomo in grigio aspettava. Aspettava notizie, aspettava descrizioni. Non indicazioni, perché quelle le aveva date lui. Indicazioni precise e circostanziate, la cui realizzazione gli doveva ancora essere confermata.

La zona era quasi deserta e non passava nessuno. L'alba si era affacciata con un sentore di caldo. A qualche decina di metri, guardando a sinistra della panchina, quattro uomini stavano spingendo due barche a mare, scambiandosi richiami sommessi. Il vento increspava la superficie dell'acqua, aumentando il rumore delle onde sugli scogli.

L'uomo in grigio tenne il cappello per la falda, per evitare che volasse via. Era in anticipo, quindi non c'era ragione di preoccuparsi, ma non poteva fare a meno di sentir crescere l'inquietudine. Non era stato facile far accettare la strategia, mettere insieme il necessario consenso della filiera oscura di superiori che si perdevano nei meandri della capitale e non erano evidenti nemmeno a lui stesso, almeno da un certo punto in poi. Gli era stato riferito che non era il momento, che tutto era ancora troppo fluido, che le forze in campo non erano ben definite. Le notizie che arrivavano dall'estero erano frammentarie, e non era detto che chi adesso sembrava perdere alla fine avrebbe effettivamente perso.

Con l'ottusa, persistente vigliaccheria che loro chiamavano prudenza, avevano provato a differire l'esecuzione del piano. State buono, gli aveva detto quel deficiente del suo superiore diretto. State buono, Falco: finisce che per fare bene ci bruciamo tutti. Ci mettono un attimo, sapete, a mandarci al confino. O peggio.

Era vero, e l'uomo in grigio chiamato Falco, che poteva essere un cognome ma anche un soprannome, o perfino un nome in codice oppure uno pseudonimo, se non addirittura un nome di battesimo, sapeva benissimo che il rischio esisteva ed era anche grosso. Ma sapeva pure che certe occasioni si verificano una volta soltanto in una vita intera, come l'allineamento delle stelle o il passaggio di una cometa, dunque bisogna approfittarne. *Chi nun tene curaggio*, si diceva nel vicolo dov'era cresciuto, *nun se cocca cu' 'e ffemmene belle*. E lui, Falco, era determinato a godere del suo coraggio. Anche se con la donna piú bella che avesse conosciuto, probabilmente proprio per quel piano di cui attendeva notizie fumando in riva al mare, non sarebbe mai andato a letto.

Ci aveva sperato, a dire il vero. Molto. A un certo punto era diventata un'ossessione. L'immagine di quel corpo fasciato da una veste da camera, come gli compariva davanti quando si presentava senza preavviso a casa di lei, lo faceva impazzire. E nessuna puttana di un qualunque sordido bordello anonimo valeva la fantasia del furioso autoerotismo che le dedicava. Ma anche quando induceva il terrore in quei magnifici occhi neri, con le minacciose metafore che le riservava, non riusciva a cancellare la consapevolezza del disprezzo che Livia nutriva per lui. E questo, per un uomo coraggioso e impavido abituato a ottenere senza sforzo ciò che desiderava, costituiva una barriera insuperabile.

Squarciando il silenzio, il rumore di un motore si avvicinò. Falco non distolse l'attenzione dalla superficie del mare davanti a sé, che era emersa dalla notte. Fece un ultimo tiro dalla sigaretta e ne gettò il mozzicone, spegnendolo con un colpo del tacco.

L'occasione. Aveva atteso l'occasione, continuando con pazienza il lavoro di sorveglianza che gli era stato commissionato. Ci aveva messo pochissimo a scoprire la funzione del tedesco, quella vera sotto la copertura da addetto culturale. Ne aveva controllato e fatto controllare dai propri uomini le mosse, osservandone le passeggiate al porto, i percorsi apparentemente casuali nei paraggi del campo dal quale partivano gli aeroplani e dove sbarcavano le navi, gli approdi naturali e quelli artificiali. Aveva costretto Livia a frequentarlo, e aveva saputo fermare la riscossione delle informazioni quando si era reso conto, non senza una lancinante fitta di gelosia, che la relazione tra loro stava diventando qualcosa di diverso da un modo per passare il tempo dopo che quel menagramo del poliziotto aveva sposato l'insulsa dirimpettaia.

Si era spesso interrogato su come fosse possibile che Livia avesse perso la testa per il commissario Ricciardi. La cosa gli sembrava inspiegabile, e lui era uno abituato a trovare sempre una spiegazione. Bella, affascinante, colta, disinibita, in possesso di amicizie ai massimi livelli in un frangente in cui questo contava piú che mai; il poliziotto, invece, un uomo triste, taciturno, con l'aria di avere una malattia inconfessabile, non elegante né bello, incapace di godersi le proprie fortune la cui entità Falco aveva scoperto con enorme stupore.

Non avrebbero potuto essere piú diversi. E invece la vedova aveva contratto una specie di maledizione che la legava a quell'uomo.

C'era stato un momento, tempo prima, in cui la gelosia aveva avuto il sopravvento e Falco era quasi riuscito a farlo mandare al confino per pederastia. Non era stato soltanto per liberarsi di un rivale: c'era anche l'incastro con quella squallida insegnante che poi era diventata la moglie di Ricciardi, che poteva essere un ottimo ingresso nella vita del tedesco. Poi però la cosa non era andata a buon fine, e per poco non gli si era ritorta contro con gravissimi effetti sulla carriera. Era intervenuto quell'odioso duca Marangolo, protettore di Bianca Borgati, altra vittima del fascino tetro di Ricciardi.

Per fortuna, però, il duca era morto. Una giustizia esiste, pensò perfido Falco mentre l'automobile nera si fermava a pochi metri.

Ne scesero due uomini vestiti uguali: abito scuro, scarpe di vernice, cappello grigio. Uno girò attorno alla vettura e si appoggiò alla fiancata, le mani nelle tasche dei pantaloni, gli occhi attenti sulla scogliera deserta. L'altro, piú basso, si accostò alla panchina e restò in piedi fin quando Falco, senza guardarlo, fece un lieve cenno a seguito del quale gli sedette accanto, ben attento a non sfiorarlo.

Un colpo di vento strappò un grido a un gabbiano, alle loro spalle, nel verde della Villa. L'ultimo arrivato mostrò un segno di disagio. Falco non disse niente, poi voltò piano la testa verso di lui. Interpretando l'interrogativo, l'uomo disse:

– Ci siamo mossi come previsto, capo. Tutto secondo le vostre indicazioni.

Falco assentí.

– Piano, Manfredi. Con ordine. Dimmi del ragazzo, prima.

L'uomo sbatté le palpebre, incerto. Aveva sempre avuto paura di Falco, che riteneva un dannato figlio di puttana col sangue di un rettile, ma non lo avrebbe ammesso nemmeno davanti allo specchio in camera sua.

– Il ragazzo? Quale rag… Ah, certo, il fruttivendolo! No, potete stare tranquillo, abbiamo verificato, non gravita mai nella zona. Lo abbiamo fatto venire apposta, è il figlio di un informatore, non si vedrà piú da quelle parti. E il custode ha solo riferito la notizia, certo non si porrà il problema –. Tirò fuori il fazzoletto e si asciugò la fronte. La sua inquietudine era palpabile. – Non c'era nessuno quando li abbiamo portati, ma per precauzione abbiamo spento il lampione davanti al portone e anche quello dove abbiamo fermato la macchina. Li tenevamo a braccia, come due ubriachi, e lui pesava, a dire la verità, Caroli e Franco si sono fatti una sudata che non avete idea –. Si accorse che la storiella della sudata non suscitava alcuna allegria negli occhi spenti di Falco, cosí continuò: – Li abbiamo sistemati, abbiamo fatto la cosa del bicchiere di vino, la pistola eccetera. Abbiamo ripulito la stanza, nel dubbio: impronte, oggetti, scarpe. Tutto. Adesso dobbiamo aspettare, no? Che qualcuno li trovi, intendo. Poi ci muoviamo per fare il resto.

Falco non diceva niente. Non distoglieva lo sguardo inespressivo dalla faccia di Manfredi, il cui stomaco si andava restringendo. Alla fine parlò.

– La cameriera? Non c'è rischio che ritorni, vero?

– No, e come ritorna, capo? Quella è dovuta arrivare al paese suo, sappiamo che ha chiesto una giornata intera di permesso, prima di domani non sta qua, non c'è problema, state tranquillo.

Falco si accese un'altra sigaretta, senza offrirne una al sottoposto che si passò un dito nel colletto: sentiva piú caldo di quanto avrebbe dovuto. Probabilmente era colpa del vento.

Falco sussurrò, quasi a sé stesso:

– Quindi non dovrebbero trovarli fino a mezzogiorno, quando arriva la cuoca; è cosí, no? Per allora dobbiamo essere pronti a intervenire, prima degli altri. È fondamentale, questo. Mi sono spiegato, sí?

– Certo, capo, tutto chiarissimo. Tra un'ora e mezzo, quando il custode avrà aperto il portone, metto due uomini ai lati della strada cosí siamo sicuri che nessuno arrivi prima, una visita, qualcuno di passaggio.

Falco strinse gli occhi.

– E perché non subito? Un rischio inutile, questo tempo senza sorveglianza.

L'uomo fece spallucce.

– No, capo. Chi vuole che vada dalla signora, a quest'ora? Ho pensato che a mettere qualcuno adesso, con la strada deserta, gli altri, voi mi capite, potevano chiedersi che stava succedendo. Tra poco, con piú gente in giro, i nostri non si faranno notare. Che dite? Non vi sembra un ragionamento giusto?

Falco non rispose. Non smise di fissare l'interlocutore, che avrebbe voluto essere dovunque ma non lí. Poi riportò gli occhi sul mare.

Disse, piano:

– Che siano sul posto esattamente un minuto prima dell'apertura del portone. Non voglio correre il rischio, ripeto, che qualcuno arrivi prima di noi. Altrimenti, comincia a correre: perché ti giuro che ti faccio pentire di essere nato.

Manfredi schizzò in piedi, batté i tacchi e si affrettò verso l'automobile. L'altro uomo si mosse in contemporanea e si mise alla guida, partendo con uno stridio di gomme.

Il vento rinforzò e il gabbiano strepitò ancora, alle spalle di Falco che scrutava le onde.

v.

Quando arrivarono nei pressi del portone di via Sant'Anna
dei Lombardi, il portiere Gennaro, assonnato, stava apren-
do con fatica e in anticipo i pesanti battenti.

Era un ometto di mezza età dall'aria triste, un po' cur-
vo ma curato e, a suo modo, azzimato, con folti baffi briz-
zolati e una livrea pulita e in ordine. Quando vide Clara
accompagnata da Ricciardi e Maione aggrottò la fronte.
Aveva visto entrare piú volte il commissario fino a un anno prima, ma era abituato a farsi i fatti propri; la divisa
del brigadiere, invece, sembrò metterlo sul chi va là. Si
rivolse alla ragazza.

– Oh, Clara, già sei qua? Ma tua madre non stava male?

– No, don Genna', grazie. Mia madre sta benissimo. I
signori sono con me, dobbiamo...

Maione interpellò Ricciardi.

– Commissa', permettete, ma non è meglio che aspettia-
mo il dottore? Camarda ha promesso che se non lo trovava
veniva direttamente qua, se non c'è ancora vuol dire che
stanno arrivando.

Ricciardi volse uno sguardo preoccupato alla rampa di
scale che portava all'appartamento di Livia. Era inquie-
to, il racconto di Clara lo aveva allarmato. Peraltro si era
accorto di uno strano movimento in strada, un'automobile nera che si era avvicinata rallentando fin quasi a fermarsi per poi ripartire velocemente. Il commissario stava

per avviarsi senza nemmeno rispondere a Maione, quando dall'angolo si materializzò Bruno Modo seguito dalla guardia Camarda.

Il medico aveva l'aria sgualcita di quando arrivava stanchissimo alla conclusione di una notte troppo difficile da attraversare. Al solito, parlò a Ricciardi senza neanche salutare.

– Insomma, neppure una sana vita coniugale ti fa restare a letto almeno sino alla fine del mio turno, cosí da non rompermi le scatole sempre e comunque. Siamo arrivati al punto che se in ospedale vedono arrivare uno in divisa, non gli chiedono neppure che cosa voglia e lo mandano direttamente da me, e la tragedia è che viene per me il cento per cento delle volte. Be', Ricciardi, ti avverto: glielo dico io a Enrica, in qualità di testimone di nozze, che non è affatto un buon segno che il marito continui a uscire di casa all'alba anche di domenica. E se dovessi persistere, io...

Ricciardi lo interruppe.

– Bruno, non è il momento di scherzare. Pare che Livia sia in grave pericolo di salute, e non solo lei. Dobbiamo andare di sopra.

Modo si guardò attorno sorpreso, quasi che solo allora si fosse reso conto di dove si trovava.

– Ah, ma è vero. Qui è dove abita la Vezzi, non me ne ero accorto. Dài, allora, non perdiamo tempo.

Salirono le scale di corsa, dietro a Clara sempre piú pallida che armeggiava nella tasca del vestito alla ricerca delle chiavi. La mano tremante non riuscí ad aprire la porta; dovette intervenire Maione, e quando finalmente il battente si schiuse, la ragazza fece per precedere il brigadiere.

Maione la fermò.

– Signori', fate una cosa: aspettate qua, all'ingresso. Voi avete già fatto troppo. Se ci servite, vi chiamiamo noi.

La ragazza, grata, si abbandonò su una sedia. Maione fece cenno a Camarda di rimanere lí, e col dottore seguí Ricciardi che si era lanciato all'interno.

In camera da letto, il chiarore del giorno illuminava una buona porzione di pavimento dalla finestra semiaperta. Il vento faceva muovere pigramente la tenda. C'era un odore dolciastro, di profumo stantio misto a quello del vino versato.

Modo si avvicinò al letto. Nella penombra si intravedevano due sagome, un uomo e una donna, e si sentiva un solo pesante respiro. Ricciardi lasciò che gli occhi si abituassero alla scarsa luminosità, poi si accostò.

Il dottore stava armeggiando sul corpo dell'uomo. Era supino, rigido, le braccia lungo i fianchi, il viso guardava il soffitto. Bruno gli mise una mano sulla gola e scrollò il capo.

Ricciardi aveva invece raggiunto Livia, riversa su un fianco. Pareva dormire profondamente. La scosse, una volta e una seconda, senza ottenere alcun effetto.

– Bruno, ti prego, vieni qui, vedi se… Non mi risponde.

Modo lo scostò bruscamente.

– Brigadie', un po' di luce, maledizione!

Maione accese una lampada. Comparvero ben visibili il corpo nudo della donna e la sua espressione inerte. I due poliziotti si avvidero dell'arma nella mano destra di lei, e mentre il dottore tentava di rianimare Livia, osservarono meglio il cadavere di Manfred.

Sulla tempia sinistra, quella dall'altro lato rispetto a Livia, c'era il foro di entrata di un proiettile. Gli occhi semichiusi e la bocca aperta sembravano quelli di uno addormentato, ma il torace era immobile. L'incarnato era grigiastro, il pene flaccido pendeva sulla coscia destra. Ricciardi non rilevò segno di deiezioni o urine.

Fece un passo indietro, concentrandosi. Non vide nulla. Non percepí niente. Nessuna immagine seduta o in piedi che gli raccontava di chissà quale ultimo pensiero, che invocava la madre oppure esprimeva rabbia o dolore. Niente. In quella stanza c'era solo un cadavere muto.

Modo lo chiamò.

– Ricciardi, guarda qui.

Prima che il commissario potesse avvicinarsi, si udí una discussione concitata provenire dall'ingresso, seguita da un calpestio e dalla caduta di un oggetto di cristallo. Camarda entrò rinculando, mentre con voce stridula cercava di impedire l'ingresso a qualcuno.

– Vi ho detto che non potete passare, siamo della polizia e qui c'è stato un…

Sopraggiunsero quattro uomini vestiti di scuro con i cappelli a tesa larga, in una specie di divisa. Due brandivano delle rivoltelle. Il piú alto disse, sbrigativo:

– Sí, bello, tu stai calmo e non ti preoccupare. E stai zitto, ché sembri una gallina. Mi dài fastidio alle orecchie.

L'accento era settentrionale e gli occhi freddi non tradivano alcuna allegria. Maione fu il primo a riscuotersi dalla sorpresa, e avanzò collocandosi fra il letto e quegli uomini. Disse, sereno ma deciso:

– Il collega Camarda vi ha detto che siamo della polizia. Il commissario Ricciardi e io stiamo facendo dei rilievi, in questa stanza è probabilmente avvenuto un crimine.

Quello che aveva un segno violaceo sulla guancia, come di una vecchia ferita, rispose:

– Lo sappiamo benissimo cos'è successo qui. Anche noi siamo delle forze dell'ordine, un'unità speciale. Da questo momento ci occupiamo noi di tutto. Grazie, ve ne potete andare.

Ricciardi si affiancò a Maione.

– Mi dispiace, ma non possiamo allontanarci. Abbiamo ricevuto una segnalazione e dobbiamo approfondire. Vi invito pertanto ad allontanarvi o a qualificarvi subito. In ogni caso, noi non andiamo via.

Un energumeno dalla mascella larga e il cappello calato sugli occhi fece un passo avanti e allungò una mano sul braccio di Ricciardi.

– Senti 'n po', giovanotto, stai a da' fastidio pure te, vedi d'annàttene a…

Prima che potesse finire la frase, Maione gli mollò uno schiaffone sull'orecchio. Il gesto fu così repentino e violento che l'uomo cadde a terra tenendosi la faccia, con una specie di squittio. Due degli altri puntarono le pistole sul brigadiere che non mutò espressione, mostrandosi piuttosto incline a distribuire equamente lo stesso articolo a tutta l'unità speciale. L'uomo con la cicatrice sulla guancia alzò la mano verso i suoi.

– Calma, calma, per favore. Ci stiamo scaldando inutilmente… – Si avvicinò a Ricciardi, osservandolo curioso. – Riproviamo, abbiamo avuto l'approccio sbagliato. Buongiorno, commissario. Potete chiamarmi Rossi, capitano Rossi. Non dico che sia effettivamente il mio nome, quindi avreste qualche difficoltà a chiedere di me. Appartengo, vi spiegavamo prima, a una struttura che dipende dal ministero. Siamo qui perché questa scena è, diciamo, di interesse nazionale. Per motivi che non vi posso rivelare, insomma, non si tratta di un delitto comune ma di una questione di sicurezza del paese. Quindi, per favore, vi chiedo di lasciarci lavorare in pace.

Ricciardi resse lo sguardo.

– Vi chiedo scusa, capitano, ma le vostre parole non possono bastare. Noi siamo qui per comprendere cosa sia accaduto, e non possiamo…

Rossi si diede una manata sulla fronte.

– Ah, ma certo, che sbadato. Ho dimenticato le credenziali. D'Angelo, per favore.

Uno degli uomini avanzò, tirando fuori di malavoglia un
documento dalla tasca della giacca e porgendolo allo sfregiato, che a propria volta lo mostrò a Ricciardi.

– Questo mandato ci autorizza a prendere in carico ogni
situazione in qualsiasi luogo. La firma, immagino di non
dovervela decifrare.

Maione, che aveva gettato uno sguardo sul foglio, emise
un sibilo sommesso.

– Mamma mia, il nome di…

Lo sfregiato confermò, soave.

– Esatto, brigadiere. Il nome di. Non conviene proprio
farci perdere tempo.

Clara si era avvicinata, restando sulla soglia.

– Dotto', come sta la signora mia?

Modo non aveva smesso di occuparsi di Livia, quasi non
rendendosi conto del trambusto. Prima l'aveva coperta con
un lenzuolo, poi le aveva spruzzato dell'acqua da un bicchiere sul comodino. Ora stava provando a svegliarla con leggeri
schiaffi, e alla mancata reazione le aveva esaminato le pupille, le braccia, il cavo orale.

Uno degli uomini in nero si accostò al letto e allontanò
il dottore con una spinta, frapponendosi tra lui e Livia. Lo
sfregiato intervenne.

– La signora Lucani Livia, vedova Vezzi, è stata rinvenuta chiaramente ubriaca con una rivoltella in mano. Al suo
fianco il cadavere del maggiore della cavalleria germanica
Manfred Kaspar von Brauchitsch, suo amante, ucciso con un
colpo alla tempia molto presumibilmente esploso dalla suddetta rivoltella. Un omicidio passionale, con tutta evidenza.

Modo disse, duro:

– Non sono affatto certo che la signora...

Ricciardi sollevò una mano, strozzandogli le parole in gola.

– Lascia stare, Bruno. Sulla base del documento che posseggono, i signori hanno tutte le ragioni. Solo, vi prego, capitano: potete dirmi per quale motivo un semplice omicidio passionale diventa una questione di sicurezza nazionale?

I piccoli occhi porcini di Rossi continuavano a fissare quelli verdi di Ricciardi.

– Non sarei tenuto a dirvelo, commissario. Mi limiterò però, in considerazione del vostro atteggiamento collaborativo, a farvi sapere che il defunto maggiore era oggetto di osservazione per spionaggio. Attività che svolgeva, con ogni probabilità, per conto di forze eversive che nulla hanno a che fare con il cancellierato tedesco, che com'è noto è amico e alleato del nostro amato paese. Va bene cosí?

Modo stava per parlare, ma Ricciardi fece un cenno al brigadiere Maione che gli si avvicinò. Poi disse:

– Capisco, capitano. E vi ringrazio per la spiegazione. Vi lasciamo la scena del crimine e vi auguriamo buon lavoro. Bruno, Raffaele, andiamo. Siamo rimasti fin troppo.

VI.

Una delle piú forti preoccupazioni di Enrica, nei pochi e vorticosi mesi che erano seguiti alla proposta di matrimonio e avevano preceduto l'inizio della convivenza, era stata Nelide.

La giovane governante di Luigi Alfredo le sembrava indefinibile, con quell'espressione perennemente arcigna e le pochissime parole spesso incomprensibili, lapidari proverbi cilentani dal significato oscuro mormorati a fior di labbra al pari di giudizi sommari.

Avendo ricevuto dalla madre una rigida educazione, Enrica nutriva molto rispetto per chi gestiva la casa. Ma a differenza di Maria, non era capace di mantenere la necessaria distanza tra il ruolo della padrona e quello della serva. Come avrebbe fatto, si era chiesta, a esercitare un minimo di autorità nei riguardi di una domestica dal carattere indecifrabile senza essere dotata dell'autorità sufficiente? E cosa avrebbe pensato la madre se l'avesse vista succuba di una ragazzina di paese?

Adesso, mentre finiva di vestirsi, si sforzava per non ridere di quei pensieri che risalivano ad appena un anno prima. C'era voluto meno di un giorno per strutturare un'intesa con Nelide, e pareva impossibile che ci fosse stata un'epoca in cui Enrica non aveva abitato lí.

Ricordava con amorevolezza la mattina in cui erano rimaste da sole, al ritorno dal Cilento. Temeva di doversi confrontare in modo categorico per stabilire ruoli e dimensione del rapporto; la giovane sposa non era portata per il conflitto, preferiva sostenere le proprie ragioni con discussioni interminabili e si rendeva conto che non era la strategia piú opportuna da mettere in campo con la servitú. Per giunta, non aveva la minima concezione di quali fossero le abitudini e le preferenze del marito, dal cibo agli abiti, agli orari.

Smarrita, si era seduta al tavolo del salotto, dopo aver salutato Luigi Alfredo che rientrava al lavoro dopo la vacanza matrimoniale. Continuava a riflettere su quale frase le sarebbe convenuto dire: qualcosa di dialogico, per avviare una conversazione, o un semplice, conciso ordine per definire una funzione di comando? Poi si era sentita toccare lievemente la spalla e, giratasi, si era trovata di fronte a Nelide che teneva in mano una tazza.

«Barone', permettete: vi ho fatto l'uovo sbattuto con il marsala, secondo me vi tira un poco su».

Enrica aveva preso la tazza e affondato il cucchiaio nella densa miscela zuccherata. E il volto di Nelide si era trasformato in una maniera che mai nessuno aveva avuto la fortuna di vedere. I lineamenti squadrati, la mandibola ricoperta da una peluria scura, il naso camuso, lo sguardo accigliato e la fronte bassa avevano avuto un'inspiegabile evoluzione che li aveva alterati.

Nelide sorrideva.

Lo spettacolo aveva dell'inquietante, ma era anche ipnotico. Da un lato la ragazza dimostrava all'improvviso l'età che aveva, invece di abitare nel territorio estetico di una bruttezza senza tempo; dall'altro assomigliava come una goccia d'acqua alla zia, la vecchia tata Rosa che era stata la prima appassionata sostenitrice dell'unione tra Enrica e Ricciardi, e quindi dava un'impressione di saggezza e intelligenza normalmente sepolte sotto un'eccessiva severità.

Enrica fu colta di sorpresa. Si riebbe quando la giovane disse, confidenziale:

«Barone', dite la verità: ma non si sta piú comode, senza uomini per casa?»

Enrica rise. E quella risata sancí una complicità e un'amicizia che, durante i mesi successivi, si andarono consolidando al punto che non di rado Ricciardi, fingendo disperata rassegnazione, chiedeva alla moglie di spiegare il contenuto degli sguardi di divertita intesa che si scambiavano le due donne durante la cena.

Completata con qualche difficoltà la vestizione, viste le considerevoli dimensioni raggiunte dalla pancia, Enrica si avviò verso la cucina, il regno di Nelide. La ragazza stava abbrustolendo dei pezzi di pane raffermo, tagliando nel contempo dei pomodori a spicchi.

– Acquasale, eh? Ho capito bene?

Nelide girò la testa verso la signora senza smettere di muovere le mani fortissime.

– Avete capito bene, barone'. Sto facendo proprio l'acquasale. Al barone ci piace, e pure a voi, no?

Enrica annuí, lasciandosi cadere sulla sedia. Amava molto quell'antipasto tipico della cucina cilentana estiva: pane biscottato spugnato nell'acqua, pomodoro a pezzi, basilico, sale, origano.

– Sí, certo, è buonissimo. E soprattutto è fresco. Fa un caldo che non si respira. Io ho fatto una mezza nottata, con questo peso. Speriamo finisca presto, non ce la faccio piú.

Nelide si asciugò le mani nel grembiule e la scrutò con un po' di apprensione.

– Perché, barone', vi sentite male? I conti finiscono la settimana prossima, ha detto il dottore che ci dobbiamo stare attente perché il primo sgravamento è una cosa, come si dice…

– Imprevedibile, sí. Ma Bruno, lo sai, è apprensivo. E siccome è anche il nostro testimone di nozze, si sente ancora piú responsabile. Io sto bene, stai tranquilla, è solo che fa caldo. Tutto qui.

Nelide guardò fuori dalla finestra, quasi annusando l'aria.

– Eh, questo è vento africano, qua ci sta il mare e non trova niente in mezzo, dalle parti nostre le montagne lo trattengono e cosí ci lasciano quieti pure d'estate. Voi comunque, barone', vi dovete stare buona buona, perché siete una signora e non dovete faticare. Quello che si deve fare lo dite a me, fatemi il piacere.

– Nelide, ma quante volte te lo devo dire che sono incinta, non malata? Sto benissimo, e non voglio far vedere a mio marito che non sono in grado di fare quello che una moglie fa. Altrimenti potrebbe credere di essere stato ingannato, non ti pare?

La ragazza fece una smorfia.

– Sí, vabbe', il barone. Io, se mai ho visto uno che, parlando con rispetto, si è completamente scimunito per amore, è lui. Voi non potete avere idea di come ha cambiato la faccia, da quando vi siete sposati.

Enrica finse indifferenza.

– Davvero? Perché, com'era prima?

Nelide tirò fuori le cipolle e cominciò a sbucciarle.

– Baronessa, quello è proprio un altro uomo. Era sempre triste, non diceva una parola, guardava fisso davanti… Non faceva caso a quello che si metteva, se una camicia o un panciotto si consumavano li dovevo togliere io da mezzo, se no continuava a indossarli pure con i buchi.

– Sí, è un po' distratto quando ha pensieri di lavoro…

– No, no, non è questo. Io non lo so che gli passava per la testa, per carità, ma non erano solo pensieri. Era proprio una specie di… di dolore, come quando uno tiene, che so, mal di denti e non riesce a concentrarsi su nient'altro. Non faceva caso nemmeno a quello che si mangiava, qualsiasi cosa gli mettevo davanti era lo stesso. E la sera, dopo cena, si chiudeva in camera e io, dalla finestra della cucina, lo vedevo che stava in piedi, con le mani in tasca, a guardare a voi.

Enrica arrossí.

– Magari no, magari pensava ai fatti suoi e guardava la strada, la gente che passava...

Nelide sembrò riflettere sulla risposta.

– No, no, barone', sono sicura. Perché le volte che voi non c'eravate, spegneva la luce e se ne andava subito a letto. Era il suo divertimento, guardare a voi. E ora che vi tiene qua, vi guarda da vicino, ma nella stessa maniera.

Enrica sospirò, passandosi una mano sul ventre.

– Anche adesso che sembro una balena? Sapessi quanto male mi fa immaginare di non piacergli piú.

Pure stavolta Nelide parve prendere sul serio l'argomento. Strinse le labbra, e l'unico spesso sopracciglio che sovrastava gli occhi si inclinò in un angolo al centro.

– No, barone', io dico di no. Quando vi guarda sorride e piega la testa di lato, e quando gli uomini sorridono e piegano la testa di lato va tutto bene. Credetemi.

– Davvero, Nelide? E tu che ne sai?

La ragazza rispose senza distendere l'espressione.

– Lo so, lo so. E se non fosse cosí ci penso io, barone'. Zi' Rosa mi ha dato incarico pieno, la devo sostituire in tutto: e zi' Rosa, se il barone faceva qualche fesseria, lo andava a pigliare per l'orecchio, cosí.

Pescò il proprio orecchio in mezzo alla massa di capelli crespi e ribelli che spuntavano dalla cuffia, con un gesto talmente comico che Enrica scoppiò a ridere.

– Lo fai, Nelide, lo so che lo fai. Mi proteggi tu, posso stare tranquilla.

Nelide la fissò, seria.

– Sí, barone'. Io mi devo prendere cura di voi. Tocca a me badare che non vi succede niente di male. È il compito mio.

Enrica restituí lo sguardo con una dolcezza immensa, attraverso le lenti da miope.

– Ma tu devi avere la tua vita, Nelide. Sei giovane, avrai anche tu un marito, dei figli.

La ragazza induri le mascelle, quasi avesse ricevuto una sfida.

– No, barone'. Io sono nata per questo, zi' Rosa me l'ha detto. Io vi devo proteggere, a voi e alla bambina che avrete.

Enrica trasalí.

– Una… una bambina? E come fai a saperlo? Mia madre dice che i segnali indicano che avrò un maschio, e…

Nelide sbuffò.

– Con tutto il rispetto, barone', vostra madre è di città. E quelle di città non capiscono niente di queste cose. Voi avrete una femmina. Non ci sono dubbi. E il compito mio è che tutte e due state bene.

– Ma come fai a esserne cosí sicura?

– Poi ve lo dico. Ma mo' allontanatevi, ché devo tagliare le cipolle. E non vi posso vedere piangere, nemmeno per scherzo.

Enrica si sollevò a fatica.

– Vabbe', me lo spiegherai poi perché dici che è femmina… Anche se ormai manca poco per vederlo con gli occhi miei.

Andò in camera, considerando che se si fosse allargata ancora un po' non sarebbe piú passata per la porta. Aveva mantenuto l'abitudine di rifarsi il letto da sola, una frontiera che non aveva voluto abbattere: le mani nel posto dove dormiva con il marito poteva metterle solo lei.

Anche perché aveva un piccolo segreto.

Si abbassò sul letto dal lato di Luigi Alfredo e allungò una mano, speranzosa. Quando avvertí un foglio ripiegato si rassicurò, felice. Prese il pezzo di carta e lo strinse al petto, sentendo il proprio battito accelerato.

«Ciao, amore mio, – c'era scritto. – Abbi una buona giornata, e sorridi per me. Ti amo con tutto il cuore».

Strinse di nuovo il biglietto al seno. Con tutto il cuore, pensò. Tutto.

Una parte della sua mente, sotto il livello della coscienza, rammentò per contrasto il senso di inquietudine che provava quando riceveva altre lettere, da un'altra persona.

Senza spiegarsi il collegamento, si chiese dove fosse Manfred.

E come stesse.

VII.

Appena furono nel cortile del palazzo di Livia, Modo afferrò Ricciardi per il braccio.

– Ma si può sapere che ti è preso? Lasciare campo libero a questi quattro pupazzi, rinunciando a...

Prima ancora che il commissario potesse rispondere, il brigadiere mise una mano sulla spalla del dottore e guardò ammiccante fuori dal portone. Si vedeva un'automobile con tre uomini all'esterno, vestiti in maniera simile a quelli che avevano fatto irruzione nell'appartamento. Ricciardi annuí e uscí, seguito dagli altri.

Sul lato opposto della strada, a creare un blocco cui non si poteva sfuggire in qualsiasi senso si giungesse al palazzo, c'era una seconda vettura con quattro uomini. Tutti rivolsero occhiate a Maione, Ricciardi, Modo e Camarda, che si incamminarono verso via Toledo in direzione della questura.

Procedettero in silenzio, e fu una passeggiata surreale. Il dottore fece un paio di volte per parlare, poi scosse la testa con rabbia. Maione emetteva uno strano suono che sembrava un ruggito sordo. Ricciardi era inespressivo, le mani affondate nelle tasche dei pantaloni e il passo veloce.

Arrivati in ufficio, non ci fu una sola parola finché il brigadiere non ebbe congedato la guardia e chiuso la porta. Poi Ricciardi chiese a Modo:

– Bruno, dimmi anzitutto di Livia. Come sta? Perché non si svegliava? C'erano segni di ferite, di percosse?

Modo era inviperito e non accennava a calmarsi.

– No, prima dimmi per quale dannato motivo non li hai sbattuti fuori, lasciandomi completare il lavoro che stavo facendo! Ma siete o non siete la polizia di questa città, maledizione? È mai possibile che siamo al punto in cui in presenza di un omicidio, un omicidio, capisci?, questi vengono da Roma o da dove diavolo vengono a invadere la scena, cacciando via chi sta cercando di capire che cosa è successo? Questo infame regime, questo...

Maione lo interruppe.

– Dotto', vi prego. Fosse stato per me, e sicuramente pure per il commissario, li prendevamo a calci là per là. Ma quelli tenevano le carte a posto, e c'erano altri sette di sotto a presidiare la zona. Il fatto dev'essere grosso, grosso assai, se no ne bastava uno con quel foglio per costringerci a stare zitti. Per fare come ha fatto, il commissario deve tenere bene in mente come ci dobbiamo muovere.

Modo si morse il labbro. I capelli bianchi spettinati gli pendevano sulla fronte sotto il cappello, gli occhi erano spiritati. Pareva alla disperata ricerca di qualche nuova parolaccia con la quale insolentire Maione. Poi tirò un respiro e si accasciò sulla sedia davanti alla scrivania di Ricciardi, disgustato.

– Uno schifo. Un vero, ignobile schifo. E non mi venite a dire che questo regime in fondo ci fa stare bene, che c'è piú ordine. Basta togliere la libertà ed è chiaro che ci sta piú ordine.

Ricciardi, in piedi dall'altra parte del tavolo, ripeté paziente:

– Livia. Dimmi di Livia, Bruno. Per favore.

– Non era ubriaca. Volevano che lo sembrasse, ma non lo era. Nessuno, anche se sbronzo, continua a dormire dopo sollecitazioni per svegliarlo come quelle che le ho fatto.

Poi ho visto le pupille, che erano a spillo e non dilatate. Le hanno dato qualcosa, forse un barbiturico.

– Ma era ferita? L'hanno picchiata, o...

– Senti, Ricciardi: ho avuto un paio di minuti, certo non mi sono messo a fare l'esame del pur considerevole corpo della signora, in quelle circostanze. Mi sono limitato a constatare che fosse viva, che non fosse in stato di coma ma soltanto di incoscienza e anche di questo non posso essere certo. E comunque no, non mi pare di aver rilevato segni di violenza. Non su di lei, almeno.

Il riferimento all'altro occupante del letto piombò nella stanza con muto fragore.

Maione mormorò:

– Il maggiore, già. Era morto, vero, dotto'?

Modo lo fissò beffardo.

– Molto, brigadie'. Molto morto. Completamente, direi. E se posso dire la mia, anche se avrei bisogno come ogni medico normale di un camice, un paio di guanti, un tavolo di marmo e un paio d'ore minimo, era pure morto da parecchio. A dir poco, cinque ore.

Ricciardi disse, quasi riflettendo tra sé:

– C'era un solo foro, no? Il proiettile non è uscito.

Modo si strinse nelle spalle.

– No. E del resto, la pistola che era nelle mani di Livia era una di quelle piccole, da borsetta, una specie di giocattolo. Con quel calibro, ci sta che il proiettile sia finito incastrato all'interno della scatola cranica.

Ricciardi continuava a guardare l'amico, inespressivo.

– Sí. Però, se non sbaglio, il foro era dall'altra parte rispetto a Livia. Che era in stato narcolettico, peraltro.

Ci fu un silenzio attonito, poi il dottore disse:

– Be', la signora potrebbe avergli sparato in una colluttazione e poi...

– E poi, – completò Ricciardi, – essere caduta in un sonno cosí profondo che tu, cinque ore dopo, non sei riuscito a svegliarla? Dài, Bruno: è chiaramente una montatura.

Omise di aggiungere che non aveva visto l'immagine del cadavere di Manfred che gli raccontava la sua ultima emozione. Quello era un riscontro di carattere personale.

Maione era rimasto a bocca aperta.

– Cioè: voi dite, commissa', che non è stata la signora Livia a... E allora che sarebbe successo, in realtà? Chi sarebbe stato?

Ricciardi fece qualche passo verso la finestra. Il sole ormai era alto, e numerosi passanti sfidavano il vento pur di non rinunciare alla passeggiata domenicale.

– Non lo so, Raffaele. Non lo posso sapere. E se vogliamo indagare, dobbiamo farlo a luci spente: l'hai visto, questi hanno subito chiuso ogni spiraglio sulla scena del crimine. Noi non avremmo dovuto vedere niente, perché Clara non sarebbe dovuta rientrare cosí presto. Avevano sgomberato il posto per poter agire indisturbati.

Il medico si era alzato in piedi. Era ancora accigliato.

– E che si fa, adesso? Gli si lascia campo libero, facendo incarcerare quella povera Livia quasi fosse davvero colpevole di omicidio? Chissà quale losco motivo li ha spinti a...

Ricciardi si voltò di scatto.

– Al tempo, Bruno. Non possiamo sapere se non sia stata effettivamente Livia, magari in un luogo e in un momento diversi. E per capire quello che è successo, dobbiamo stare attenti a non venire allo scoperto.

Il dottore fece una smorfia.

– Ma quelli, quelli sono della polizia politica, non te ne rendi conto? Hanno tentacoli dovunque, in questa città ci sono centinaia, forse migliaia di informatori! Come pensi di farla franca, me lo spieghi?

Ricciardi sorrise, e Maione non poté fare a meno di pensare che era una cosa che dopo il matrimonio gli succedeva spesso. Il che non era affatto male.

– Ho detto che indagheremo a modo nostro, sottotraccia. Utilizzando risorse, diciamo cosí, non ufficiali. È vero, Raffaele?

– Ah, commissa', state tranquillo. Le cose non ufficiali, lo sapete, sono la nostra specialità.

VIII.

L'ambiente non era particolarmente grande ed era piuttosto buio. Tre pareti su quattro, inclusa quella alla quale
era addossata la scrivania, erano riempite da scaffalature
ingombre di faldoni; sulla quarta, c'era una pesante porta
scura a due ante. Nessun quadro, nessun crocifisso, nessun
ritratto. Niente che rimandasse a qualcosa di personale, dettagli riferibili a un occupante stabile dell'ufficio.
La luce del giorno proveniva da sopra la scaffalatura a destra rispetto alla porta. Un finestrone stretto, una specie di
feritoia con un vetro reso opaco dalla polvere. L'aria stantia
sapeva di fumo e di carta.
C'erano due uomini. Il piú giovane, muscoloso e in evidente imbarazzo, era seduto davanti alla scrivania; l'altro,
di statura contenuta, magro e nervoso, camminava in su e
in giú con le mani intrecciate dietro la schiena. Portava lenti
da lettura, in bilico sulla punta del naso sottile, gli occhi azzurri inespressivi rivolti al suolo: un muscolo guizzava sulla
tempia, sotto i radi capelli castani.
Nessuno diceva niente.
La tensione era palpabile. Il giovane si torceva le mani in
grembo, i bicipiti gli gonfiavano le maniche della camicia
troppo stretta. Dava l'impressione di poter stritolare l'altro
in un attimo, ma anche quella di averne un sacro terrore.
Il piú anziano a un tratto parlò, senza smettere di camminare.

– E allora, Pedicino, ripetetemi ancora com'è possibile che sia successo proprio sotto il nostro naso. Perché, a dire la verità, non mi è del tutto chiaro. Vi prego, siate cortese: sono un po' tardo.

La voce era sommessa, l'accento settentrionale, la posa improntata a una evidente gentilezza: eppure al giovane corse un brivido lungo la schiena.

– Dottore, il punto è che loro, insomma, lo sapete, hanno il triplo degli uomini! Una sorveglianza su ventiquattr'ore per noi è impossibile, proviamo a fare del nostro meglio, ma...

L'uomo che era stato chiamato «dottore» si fermò. Inclinò il capo con un curioso movimento da uccello, quasi che non avesse udito bene.

– Scusate, ma vi ho forse domandato degli organici? O di quante ore di sorveglianza possiamo coprire? Mi pare di aver chiesto altro. Limitatevi a dirmi di nuovo, per cortesia, quello che è successo.

Pedicino si agitò sulla sedia. Poi cominciò a parlare come recitando un componimento.

– Avevamo notizia del ricevimento anche per la presenza di quattro soggetti sotto la nostra osservazione. C'era per noi la signora Lobianco Morosini, che ci ha riferito della lite fra la Lucani Vezzi e il maggiore; secondo lei una questione di gelosia, indotta dalla donna che era alticcia. Sembra che capiti spesso, la Lobianco ci dice che almeno altre due volte l'hanno vista...

Il «dottore» piegò di nuovo la testa di lato. Pareva cercasse di captare un suono che non arrivava.

Il giovane tossí.

– Certo, certo, torno al punto. Insomma, siccome avevamo sotto osservazione il ricevimento, e come sapete c'è stabilmente un uomo al palazzo della Lucani Vezzi, noi non... Da casa erano usciti insieme, sembrava tutto a posto e il rapporto della Lobianco sul litigio non ci era ancora stato consegnato, quindi noi non... Non...

Il «dottore» annuí, quasi finalmente fosse riuscito a capire qualcosa.

– Noi non li abbiamo seguiti all'uscita del ricevimento. È cosí? Ho capito bene? Non avendo ancora ricevuto il rapporto di questa Lobianco, non sapevamo del litigio e pensavamo che tutto andasse liscio. Giusto? E allora ce li siamo persi. Il tempo perché quelli facessero il proprio comodo, allestendo poi la commedia.

Il giovane tacque, fissandosi la punta delle scarpe bicolori. Le orecchie gli erano diventate rosso scuro, sebbene l'altro non avesse alzato la voce di un decibel.

Poiché non giungevano risposte, il piú anziano riprese.

– Però, siccome abbiamo qualcuno che sorveglia il palazzo della Lucani, li avremo visti arrivare. No? Sapremo esattamente a che ora li hanno portati là e in quali condizioni. Altrimenti vorrebbe dire che chi sorvegliava il palazzo della Lucani stava, che so, dormendo o componendo versi dedicati alle stelle. Il che forse ci priverebbe di un agente mediocre ma ci regalerebbe un poeta, merce rara oggi.

Il giovane rispose, la voce tremante e un po' in falsetto:

– Dottore, voi avete ragione ad arrabbiarvi, ma tenete conto che la priorità della sorveglianza della signora Lucani è cambiata tre volte nell'ultimo semestre, riducendosi a incidentale. Lo sapete, in precedenza la sua amicizia con... I rapporti personali, insomma, la collocavano al vertice, poi dev'essere successo qualcosa, perché ci è stato detto che...

Il «dottore» alzò una mano piccola e sottile, quasi femminile. Ma quel gesto brusco non aveva nulla di delicato. Il giovane tacque all'istante.

– Pedicino, so benissimo chi è sorvegliato nel mio settore e con quali priorità. E io non parlo della Lucani, ma di Von

Brauchitsch. Della Lucani, con tutto il rispetto dovuto alla dama e all'artista, me ne fotto. Qui stiamo discutendo di una spia tedesca, di un militare in missione sotto falso ruolo per rilevare le installazioni militari sul territorio. Mi spiego, sí? Ora, volete far comprendere a un anziano funzionario quale soggetto, oggi, può avere una priorità piú alta di una spia tedesca?

Il giovane balzò in piedi, pareva animato da una molla.

– Oh, dottore, ma il maggiore Von Brauchitsch era sorvegliato eccome! Presso il suo alloggio alterniamo due uomini ogni sei ore, e al consolato...

Il «dottore» fece una risata che sembrò carta vetrata su una lavagna.

– Quindi una sorveglianza perfetta, che non ci ha impedito di farlo ammazzare e collocare in una pietosa pantomima nel letto della sua amante dai colleghi dell'altra struttura, senza che noi ne sapessimo niente. Complimenti.

Il giovane boccheggiò, come un pugile colpito allo stomaco.

– Dottore, io una spiegazione me la sono data. E non è del tutto vero che non sappiamo cosa sia successo.

L'anziano parve adesso interessato all'interlocutore, quasi lo vedesse per la prima volta. Si avvicinò piano, squadrandolo da capo a piedi. Quando gli arrivò a pochi centimetri, l'altro si lasciò cadere di nuovo sulla sedia, ansimando come dopo una corsa.

– Ah, sí? Davvero? E sentiamo, Pedicino. Non vedo l'ora di capire quello che è accaduto. E soprattutto che cosa sappiamo, di quello che è accaduto.

Il giovane si passò la lingua sulle labbra. Avrebbe dato un braccio per un bicchiere d'acqua.

– Allora, dottore: loro, quelli insomma, sanno benissimo quanta gente abbiamo. Non so se hanno accesso ai nostri documenti presso le strutture centrali, ma credo di sí, per-

ché le tre vetture che abbiamo rilevato vengono da Roma,
e nessuno degli elementi che sono stati sul campo ci è noto. L'operazione è stata organizzata nei minimi particolari
nella capitale, di questo possiamo essere certi.

Il «dottore» lo fissava inespressivo.

L'altro continuò, parlando in fretta come se avesse avuto il tempo contato.

– Il che non significa che non abbiano una base qui, ovviamente. Qualcuno che abbia chiari luoghi, movimenti,
orari e abitudini. E sappiamo entrambi benissimo a chi mi
riferisco, no?

Dovendo ammettere una falla, il «dottore» si morse il
labbro.

– Andate avanti.

Pedicino, rinfrancato, continuò.

– Quindi loro, gli altri, non hanno approfittato di una nostra mancanza, e nemmeno hanno avuto un colpo di fortuna. Semplicemente, *sapevano* che dall'uscita dal ricevimento
all'arrivo in uno degli alloggi, quello della Lucani o quello
del maggiore, ci sarebbe stato un buco di cui approfittare.

– Ciò non toglie gravità alla mancanza, che comunque
c'è stata.

Il giovane arrossí.

– Certo, dottore. Ma resta il fatto che lo svolgimento
dell'operazione, e non potrete che convenirne, dice che è
stata organizzata e messa in atto ai massimi livelli. Sopra di
noi e, mi scuserete se mi permetto...

Esitò. Aprí e chiuse la bocca due volte, senza riuscire a parlare. Fu il «dottore» a completare la frase, facendo un passo
indietro quasi fosse stato spinto via dalle parole del giovane.

– Sopra i nostri superiori a Roma. Addirittura. Vabbe',
Pedicino, andiamo oltre: che cosa ha visto il nostro uomo
davanti a casa Lucani?

Quello puntò gli occhi sui faldoni di fronte.

– Ha visto un'automobile fermarsi alle due e trenta, un'ora dopo l'uscita dal ricevimento della duchessa Previti di San Vito come segnalato dalla Lobianco. Ne sono scesi in tre, sostenendo a braccia la Lucani e Von Brauchitsch che parevano privi di conoscenza. Il nostro osservatore, ho qui il rapporto se volete vederlo, non ha potuto capire in che stato fossero ma uno degli uomini parlava a voce alta, impastata, e diceva: «Avete proprio bevuto troppo, eh?»

– E non ha ritenuto di avvertire subito?

– Dice che, nel silenzio dell'ora, sentiva chiaramente la Lucani lamentarsi. Sappiamo che la cosa non si verifica di rado, la signora è, come dire...

L'anziano sospirò.

– Sí, lo so. Andate avanti, prego.

Pedicino parve rianimato.

– La cosa interessante è avvenuta dopo. È rientrata la serva della signora, in piena notte. Ha aperto con le chiavi, è salita e poi è ridiscesa immediatamente, alterata. Il nostro osservatore non ha rilevato ulteriori movimenti fino al ritorno della donna, accompagnata da due poliziotti raggiunti poi da un altro poliziotto e dal dottore dei Pellegrini, Modo Bruno, a noi noto per...

– Sí, lo conosco benissimo. E i due poliziotti arrivati con la donna?

Pedicino tirò fuori dalla tasca un foglio. La mano gli tremava.

– Il brigadiere Maione Raffaele e il commissario...

– Ricciardi Luigi Alfredo, di Fortino, nel Cilento.

Pedicino, sorpreso, confermò.

Il «dottore» camminò lentamente fino alla sedia dietro la scrivania e si accomodò. Un pensiero doveva divertirlo, perché sulla faccia aveva stampato un ghigno.

Pedicino non trattenne una domanda.

– Cosa facciamo adesso, dottore? Il rapporto appena giunto riferisce che il maggiore è stato presumibilmente ucciso dalla signora Lucani Vezzi, che l'arma del delitto è stata rinvenuta nella mano di lei e che...

– Lo so, che cosa dice il rapporto. Lo so benissimo. E in questa fase non possiamo fare niente, se non disporre che la signora, anche perché rilevata dalla polizia locale, sia trasferita presso il carcere di Poggioreale. Questo è fondamentale, Pedicino. Non dev'essere portata a Roma. Mi spiego? Deve restare qui.

Pedicino scattò in piedi, battendo i tacchi.

– Certo, dottore, di questo mi occupo subito e non credo ci saranno problemi. Però mi domando...

Il «dottore» alzò gli occhi.

– Cosa, vi domandate?

Il giovane sussurrò:

– Cosa speriamo che accada, dottore? Sappiamo quello che sta succedendo in Germania e siamo in attesa di conferme, ma abbiamo ragione di credere che l'omicidio del maggiore sia connesso a questi eventi. E allora, se le cose dipendono da... e questo quadrerebbe con il disimpegno della protezione della signora Lucani Vezzi... allora che possiamo fare noi?

– Noi poco, ne convengo. Ma non è detto che quel commissario, Ricciardi, non abbia qualche chance. È un uomo notevole. Ci ho già avuto a che fare.

Pedicino andò alla porta. Afferrata la maniglia, si fermò e disse senza voltarsi:

– Poi ci sarebbe l'altra questione, dottore. Chi può aver... Questi arrivano da Roma e completano un'operazione cosí complessa e articolata, sapevano dove andare, cosa fare... Chi li ha indirizzati?

L'anziano non rispose e il giovane uscí.
Rimasto solo, Achille Pivani si alzò e fece due passi.
A bassa voce, quasi fra sé, disse:
– Eccoci di nuovo, Falco. Bentornato.

IX.

Affrontarono un'intensa discussione per stabilire la strategia.

Modo si era calmato. Aveva capito che Ricciardi e Maione erano determinati ad agire senza farsi intimorire da quei gangster da pellicola muta, e adesso si divertiva un mondo.

– Allora, come ci organizziamo? Che si fa?

Maione gettò un'occhiata verso la porta.

– Dotto', prima di tutto abbassate la voce: qua tengono orecchie i muri, le porte e pure i cessi. Io mi aspetto una bella visita di quel fesso di Garzo, commissa', figuratevi se la prima chiamata non è arrivata a lui.

Il riferimento al superiore diretto e al suo piú che probabile intervento confermò quello che Ricciardi aveva già pensato.

– Sí, me lo aspetto anch'io. È domenica e starà ancora dormendo, ma sono sicuro che lo tireranno giú dal letto. E insisto: dobbiamo muoverci lateralmente e con la massima attenzione, altrimenti ci bloccheranno subito.

Modo soggiunse, amaro:

– E magari non si limiteranno a questo, per come si stanno abituando ad agire. Va a finire che ci impacchettano, ci mettono su una nave e ci portano in qualche isola sperduta. Fanno cosí, no?

Maione si strinse nelle spalle.

– E va bene, dotto', a voi che ve ne importa? Siamo io e il commissario, qua, a tenere famiglia. Voi state solo: che siate qua o in vacanza al mare, che vi interessa?

Il medico lo squadrò, offeso.

– E a quelle povere cinquanta puttane di tutti i bordelli di Napoli non ci pensate, brigadie'? Come farebbero senza di me? Io le ho abituate bene, sapete? Si suiciderebbero tutte, sarebbe una notiziona per i giornali.

Ricciardi cercò di richiamare l'attenzione sulle cose serie.

– Per favore, abbiamo poco tempo. Io direi di operare cosí. Raffaele, devi scoprire dove hanno portato Livia. Il fatto che abbiano inscenato questo triste spettacolo qui in città mi fa dedurre che non abbiano in mente di trasferirla nella capitale a breve, e d'altra parte le sue amicizie a Roma dovrebbero muoversi. Un avversario in piú.

Maione batté i tacchi.

– Signorsí, commissa'. E poi, una volta che lo abbiamo saputo, che facciamo?

– Cerchiamo di individuare la maniera di parlarci. Basta qualche minuto. È fondamentale. Dobbiamo sapere cosa ricorda di quello che è successo.

Modo si intromise.

– Era incosciente, se le hanno dato un sonnifero ci vorrà un po' per smaltirlo. Non sarei sorpreso se la portassero in qualche ospedale; magari piantonandola.

Ricciardi non era dello stesso parere.

– Non credo. Sarebbe un rischio coinvolgere altre persone e un'altra struttura, anche perché appena la notizia dell'omicidio si sarà diffusa i quotidiani si accaniranno. Penso piuttosto che gestiranno la cosa all'interno del carcere, ma poi non potranno presidiare Livia una volta dentro. È allora che dovremo tentare di avere un contatto con lei.

Il brigadiere intervenne deciso.

– Va bene. Se sta ancora qui in città la trovo, e se sta in qualche carcere vi ci faccio parlare. Lo sapete, ci conosciamo tutti. Sono troppi anni che facciamo i netturbini.

Modo chiese a Ricciardi:

– E io, che vuoi che faccia?

– Tu per prima cosa devi farmi una cortesia: stare attento, molto attento a quello che dici e a quello che fai. Questi non sono come quelli che stanno qui, che sono pericolosi ma si muovono in superficie. Questi sono un'altra cosa e stanno giocando una partita importante. Troppi uomini, troppe automobili e troppo rapidi a intervenire. Se esci dai limiti, ti fanno fuori.

– E credi che questo mi spaventi, Ricciardi? Pensi che alla mia età, dopo aver visto la guerra in trincea e con la lotta quotidiana contro la morte che faccio ogni giorno, una coltellata nella schiena dovrebbe essere la mia preoccupazione?

Ricciardi sospirò.

– Lo so. Ma sei necessario, sia per capire che cosa è successo, sia perché ho una moglie che tra poco dovrà partorire. E io voglio che sia disponibile il miglior medico che abbia mai conosciuto. Tutto qui.

Modo sbuffò.

– Sí, ma io che posso fare?

Ricciardi rifletté.

– Il maggiore. Sono sicuro che dovranno fargli un esame necroscopico, deve restare agli atti. Ripeto, se hanno scelto di mettere in scena l'omicidio, vuol dire che vogliono mantenere una parvenza di regolarità; e quindi rispetteranno un minimo di procedure, sia per quanto riguarda l'ipotetica assassina sia per la vittima.

– E allora?

– E allora vedrai che affideranno il cadavere a qualche tuo collega. Sarà probabilmente qualcuno iscritto al partito, o almeno manovrabile. Vedi se riesci a scoprirne di piú, sarebbe importante sapere se il corpo ha segni o ferite che possano dirci come siano andate le cose.

– Sí, una mezza idea ce l'ho. I miei colleghi non brillano per coraggio, ma sono in pochi quelli che hanno la competenza giusta e anche la disponibilità a chinare la testa. Provo a sentire in giro, tanto ho finito il turno, non ho sonno e i bordelli sono chiusi.

Maione si rivolse a Ricciardi.

– Commissa', e voi? Che farete voi?

Ricciardi non rispose subito. Andò alla finestra, gli occhi sulla piazza dove ormai brulicava la vita. E anche la morte: gli apparve l'immagine di una bambina investita da un'automobile, che chiamava la madre; e quella di un rapinatore che aveva scelto la vittima sbagliata, beccandosi una coltellata in petto. Trasse un respiro, mentre il rapinatore che era poco piú di un ragazzo bestemmiava in maniera perfettamente udibile, a quasi cento metri di distanza. Pazzo, pensò Ricciardi. Amore mio, hai voluto sposare un pazzo.

Come hai potuto, sussurrò una voce dentro di lui.

– Io andrò a parlare con il portinaio e con l'autista di Livia. Voglio capire se hanno visto entrare o uscire qualcuno, cos'hanno fatto Livia e Von Brauchitsch, con chi hanno passato la serata, dove sono andati se sono stati fuori. Se i nostri amici romani hanno fatto sí che Clara andasse dalla madre al paese, vuol dire che avevano bisogno del campo libero: quindi ci dev'essere stato un po' di movimento.

Modo disse, piano:

– C'è poi l'altra questione, Ricciardi. Come intendi raccontare a Enrica che Manfred è morto ammazzato, e che sembra che a ucciderlo sia stata Livia?

Da quando aveva appreso l'identità del cadavere, Ricciardi non aveva smesso di porsi la stessa domanda.

Livia e Manfred erano stati una zona oscura dei dialoghi con Enrica. Sapeva che la ragazza provava rimorso per aver illuso il maggiore tedesco, avendogli lasciato credere di essere disponibile a iniziare una relazione; e sapeva anche quanto Livia per la moglie fosse stata un fantasma difficile da sopportare, nel suo esplicito e disinibito corteggiamento a Ricciardi. Non sarebbe stato facile parlarne; tantomeno in rapporto a un evento cosí tragico e inspiegabile. Il commissario non avrebbe saputo prevedere la reazione di Enrica ed era preoccupato di procurarle un trauma, visto il suo stato.

– Non lo so, Bruno. Non lo so ancora. Ma è una questione che può aspettare. Ora mettiamoci al lavoro. In fretta.

X.

Quando Ricciardi lavorava di domenica, secondo il complesso sistema di turni che non aveva mai compreso del tutto, Enrica pranzava dai suoi. Le volte che succedeva, la ragazza cercava di trasferire al marito la sensazione di un'allegra noncuranza, ma non ne era affatto contenta.

A quanto le aveva confermato Nelide, fino al matrimonio era rarissimo che il commissario scegliesse di non andare in ufficio il giorno di festa. Non stentava a crederlo, conoscendolo; e la rendeva molto felice il fatto che adesso Ricciardi passasse invece a casa ogni momento libero, nella bolla di gioia che lui ed Enrica si erano costruiti.

Per queste ragioni Enrica non aveva dato luogo alla tradizione, pure sollecitata dal padre e dalla madre, del pranzo domenicale fisso dai Colombo. Aveva intuito in fretta che il marito preferiva stare con lei, e non essendo Luigi Alfredo un uomo di grande compagnia, era intenzionata a non creargli imbarazzo. Ma voleva molto bene ai genitori e ai fratelli, per cui, quando si creavano le circostanze, chiedeva a Nelide di aiutarla a preparare una portata di origine cilentana e – seguita dalla governante vestita a festa che portava senza apparente sforzo una pentola, un ruoto o un vassoio coperto da un tovagliolo – attraversava la strada e si recava nella casa paterna.

Il ritorno di Enrica dava luogo a reazioni esagerate, tenuto conto che la ragazza viveva a pochi metri e che riceveva visite quotidiane da tutti i parenti. I fratelli le saltavano attorno; la sorella Susanna la accoglieva con il figlio in braccio; l'altra, Francesca, non faceva che accarezzarla; il padre le sorrideva commosso, e la madre, in lacrime, la baciava in continuazione. Sembrava che rientrasse da un viaggio di mesi.

Nelide, testimone accigliata e silenziosa di tanto tripudio, se ne stava in disparte pensando a quanto fossero assurde le persone in quella città. Poi si faceva strada nell'assembramento e conquistava la cucina, dove cominciava ad armeggiare in un ambiente che le era piú consono. Quella domenica aveva deciso con Enrica di proporre i *mbrugliatieddi*, involtini di intestino di capretti da latte con limone, pancetta, formaggio caprino, aglio, peperoncino, prezzemolo e olio d'oliva. Siccome il piatto prevedeva una spolverata di formaggio di capra grattugiato e pepe, cosa che andava fatta sul momento insieme all'aggiunta di un rametto di rosmarino, Nelide presidiava la posizione simile a una guardia svizzera: che nessuno si avvicinasse per piluccare, prima del trionfale approdo in tavola.

La consuetudine della pietanza cilentana, che conferiva alla domenica un sapore esotico molto apprezzato dai maschi Colombo, aveva altresí innescato una competizione silente che portava Maria, la madre di Enrica, a sciorinare le armi della cucina tradizionale della città. Tu, sembrava dire quel giorno, porti questi strani involtini di intestino di capra? E io mi produco in pasta, patate e provola con salsiccia sbriciolata e pancetta. Vediamo chi riscuote piú mugolii di piacere.

La gara, o per meglio dire il conflitto, si svolgeva sul terreno dei capaci stomaci di Giulio, il padre di Enrica, Marco, il cognato, Luigino e Stefano, i fratelli, tutti dotati di una fame da lupi e inclini all'assaggio. Una prova dura da sostenere, che di frequente dava luogo all'incapacità di alzarsi da tavola per quasi un'ora dopo la fine del pranzo.

Il rapporto fra Maria e Nelide era per Enrica fonte di angosciosa curiosità. Tra le due doveva essere successo qualcosa, un precedente di cui lei non era a conoscenza. E però, alle domande anche dirette nessuna forniva una risposta esauriente. Tendevano a svicolare, facendo evasivi riferimenti a incontri nelle botteghe dei dintorni: ma Enrica intuiva una qualche discussione piú intima.

Maria – che aveva sempre sostenuto che le serve erano appunto serve e in quanto tali andavano tenute al loro posto – riservava alla ragazza cilentana un rispetto venato di timore che non le era proprio; e Nelide, brusca ma riguardosa e comunque impassibile a ogni emozione, quando si rivolgeva alla signora Colombo aveva nell'atteggiamento e nel tono un che di imperioso, di dominante.

La pasta e patate aveva già sortito un effetto straordinario, quando Nelide posò in tavola i *mbrugliatieddi*. Secondo il suo personale galateo, la ragazza preparò la porzione a Enrica e gliela serví, come del resto per ogni altro piatto, lasciando che gli altri facessero da soli. La formula era: «E questo per la baronessa», detto a voce bassa ma udibile, per sottolineare la gerarchia dei presenti. I maschi ridacchiarono dandosi di gomito, e Maria non represse un malcelato orgoglio. Sua figlia: la baronessa di Malomonte.

L'uso prevedeva che Nelide rimanesse poi in piedi, appoggiata alla parete dietro Enrica, le mani in grembo e l'espressione impenetrabile.

Giulio, cessati i complimenti ammirati per la bontà del piatto, disse alla figlia:

– Come ti senti, tesoro? Come procede?

Era una domanda quotidiana, alla quale Enrica forniva sempre la stessa risposta.

– Tutto bene, papà. Grazie. E voi, come state?

Luigino rise.

– Perché, papà, siete incinto pure voi?

Tutti si unirono alla risata, incluso Giulio. Maria disse:

– Stai tranquillo, Giulio. Tutto procede benissimo. Enrica porta avanti una meravigliosa gravidanza e tra poco ci darà un bellissimo maschietto.

I due ragazzini batterono le mani.

– Cosí ci possiamo giocare, vero, mamma?

Susanna, la sorella, aggiunse:

– E potrà giocare pure con Corradino, che non sarà piú il piccolo della famiglia, finalmente!

Nelide, con voce ferma, sentenziò:

– Femmina.

Giulio la scrutò, perplesso.

– Tu dici che sarà femmina, Nelide?

La ragazza non mutò espressione: sguardo fisso, bocca stretta. Maria, quasi non avesse udito, disse al marito:

– Come tu ben sai, Giulio, io ho avuto cinque figli e un nipote. Ti risulta che abbia mai sbagliato la previsione del sesso? E d'altra parte, guarda la forma della pancia: è chiaro che...

Cavernosa e senza smettere di fissare il vuoto, Nelide decretò:

– *Panza chiatta vole la zappa; panza appizzuta vole lo fuso.*

L'oracolo diede luogo alla convergenza degli occhi di tutti i presenti, compresi quelli della proprietaria, sul ventre di Enrica. Effettivamente, secondo il proverbio cilentano, la forma a ogiva lasciava immaginare una maggiore propensione al cucito che all'attività contadina.

Maria non era però disposta a cedere.

– Le lettere, – disse. E quando tutti la guardarono interrogativi, enunciò: – Il nome del padre, Luigi Alfredo Ricciardi, ventuno lettere; quello della madre, tredici; le date di nascita, il padre 1 giugno 1900, la madre 24 ottobre 1907,

totale 3882. Tre piú otto piú otto piú due, uguale ventuno.
Dispari, maschio.

Tutti spostarono allora l'attenzione su Nelide, che rispose fredda:

– Tre R *lu patre*, una R la madre, *nisciuna lu mese de lo sgravamento*, luglio. Tre e una, quattro. Pari. È femmina.
Giulio deglutí.

– Io credo che l'importante è che sia sano e...
Maria era sbiancata. Manifestava un certo timore per la determinazione della ragazza.

– Quando è inciampata scendendo le scale, il mese scorso, è caduta in avanti. Ricordi, no, Giulio? Ci siamo spaventati, ma lei si è riparata in tempo e non si è fatta niente.
Ora, tutti sanno che se una donna in dolce attesa cade in avanti il figlio sarà maschio, altrimenti sarebbe caduta sul sedere, quindi...
Nelide domandò a Enrica:

– Barone', la gamba *vi face* ancora male?
Giulio chiese, preoccupato:

– Quale gamba?
Enrica minimizzò.

– No, ho una piccola infiammazione all'anca sinistra e...
Nelide disse:

– *Se face male la coscia smerza*, è femmina. Tutti lo sanno. È per questo che è caduta, la baronessa. E perché non ci stavo io, se no la mantenevo.

Maria, che aveva piú volte raccontato dello spavento che si era presa per la caduta della figlia mentre l'accompagnava a fare una passeggiata, arrossí ma non disse niente. Enrica allora intervenne, rassicurante.

– Avete ragione, papà, l'importante è che sia sano, maschio o femmina non importa. E poi gli vorremo bene tutti, comunque. Non è cosí?

Giulio non poteva negare, anche se non l'avrebbe ammesso nemmeno sotto tortura, che vedere qualcuno zittire la moglie nonostante il rango sociale inferiore lo divertiva un mondo.

– L'importante per me è che tu stia bene, figlia mia. Che tu sia felice. E sono sicuro che Nelide, qui, sia una guardiana forte e che ti tenga al sicuro.

– Papà, su questo potete stare tranquillo. Mi vizia fin troppo, non mi fa nemmeno spostare una sedia. Io ho un bel dirle che sono incinta e non malata, ma lei...

Nelide la interruppe, torva:

– Perché la luna è calante, barone'. Con la luna calante, si deve stare attenti. Permettete.

E si avviò in cucina, lasciando i presenti a interrogarsi sull'influsso dell'astronomia sulle umane vicende.

XI.

Secondo la divisione dei compiti che si erano dati, l'unico che non doveva aspettare gli eventi era proprio Ricciardi.

Maione aveva provveduto ad allertare i contatti carcerari ed era in attesa che qualcuno gli facesse sapere dove avevano condotto Livia; Modo era in giro per gli ospedali, al fine di capire chi era il medico che si stava occupando del cadavere di Manfred. Per entrambi non ci sarebbero state novità fino al giorno successivo, il primo lunedí di luglio.

Mentre il commissario si preparava a uscire, avendo finito il turno domenicale e con l'intenzione di andare a cercare l'autista e il portinaio di Livia, fece irruzione il vicequestore Angelo Garzo.

Non che Ricciardi – e Maione come lui – non lo avesse previsto: anzi, il ritardo col quale si manifestava era indice di quanto poco la figura contasse anche nelle segrete stanze romane della polizia politica, dove in tutta evidenza non si era ritenuto di dover allertare le strutture locali fino a quel momento.

Garzo versava in un notevole stato di angoscia. Di norma era supponente e presuntuoso, in grado di celare viltà e pessimismo dietro la cura maniacale dell'immagine e dei comportamenti. Manieroso, formale, sempre curato nell'abbigliamento e nella persona, dai baffi ai capelli, dagli occhiali ai colletti inamidati delle camicie, nessuno poteva asserire di averlo mai visto in disordine. Ricciardi – che con

Maione e tutto il personale della questura condivideva la salda convinzione che si trattasse di un ottuso burocrate debole coi forti e forte coi deboli – doveva dargli atto di non travalicare mai i limiti di un atteggiamento conforme a quelle che lui reputava prerogative irrinunciabili della propria funzione.

Fu quindi enorme la sorpresa nel vederlo entrare senza bussare e nelle condizioni in cui era.

Garzo era spettinato. Di piú: scarmigliato. I capelli, di solito lisciati all'indietro, pendevano incontrollati da tutte le parti. Il cappello era sghembo, calzato al contrario. Aveva qualche chiazza non rasata su una guancia, quasi fosse stato interrotto mentre si faceva la barba. La camicia era abbottonata male, con il colletto sollevato da un lato. Giacca e pantaloni appartenevano a due abiti diversi, e una scarpa era slacciata. Si lasciò cadere sulla sedia davanti alla scrivania.

Ricciardi e Garzo si fissarono, interdetti. Al vicequestore tremavano le labbra, pareva sul punto di piangere. Gli occhi erano arrossati. Il commissario provò pena per quell'uomo al colmo dell'agitazione.

– Buon pomeriggio, dottore. Che succede?

Garzo boccheggiò, simile a un merluzzo appena pescato. Poi, corrugando le sopracciglia e puntando l'indice tremante verso Ricciardi, balbettò:

– Voi... voi... Non ci provate, Ricciardi. Sia chiaro, e sia detto subito: non ci provate. La solita pantomima. La solita recita, stavolta non... Non... Posso avere un bicchier d'acqua, per favore?

Ricciardi gli versò dell'acqua dalla brocca che teneva sulla mensola. L'uomo la tracannò in un paio di lunghi sorsi, asciugandosi poi i baffi col dorso della mano. Riprese:

– Non fingete con me, vi prego. Non stavolta. Sappiamo tutti quello che è successo, e io... Il questore, capite? Il questore in persona, mi ha convocato alle undici a casa sua! Io mai, mai ero stato chiamato a casa del questore! Mi ha detto che voi, voi e Maione, siete stati a casa della signora... Di quella donna. È vero?

Aveva sussurrato, forse temeva che qualcun altro potesse ascoltare. Ricciardi si guardò attorno, per accertarsi che fossero soli.

– Sí, dottore, siamo stati chiamati dalla cameriera di Livia, e abbiamo verificato che sul luogo era avvenuto un omic...

Garzo balzò in piedi, i pugni stretti lungo i fianchi. Strabuzzò gli occhi e urlò stridulo.

– Niente! Non è successo niente! Almeno, niente che ci riguardi! Il questore è stato chiamato a propria volta dal ministero, capite? Il ministero! E se il ministero dice che non è successo niente, allora non è successo niente!

– Dottore, con tutto il rispetto, io ho visto...

– No, Ricciardi, no! Voi non avete visto niente! Non capite, allora! E non mi venite a parlare di rispetto, perché sappiamo bene che voi non rispettate nulla!

Il commissario indossò la giacca.

– Dottore, io rispetto tutto cosí tanto che, quando mi è stato mostrato il documento che riportava le credenziali del capitano Rossi, ho abbandonato la scena del crimine nonostante fossimo intervenuti per primi e assai tempestivamente. Rispetto tutto cosí tanto che non vi ho interessato di domenica, pur nella gravità della situazione, per non mettervi di fronte alla necessità di dovervi rivolgere al vostro superiore. Rispetto tutto cosí tanto che, pur essendo coinvolta un'amica che mi sta molto a cuore, non ho esitato a lasciare l'appartamento quando mi sono reso conto che era presidiato.

Garzo arretrò di un passo, come fosse stato schiaffeggiato. Dopo qualche attimo riprese, piú fermo.

– Io... sí, si può vedere anche in questo modo, naturalmente. E con ogni probabilità è ciò che sosterremo, se saremo, come è possibile, chiamati a rispondere del vostro
intervento sul luogo nonostante...

– Dottore, io credo che chiunque, a qualsiasi livello, non
possa che essere colpito dalla tempestività della squadra di
polizia che interviene in un luogo della giurisdizione urbana
in cui, con tutta evidenza, è avvenuto qualcosa di sospetto.
Se poi la suddetta squadra non ha problemi a farsi da parte
quando apprende che figure di maggior competenza sono
presenti, tutto è a posto. Non credete?

Garzo fece correre gli occhi accigliati lungo il piano della scrivania. Sembrava di sentire il rumore degli ingranag-
gi che si mettevano faticosamente in moto dentro la testa.
D'un tratto esibí un ghigno che contrastava con l'espressione
terrorizzata, dando la sensazione di una insorgente follia.

– In effetti è cosí. Potremo senz'altro dire cosí, sí. Ma
una cosa, una cosa è fondamentale, Ricciardi. E io su questo non posso e non voglio tornare mai piú. La vedova Vezzi, quella... quella donna i cui costumi sono cosí discutibili,
non è mai, mai stata mia amica. Io non ho mai visto di buon
occhio la vostra amicizia, me ne dovete dare atto. Giusto?

Ricciardi ripensò agli oltre due anni di corteggiamento
di Garzo nei confronti di Livia; ai tentativi di entrare nelle
grazie di lei, di intrufolarsi nei ricevimenti che dava la donna, nell'intento di stringere rapporti con le persone autore-
voli che ne frequentavano il salotto; alle pressanti richieste
a Livia di mettere una buona parola presso le amicizie romane, per le sue aspirazioni di carriera.

– Come volete, dottore. Se nutrite questa convinzione,
non sarò io a togliervela.

Non cogliendo alcuna ironia, Garzo assentí convinto.
Poi disse:

– La questione che... Quello che non è successo, e vi ribadisco che non è successo oggi, riguarda la sicurezza nazionale. È una questione, dicevo, che potrebbe alterare le relazioni internazionali con un paese amico. Con un paese fratello, anzi. Chiunque si accosti a tale questione, Ricciardi, e il ministero è stato molto chiaro, verrebbe subito internato. Internato. Non so se mi spiego: in-ter-na-to. Per essere interrogato, naturalmente con tutte le garanzie del caso, e...

Si fermò, provato. La mano tremante tormentava i baffi. Ricciardi fu combattuto fra la compassione e la nausea, poi optò per la seconda.

Garzo riprese, quasi supplichevole.

– Ricciardi, voi ora siete un uomo sposato. Aspettate un bambino, mi risulta. Sono tempi particolari, ci vuole un attimo a passare da una... da una condizione a un'altra. Fatelo per vostra moglie, per vostro figlio. Io... C'è da avere paura, sapete. Molta, molta paura. Il questore, lui... era davvero terrorizzato. Non l'ho mai visto cosí. Noi, noi dobbiamo pensare alle famiglie. Non è piú una questione di carriera o di lavoro. Per carità, fate come se questa cosa voi non l'aveste mai saputa. Mai.

Ricciardi fissò quel viso stravolto dal terrore.

– Dottore, io ho finito il turno. Se permettete, torno a casa. Da mia moglie. Buonasera.

XII.

Ricciardi si ritrovò immerso nella prima sera di luglio. Il vento caldo che sapeva di mare e di sabbia gli arrivò addosso, senza offrire sollievo al bisogno d'aria pura che sentiva dopo il breve, rivoltante dialogo con Garzo.

Si chiese il perché del profondo disagio che pativa, se derivasse da ciò che aveva visto e udito, dalla morte di Manfred e dalla difficoltà di comunicarla a Enrica. Provava rimorso per l'avversione che aveva riservato al tedesco, che in fondo non gli aveva fatto nulla di male; e se colpa aveva avuto, era stata aver nutrito un sentimento verso la donna che Ricciardi amava, un sentimento peraltro genuino e puro, che aveva condotto a una proposta seria che Enrica aveva rifiutato. Ma non era di certo quella, la fonte del disagio.

Mentre percorreva la via affollata, in mezzo alle famiglie a passeggio e ai venditori ambulanti di palloncini e semenze, ciliegie e albicocche, rose e gerbere, si domandò se quel disagio fosse per Livia. Chissà dov'era, in che difficoltà. Quale angoscia soffriva, ora che di sicuro era sveglia, accusata di un crimine orribile. Eppure, non era neppure per lei che avvertiva quella fitta al cuore.

Passò all'imboccatura di un vicolo stretto che si inerpicava verso la collina. Nel buio, poco oltre l'antico palazzo che faceva angolo con la via principale, udí un mormorio. Si fermò e intravide l'immagine luminescente di un uomo con una depressione innaturale sul lato destro del cranio. Diceva: *jatevenne, carogne. Jatevenne, carogne.*

Riprese a camminare, rilevando che di recente nessun omicidio era stato segnalato in quel punto. Cosí faceva, la città: attivava anticorpi oscuri, e lasciava alla giustizia privata fatta di mazze e coltelli la vendetta per quei cadaveri senza nome. E forse qualcun altro era morto, da qualche parte, per vendicare quell'uomo con la testa spaccata il cui cadavere, probabilmente, era stato fatto sparire nella notte.

D'un tratto si manifestò chiaro e limpido il motivo di quel disagio, della morsa che gli attanagliava lo stomaco privandolo dell'appetito che pure avrebbe dovuto avere, dopo una giornata di digiuno.

Aveva paura.

Un sentimento nuovo, mai provato prima di allora.

La paura.

Un musicista ambulante, col pianino. Era un ragazzo segaligno dall'aria affamata e la voce angelica. Cantava girando la manovella: *Io no, nun canto pe' tte, canto pe' 'n'ata. No, nun te voglio vede', comm'a 'na vota. Tu nun si' niente pe' mme, niente pe' mme!*

Qualcosa nell'accoratezza della canzone lo portò a fermarsi, in mezzo al capannello di chi ascoltava nell'aria calda della sera.

*Pe' dint'a ll'ombra va 'stu core
ca nun po' durmi'
e canta e chiagne: «Ammore, ammore,
tu mme faje muri'!
Ma si tu siente 'sta voce 'e tremma',
no, nun mme credere,
nun t'affaccia'!»*

Incoerenza, pensò Ricciardi. L'amore è incoerenza. Per un attimo di felicità priva di futuro, come se dovesse durare per sempre, tanta ansia, tanta preoccupazione, tanta possibile sofferenza. Eppure quell'attimo di felicità basta a nutrire il resto della vita.

Paura. Tanta paura.

Sul viso del ragazzo che girava la manovella corse una lacrima. Non fingi, gli disse muto Ricciardi. Canti per raccattare qualche moneta, per poter mangiare: ma non fingi. Stai parlando davvero a qualcuna, stai raccontando del tuo cuore. Non è cosí?

Io mo' nun canto pe' tte,
canto pe' 'n'ata.
No, nun te voglio vede'
comm'a 'na vota.
Tu nun si' niente pe' mme,
niente pe' mme!

Sí. È cosí. Ho paura, si disse. Il sentimento disgustoso che tremava negli occhi privi di intelligenza di Garzo lo sentiva forte nel proprio cuore. Che diritto hai, si chiese, di dare un giudizio morale cosí negativo nei confronti di quell'uomo senza qualità, se tu stesso provi una tale angoscia? Ricordò i giorni della Pasqua di due anni prima, quando la polizia politica aveva catturato Bruno Modo e lui si era rivolto a Livia per avere aiuto. Per restituire all'amico la libertà perduta mentre lui si occupava dell'assassinio di quella povera prostituta, Vipera. E Livia era intervenuta, l'aveva aiutato.

Ma i tempi erano cambiati, rifletté mentre il ragazzo cantava a occhi chiusi, girando la manovella e seguendo la musica dolcissima del pianino.

Nun saccio cchiú
che nomme tiene tu, Mari'!

Ora non si nascondevano piú, Bruno aveva ragione. Ora si spariva in piena notte, e l'indomani non rimaneva traccia di chi era stato portato via. E tutti facevano finta di niente, continuando a vivere come se nulla fosse. Curandosi di far sí che nessuno pensasse che si era stati amici, fratelli, compagni di chi era scomparso nel buio.

Cosa sarebbe accaduto se qualcuno si fosse accorto dell'indagine che, insieme a Maione e a Modo, aveva deciso di intraprendere di nascosto? Se fosse toccato a loro di sparire all'alba, condotti in qualche posto oscuro o in un'isola del Tirreno? O magari gettati in un fosso, *jatevenne, carogne*, una botta in testa e via.

Pensò alla famiglia di Raffaele, a Lucia e ai figli, già provati dalla morte del primogenito Luca. Pensò ai pazienti e agli amici di Bruno, un uomo straordinario che aveva fatto di un popolo intero la sua famiglia, un popolo che avrebbe perso l'aiuto e la sollecitudine di una professionalità insostituibile, e alla sofferenza che ne sarebbe derivata.

E pensò soprattutto a Enrica. Al bagliore delle lenti dietro la finestra, mentre lo salutava rendendo ogni giorno un giorno di festa; alla gioia e al sole che aveva recato in una vita che non aveva mai conosciuto la parvenza di un colore, e che adesso era insopportabilmente felice.

La mente andò anche al ventre di Enrica, quella piccola mongolfiera che racchiudeva la speranza e il timore del futuro. Quale ragione lo spingeva a mettere a repentaglio tutto questo? Per un uomo, poi, che gli era sconosciuto, che aveva messo in pericolo, anche se inconsapevolmente, la sua felicità, e la cui morte era in fondo un rischio professionale insito nell'attività di spia.

Paura.

Il vento soffiò piú forte, portando via le ultime parole della canzone.

Te voglio bbene, sí,
surtanto a te, Mari'!

Il ragazzo restò con gli occhi chiusi e le dita sulla manovella, lasciando scorrere le ultime lacrime. Che incoerenza, l'amore, pensò Ricciardi.

E rammentò le lacrime di Livia di fronte al suo rifiuto definitivo, la sua disperazione. Era per lui, solo per lui che era rimasta in quella città, che aveva incontrato Manfred, che si era inabissata nel dolore e che aveva trovato la sua condanna nel sonno indotto da chissà chi.

Aveva paura, ed era giusto che l'avesse. Per sé, per Enrica e suo figlio, per Maione, Lucia e la loro famiglia, per Bruno e per i suoi pazienti, per la ribalda allegria che il medico recava con sé dovunque andasse.

E per la città che lo circondava, per la coppia che applaudiva commossa il suonatore di pianino, per il ragazzo che asciugandosi il volto si toglieva il cappello e si inchinava, raccogliendo le poche monete che l'improvvisato pubblico gli lanciava, per la ragazza bruttina che gli porgeva un fiore. Per la donna che gli aveva lacerato il cuore.

Aveva paura, sí.

Ma l'amore non può essere egoista. L'amore spinge, non trattiene; altrimenti non è amore.

Deviò dalla strada che l'avrebbe condotto a casa.

E si diresse verso il palazzo di Livia.

XIII

La folla che riempiva le strade non soltanto non gli dava noia, ma era un ottimo modo di passare piú o meno inosservato, avendo nel contempo la possibilità di vedere con calma quello che doveva.

Ricciardi si tenne al centro del marciapiede, facendosi trasportare dal chiassoso e colorato flusso di coppie, famiglie con bambini, gruppi di ragazze che ridevano, giovanotti che cercavano di attirarne l'attenzione e anziani scorbutici che inveivano contro chi li urtava per distrazione, non perdonando la gioventú. Incrociò un paio di guardie che lo salutarono col solito fastidio che gli procurava la fama di menagramo. Rispose al saluto con una smorfia; l'unico rapporto di amicizia che era riuscito a crearsi sul lavoro era quello con Maione. A volte si chiedeva quanto fosse colpa sua, ma la risposta non gli interessava granché.

La marea di gente diradava in prossimità delle vie traverse: Sant'Anna dei Lombardi era una di queste. La presenza di belle vetrine, però, faceva sí che ci fosse folla anche lí, e la cosa risultò comoda per Ricciardi, che rallentò per guardarsi attorno. Niente automobili scure parcheggiate con uomini a bordo, niente persone ferme nei paraggi che potevano far pensare a una sorveglianza. Non se ne aspettava, d'altronde: il luogo doveva essere stato sgomberato da ore, e tenere ancora impegnati elementi a vigilare il palazzo non aveva senso. Al di là di un'anziana signora affacciata a osservare il viavai, non vide nessuno di sospetto ai balconi degli stabili circostanti.

Rallentò in prossimità del portone di Livia fingendo di guardare l'orologio, poi si infilò nell'androne. Il custode, Gennaro, stava completando le operazioni di chiusura della guardiola prima di accostare i pesanti battenti. Quando si ritrovò Ricciardi di fronte, sbiancò come avesse visto un fantasma.

Le rare volte in cui il poliziotto si era recato a casa di Livia, Gennaro si era limitato a un discreto saluto. In quella città ciascuno sapeva tutto di tutti, per cui al custode era noto chi fosse Ricciardi; in piú, l'attitudine del ruolo a calamitare pettegolezzi e maldicenze lo aveva spinto a fantasticare sul rapporto tra quel silenzioso personaggio dagli occhi verdi e l'esuberante, bellissima inquilina del grande appartamento al piano nobile.

Gli eventi di quella mattina, però, erano stati troppo strani e incomprensibili per consentire un comportamento normale. E i tempi che correvano inducevano il portinaio a mantenere una prudenza estrema, che prevedeva meno contatti possibili con gli estranei.

– Buonasera, avete bisogno di qualcosa? Perché io sto chiudendo, sopra non ci sta nessuno e…

Ricciardi tagliò corto.

– Solo qualche informazione e me ne vado, Gennaro. State tranquillo. Dove ci possiamo mettere per fare due chiacchiere?

L'uomo scrutò il pezzo di strada che si vedeva dall'androne.

– Veramente io non so chi siete, e che…

– Davvero? Avete la memoria cosí corta? Eppure ci siamo visti stamattina e diverse altre volte. Sono il commissario Ricciardi, della questura. Vi ricordate, adesso?

L'uomo si passò nervoso un dito nel colletto.

– Ah, sí, certo, scusatemi, è un poco buio qua dentro e non ci vedo bene, sapete, la vecchiaia. E comunque veramente sto chiudendo, è stata una giornata lunga.

Ricciardi lo fissava inespressivo, alimentando apposta il disagio dell'uomo.

– Vi ripeto, non vi faccio perdere tempo, non ne voglio perdere nemmeno io. Solo due parole.

Dopo un'ultima esitazione, il custode annuí e si ritirò in un anfratto del cortile dal quale non si scorgeva la strada. La cosa non sfuggí a Ricciardi.

– Dunque, vorrei sapere prima di tutto del ragazzo che vi è venuto a dire della madre di Clara. Chi era? Lo conoscevate già?

L'uomo si guardò attorno, quasi temesse che qualcuno sbucasse fuori da un momento all'altro.

– No. E nemmeno mi ha chiesto prima se Clara faticava qua. Andava di fretta, un ragazzo bruno con la camicia e un gilet, la coppola in testa, un poco di barba in faccia. Avrà tenuto una ventina d'anni.

– Che vi ha detto, esattamente?

– E che mi ha detto, questo mi ha detto: scusate, potete dire a Clara che la madre, al paese, sta male? Che sta morendo, ditele cosí. Deve raggiungerla subito. Arrivederci. Si è toccato la visiera e se n'è andato.

– Mi hanno riferito di un carretto della frutta. Voi l'avete visto?

– No, commissa'. Lui ha detto che era un paesano di Clara e che non la poteva aspettare, perché teneva il carretto della frutta solo e doveva andare. Niente di piú. Ed è corso via.

Ricciardi cambiò argomento.

– Gli uomini che sono arrivati stamattina, dopo di noi. Chi erano? Erano già venuti qui? Sforzatevi di ricordare: è molto importante.

L'uomo strabuzzò gli occhi.

– Qu-quali uomini, commissa'? Perché, che è stato? Qui non è successo niente, e io non…

La mano di Ricciardi, sottile e nervosa, uscí repentina dalla tasca dei calzoni e ghermí con inaspettata forza l'avambraccio del portinaio. L'uomo squittí per la sorpresa e il dolore.

– Gennaro, vi assicuro che vi possono arrivare guai grossi anche da me. Ma proprio grossi assai. Quindi vi consiglio di ricordare. Subito.

Non era un uomo coraggioso, il custode, ma sapeva giudicare le persone. E negli occhi di Ricciardi vide una lucida determinazione a mantenere le promesse.

– Commissa', qua passa tanta gente, lo sapete. La signora Livia è una che… Riceve spesso, è sempre stata socievole. Io non è che mi posso ricordare tutti quanti, ma questi qua non mi pare di averli visti mai. Però mi posso sbagliare, sinceramente.

Ricciardi scrutò il viso di Gennaro, cercando tracce di reticenza. Non ne trovò.

– Adesso ditemi di stamattina, dopo che noi siamo andati via.

L'uomo bilanciò il peso da un piede all'altro.

– Commissario, vi prego. Voi avete capito chi sono, quelli. Lo sapete cosa si dice in giro, no? Se dànno degli ordini, bisogna eseguirli. Non me lo chiedete. Per piacere.

La paura, pensò Ricciardi. La paura, quella morsa allo stomaco e al cuore, il respiro che si fa corto, il sudore. Se hai qualcuno che ami, se qualcuno dipende da te, la paura è diversa. Cambia colore.

– Vi dò la mia parola d'onore che quello che direte adesso rimarrà fra noi. E che non sarete mai chiamato a confermare niente davanti a un giudice o a nessun altro. Ve lo giuro.

Si fissarono a lungo. Alla fine Gennaro si decise a parlare.

– Quello col segno in faccia, non mi ha detto come si chiama. Lui mi pareva che comandava gli altri. È trascorsa un'oretta, dopo che siete andati via. Ci stavano quelle macchine fuori, le avete viste. Prima hanno portato via la signora, pareva mezzo addormentata, la sorreggevano ma camminava coi piedi suoi. Io mi sono chiuso nella guardiola.

– Andate avanti.

L'altro si umettò le labbra secche con la lingua.

– C'era Clara, e si sono portati via pure a lei. Poi altri due... – Scrollò il capo, pareva voler scacciare un'immagine molesta. – Poi altri due hanno portato fuori un... Non lo so che cos'era, commissa', ma pareva un... un...

Ricciardi disse, piano:

– Un corpo umano.

Gennaro era diventato mortalmente pallido; era evidente anche nell'oscurità dell'androne.

– Sí. Era avvolto nelle lenzuola. Uno di loro teneva pure un fagotto, forse erano vestiti. Sono montati in macchina e sono ripartiti. Prima però...

– Prima, che cosa?

– Prima quello con lo sfregio è venuto da me, nella guardiola. Hai fatto bene a chiuderti, mi ha detto. Bravo. Hai fatto bene, perché tanto non ci stava niente da vedere. Proprio niente. Ci siamo capiti? – Si passò di nuovo il dito nel colletto. Era madido di sudore. – E io ho detto: certamente. Mi faccio i fatti miei, ho detto. E lui allora mi ha guardato, e che brutto sguardo, commissa', e mi ha detto: e i fatti tuoi ti devi fare. Allora ti informo, mi ha detto, che la signora ieri non è rientrata e che probabilmente è partita per un viaggio. Forse se n'è tornata a Roma, da dove è venuta. È chiaro? È chiaro, ho risposto io. E lui ha detto ancora: e non ci stava nessuno, a casa della signora con lei. Tu nessuno hai visto. È chiaro? È chiaro, ho risposto io. E allora mi ha sorriso, con un sorriso brutto, e se n'è andato.

– È rimasto qualcuno?

– Commissa', io sono vedovo. Tengo una figlia che da poco ha avuto un bambino. Quello è tornato indietro. Mi ha guardato e mi ha detto: complimenti per il nipotino, Percuoco Gennaro. È proprio un bel bambino, ha detto. E se n'è andato. Capite, commissa'?

Ricciardi capiva. Una morsa allo stomaco. Gli strinse ancora il braccio, stavolta amichevolmente.

– State tranquillo, Gennaro. Nessuno saprà mai di questa conversazione.

Gennaro deglutí.

– La signora Livia, commissa'... È cosí bella, ed è pure gentile. Ha sempre una parola buona, e quando è nato mio nipote mi ha fatto un bel regalo. È una brava persona. Ma io, voi lo capite... Quello lo sapeva, che è nato il bambino. Come faceva a saperlo, commissa'?

Ricciardi lo fissò senza riuscire a sembrare rassicurante. Poi andò via nella notte calda.

XIV.

Arturo Izzo aveva oltre quarant'anni e non poteva perdere il lavoro. Aveva acquisito una certa competenza, e aveva saputo farsi apprezzare da tutti i personaggi che aveva assistito e ai quali aveva fornito la propria opera, adottando una serie di precauzioni che riteneva fondamentali.

La prima era di essere sempre discreto.

Un autista era, per chi poteva permetterselo, semplicemente un pezzo dell'automobile. Una componente evoluta, certo, ma sempre una parte meccanica: che non deve vedere, sentire e soprattutto parlare se non sollecitata. Non bisognava mai cadere nella trappola di un'apparente offerta di amicizia da parte del padrone o della padrona: se volevi tenerti l'impiego, con l'ottimo salario e il tempo libero che quel meraviglioso mestiere consentiva, dovevi restare appunto al tuo posto. Una volta Arturo aveva conosciuto un collega, molto competente e bravissimo meccanico, che amoreggiava con la figlia dell'avvocato che serviva. L'avvocato aveva fiducia in lui; si faceva accompagnare nei bordelli, lo invitava a bere quando la sera non voleva ritirarsi troppo presto a casa, gli confidava i segreti delle cause che seguiva.

Ebbene, lo stesso avvocato, tanto amico e quasi fratello di bisbocce, quando lo aveva trovato in garage a utilizzare con sua figlia il sedile posteriore della vettura in maniera non convenzionale, lo aveva inseguito per mezzo chilometro brandendo una chiave inglese. E adesso il collega si arrabattava vendendo pesce al mercato. Mai accettare le richieste di amicizia di chi ti dà lavoro. Questo era l'insegnamento.

Ora però Arturo, mentre armeggiava nel vano motore della macchina di proprietà della signora Livia Lucani vedova Vezzi, all'interno della rimessa a qualche centinaio di metri dall'abitazione di lei, riteneva che già l'indomani avrebbe dovuto mettersi in cerca di un nuovo impiego. Gli dispiaceva, erano quasi due anni che occupava quel posto, ma cosí è la vita, giusto? E lui aveva moglie e sei figli da mantenere, non poteva attendere gli eventi.

Sospirò, con una pezza pulí alla bell'e meglio le mani sporche di grasso e richiuse il cofano, attento a non imbrattarne la superficie lucidissima. Il cuore gli balzò in petto quando si ritrovò davanti gli occhi di ghiaccio del commissario Luigi Alfredo Ricciardi.

– Commissa', mi avete spaventato! Ma da quanto tempo siete qua, scusate?

– Buonasera, Arturo. C'era la porta aperta, ho sentito rumore e ho capito che stavi qua. Ma perché ti sei spaventato? Aspettavi qualcuno?

L'uomo si abbottonò la camicia che aveva slacciato per applicarsi al motore.

– Io? No, no, figuratevi, stavo controllando l'olio, questa macchina ne consuma assai, ci devo stare attento. Che posso fare per voi?

– Chi lo sa? Magari mi puoi dare qualche notizia. Non lavori, stasera? La signora non ha bisogno?

Arturo arrossí.

– No, no, commissa', di solito mi avverte prima, manda qualcuno e mi dice a che ora deve uscire, lo sapete che il parcheggio è difficoltoso davanti al palazzo, meglio non arrivare all'ultimo momento.

Arturo aveva sempre provato disagio in presenza di Ricciardi. Aveva compreso il sentimento di Livia nei suoi confronti, assistito all'evoluzione del loro rapporto, accompagnato infinite volte la signora in questura, al teatro e dovunque si fossero incontrati; e anche, diverse volte, sotto casa di lui, su richiesta di Livia, nella speranza di vederlo arrivare. Non capiva come si potesse rifiutare l'amore di una donna come quella. Ma seguendo i principî ai quali uniformava la sua vita, Arturo si faceva rigorosamente gli affari propri.

Il commissario lo incalzò.

– Arturo, ti devo fare alcune domande sulla serata di ieri.

L'autista assunse un'aria circospetta, che per Ricciardi valeva piú di una risposta.

– Dite pure, commissa'.

– Ieri la signora è uscita? L'hai accompagnata da qualche parte?

– Certo, sí. L'ho portata a Santa Lucia, al palazzo della duchessa Previti di San Vito, che dava un ricevimento. La signora Livia era invitata.

– Ed era sola? Hai portato soltanto lei?

– No, commissa'. Siamo passati a prendere il maggiore Manfred, a casa sua. È andato pure lui, al ricevimento.

– Che ora era?

– Credo le nove, le nove e un quarto. Ci stava ancora movimento per strada, con questo caldo la gente sta fuori fino a tardi. Ma perché queste domande, commissa'?

Invece di rispondergli, Ricciardi chiese ancora:

– E tu li hai attesi, vero? Per riportarli a casa, intendo.

– No, veramente dopo un'oretta mi hanno avvertito che me ne potevo andare. Che la signora tornava con altri mezzi.

Ricciardi tacque, fissando Arturo negli occhi. L'uomo distolse lo sguardo. Dopo qualche attimo, Ricciardi disse a bassa voce:

– Arturo, ci conosciamo da tempo. Livia ha grande fiducia in te, ha sempre parlato benissimo di come svolgi il tuo lavoro. Diverse volte le ho chiesto se fosse il caso di andare in certi posti, in certe ore, e lei mi ha sempre detto che con te si sentiva sicura.

– Certo, commissa', io pure sono affezionato assai alla signora, lo sapete. Credo di averlo dimostrato, pure davanti a voi.

Il riferimento all'ultimo incontro, quando Livia aveva schiaffeggiato Ricciardi ed era scoppiata in lacrime, ubriaca e confusa, e proprio Arturo l'aveva portata via, fu chiaro a entrambi.

– Proprio per questo ti chiedo di rispondermi con sincerità e senza reticenze. Sappiamo tutti e due che Livia è in pericolo, e sappiamo tutti e due che non saresti mai andato via senza un ordine diretto di lei. Quindi, vuoi dirmi che è successo in realtà?

L'autista si passò una mano sulla faccia, lasciando una striscia di grasso sulla guancia.

– Commissa', io vorrei tanto aiutarvi, e alla signora, ve l'ho detto, sono molto affezionato. E lo sapete, io il mestiere mio lo so fare, e pure bene. Però vi assicuro, io ieri me ne dovevo andare per forza. E comunque ero certo che la signora non fosse in pericolo.

– E questa certezza da che cosa ti derivava, lo posso sapere?

Alla luce della lampadina che pendeva dal soffitto della rimessa, Ricciardi vide luccicare una lacrima. Arturo sussurrò:

– Tengo sei figli, commissa'. Sei. Se non lavoro, muoiono di fame. Non mi mettete nei guai, vi prego.

– Arturo, nei guai ci sei già. Ti conviene essere sincero con me, proprio per evitare quelli grossi. Mi hai sentito parlare tante volte con Livia e sai come la penso. Se ti dico che mai ti metterò in guai maggiori, mi puoi credere. Dimmi perché te ne sei andato, ieri sera.

L'uomo trasse un respiro spezzato.

– Uno vestito bene, coi capelli grigi. Di poche parole, profumo di lavanda, forse il dopobarba. Viene sempre in visita dalla signora, lei ci parla. Lo conosco, l'ho visto molte volte. È lui che mi ha detto di andare via, da parte della signora. E che l'indomani, cioè oggi, la signora non avrebbe avuto bisogno di me. E mi ha detto pure...

– Che altro ti ha detto?

– Mi ha detto di aspettare due giorni, e se la signora non si faceva viva voleva dire che era dovuta partire d'urgenza. Che avrei trovato la paga di tre mesi in una busta da Gennaro, il portiere, e che mi potevo ritenere libero di cercare un altro posto.

– E non ti è sembrato strano che non te la desse Livia, un'informazione cosí importante?

– Che vi posso dire, commissa'? I signori sono strani. E poi non è mica detto, no? Magari la signora si fa sentire e tutto torna alla normalità.

– Quest'uomo, Arturo. Questo tizio coi capelli grigi, profumato di lavanda. Come si comportava Livia con lui? Che rapporto c'era tra loro?

– Commissa', lo sapete, io mi faccio i fatti miei. È una regola precisa, per fare il mestiere mio bisogna...

Ricciardi scattò.

– Non è questo il momento della discrezione, Arturo. Livia è in pericolo, e se hai qualche motivo di gratitudine e di affetto per lei, dimostralo dandomi una mano. Adesso.

Davanti agli occhi di Arturo scorsero le allegre ore di viaggio in macchina con quella donna bellissima, che gli chiedeva con instancabile curiosità della città, delle strade, della gente. I panorami, i monumenti, i caffè e i ristoranti

che l'aveva accompagnata a vedere, le mance munifiche in
occasione delle festività, la sollecitudine quando gli chiedeva dei suoi bambini e i regali che mandava loro.

Sospirò.

– Non ha mai parlato con la signora dentro la macchina,
commissa'. L'aspettava per strada, in posti fuori mano, caffè
e trattorie. Da lontano lui era sempre pacato, pareva come
quelli che sfottono, che prendono in giro. Invece la signora era sempre alterata, quando tornava in macchina. Tutta
rossa, qualche volta piangeva pure. Ma non ha mai fatto un
commento. Solo una volta mi ha detto: Arturo, quell'uomo è la persona piú pericolosa che abbia mai incontrato.
E quando me l'ha detto teneva lo sguardo pieno di paura.

– Hai mai sentito il suo nome? Ti ha mai detto come si
chiama, quell'uomo?

Quasi fosse una bestemmia, Arturo disse:

– Falco. Si chiama Falco, commissa'.

XV.

Enrica aveva cominciato a preoccuparsi a partire da un'ora dopo la fine del turno della domenica, tempo considerato di massima tolleranza per eventuali ritardi in ufficio e durante il tragitto dalla questura a casa.

Il mestiere del marito non consentiva previsioni esatte di rientro, e lei era consapevole dei rischi che l'essere poliziotto comportava. Era cosí per Luigi Alfredo, e mai lo avrebbe voluto dissimile. Conosceva però le peculiarità che facevano risultare diverso l'amore della sua vita; e quando ne aveva raccolto la confessione accorata, aveva compreso che il suo uomo aveva una sensibilità profonda e una meravigliosa compassione nei confronti del prossimo, e questo glielo rendeva piú caro.

Il pensiero che Enrica aveva formulato il giorno che Luigi Alfredo – angosciato dalla paura di perderla prima ancora di averla avuta – le aveva parlato con il cuore in mano, era stato: è per questo che mi hai fatto aspettare tanto? Non potevi dirmelo subito e lasciare a me la decisione che sarebbe stata la stessa di adesso, un sorriso dolce e un bacio?

Non si era chiesta se fosse pazzo. Aveva già stabilito che Luigi Alfredo era l'uomo migliore del mondo, e che la sua sensibilità accentuata non era che la misura di tale migliorativa diversità. Si era invece domandata come avrebbe potuto aiutarlo, stargli vicina. Sarebbe stato meglio fingere di non sapere, per donargli la normalità che tanto desiderava?

Oppure fare in modo che ne parlasse, cosí da condividere e ridurre il peso di quell'orribile fardello?

Alla fine gli aveva lasciato la scelta, interpretandone ora l'irrigidimento del braccio durante una passeggiata, ora il girare la testa senza apparente motivo, ora il cambio repentino di tono e umore. Enrica non era spettatrice impassibile del silenzio di Luigi Alfredo, ma gli sussurrava tenera ottenendo in cambio un sorriso o una carezza. A volte lui le diceva, con voce rotta: «Una bambina. Vuole la mamma». Altre: «Una vecchia, vaneggia di un amore lontano». Quasi fossero aneddoti riferiti al lavoro, o a conoscenti. Fa parte di te, gli aveva detto un giorno a Fortino mentre lo osservava fissare un punto polveroso nel giardino, nei pressi di una vigna. Davvero pensi che io non ami anche questo, se fa parte di te?

Era però il Fatto, come lo chiamava lui, a procurarle ansia quando il marito tardava a rientrare. Il pericolo che si ritrovasse da solo al cospetto di una delle sue terribili visioni. Il non poterlo proteggere, confortare e distrarre dal tormento.

Alle nove e mezzo, due ore circa dopo la conclusione del turno, dal balcone dove si era piazzata ad attenderlo lo vide finalmente arrivare. Alle spalle di Enrica, Nelide registrò il saluto e andò a scaldare la cena: era piú abituata ai ritardi del barone. Borbottava, come faceva la zia Rosa, ma si rassegnava in fretta.

Luigi Alfredo baciò la moglie con dolcezza, le chiese della sua giornata. Con allegria innaturale, Enrica gli raccontò del pranzo, mentre lui si cambiava e Nelide metteva in tavola. Lo sentiva distratto, teso. O forse triste, come mai le era apparso in quell'anno di convivenza. Gli domandò se fosse successo qualcosa: pareva non averla udita. E questo la preoccupò ancora di piú.

Ricciardi mangiò come un lupo, a bocconi rapidi e voraci. Reagí con monosillabi alle chiacchiere di Enrica, che parlava dei suoi, di come stavano, dei saluti che gli mandavano. Nelide, spalle al muro e pronta a recepire eventuali esigenze, sembrava una statua di sale.

Luigi Alfredo si pulí la bocca col tovagliolo e si appoggiò allo schienale della sedia. Enrica cercò di decifrarne gli occhi. Vi lesse un'afflizione cosí profonda che il cuore le si fermò per un attimo. Un'afflizione che le ricordò i primi casuali incontri, e che lei aveva sperato di non vedere piú.

Ricciardi allungò il braccio sul tavolo e le prese la mano.

– Amore mio, devo dirti una cosa che ti darà dolore. E mai, mai nella vita vorrei dare un dolore a te, che sei la mia unica felicità.

Nelide si mosse come un felino sul punto di saltare. Le priorità erano semplici, e lo stato di salute di Enrica le precedeva tutte. Se il discorso si fosse fatto troppo penoso, l'avrebbe sottratta alla sofferenza. A costo di trascinarla via.

Ricciardi raccontò a Enrica di Clara. Delle lacrime della ragazza, dell'imbarazzo di Maione che era con lei. Senza lasciarle la mano, quasi comunicasse anche attraverso il tocco, le disse che erano andati al palazzo di Livia, e che Modo li aveva raggiunti di corsa.

Le raccontò poi della salita al piano nobile, dell'ingresso nell'appartamento. Vide guizzare nelle pupille della moglie il bagliore di un'antica gelosia. I suoi meravigliosi occhi neri gli dissero di notti in lacrime al pensiero di quella donna elegante e bellissima e ricca, che aveva posato lo sguardo sull'uomo al quale lei aveva legato ogni speranza d'amore e di gioia. E vi scorse anche lo strazio di saperlo lí, davanti a quel corpo lascivo oscenamente nudo. Ma Enrica capí subito che non c'era nulla di passionale nello sconforto del marito di fronte a tale spettacolo; e che il peggio doveva ancora venire.

Ricciardi raccontò alla moglie anche dell'altro corpo disteso sul letto. Glielo disse col maggior tatto possibile, accarezzandole piano le dita; ma il colpo fu ugualmente terribile.

Enrica ritrasse la mano e se la portò alla bocca. Parve sul punto di perdere i sensi.

Nelide avanzò di un passo, disse roca:

– Barone'...

La ragazza le fece un cenno, come per tranquillizzarla. Poi parlò, la voce rotta dal pianto.

– Morto? Mi stai dicendo che Manfred... proprio lui, Manfred... E l'ha ucciso lei? Lei, questa... questa Livia ha ucciso Manfred?

Ricciardi le riprese la mano. Disse che no, non credeva affatto fosse stata lei. Ne spiegò il perché, riferendo quanto era successo dopo: l'irruzione della polizia politica, la sottrazione della competenza a indagare, la scelta di convenienza che aveva fatto portando via Maione e Modo prima che accadesse l'irreparabile.

Fu vago sulle ragioni ipotetiche del delitto e sull'attività spionistica di Manfred. Fu vago anzitutto per proteggere la moglie, poi perché non era certo che il tedesco fosse davvero una spia. Fu vago perché non c'era bisogno di sporcare il ricordo che Enrica aveva di lui, benché il pensiero gli facesse un irragionevole male al cuore.

Aggiunse della visita di Garzo, dell'ansia del superiore. E qui le presentò i rischi che, proseguendo l'indagine, avrebbe corso lui e avrebbe fatto correre a Maione e a Modo. Non le nascose nulla in merito alla ferocia, ai mezzi smisurati e alla determinazione di quelli con cui avrebbero avuto a che fare. Le disse, con poche, significative parole, della paura: quel sentimento acuto che aveva provato per la prima volta ora che c'era lei, ora che aveva la responsabilità di lei e del bambino.

– Della bambina, – precisò Nelide a voce bassissima. E nessuno la sentí.

Ricciardi disse ancora della visita a Gennaro e ad Arturo, della loro iniziale reticenza, del loro terrore che, forse, avrebbe dovuto condividere. E ribadí la convinzione che Manfred non fosse stato vittima di un impeto di rabbia di Livia, e che dietro la sua morte ci fosse altro.

Che vuoi che faccia, amore mio?, le domandò. Posso fermarmi qui e lasciare che i fatti seguano la propria strada. Tanto nessuno, purtroppo, potrà riportare Manfred in vita, e Livia ha amicizie importanti che la tirerebbero comunque fuori dai guai. Che vuoi che faccia?

La moglie chiese, piano, cosa avesse detto Manfred. Nelide non mostrò di aver udito quella domanda all'apparenza assurda.

– Non c'era, amore mio. Non lo so cos'ha detto, perché non c'era. E anche questo significa moltissimo, per me. Devo trovarlo, per capire.

Enrica tacque, le lacrime che da dietro le lenti scorrevano sulle guance, una mano in quelle del marito e l'altra sul ventre, come a riparare la creatura che aveva in grembo dal pericolo di venire al mondo. Poi mormorò:

– Non saresti tu, amore mio. Se ti fermassi, non saresti tu. E io ho sposato te, non un altro. Fai quello che devi fare. Solo, non dimenticarti di noi. Non dimenticarti di noi.

XVI.

Quella stessa notte, Nelide ricevette la visita della zia Rosa.

Forse sarebbe piú corretto dire che la sognò, ma era cosí vivida la sensazione di averla lí a un passo che la ragazza credette proprio di vederla, e non si sarebbe sorpresa se le avesse mollato uno scapaccione come quando Nelide era bambina, al paese, solo per stabilire i ruoli.

Entrò nella stanza asciugandosi le mani nel grembiule, gli occhi aggrottati, la mascella squadrata, la bocca serrata dietro chissà quale pensiero. Nel sogno la ragazza si drizzò a sedere sul letto, in segno di rispetto, mentre la zia si lasciava cadere sul materasso con un sospiro. Il dialogo si svolse in cilentano stretto, infarcito di proverbi e riferimenti alla cultura contadina, e sarebbe stato incomprensibile per tutti anche se fosse avvenuto nella realtà, ma era l'unico linguaggio in cui si erano sempre espresse tra loro, zia e nipote.

– Buonasera, 'a zi'. Come state?

Rosa ci rifletté un attimo.

– Bene, devo dire la verità. La schiena non mi fa male, e nemmeno le gambe. Mi lamento sempre perché sono abituata, ma i dolori non li sento piú. Essere morti è una comodità.

Restarono cosí, una di fronte all'altra. Sembravano la stessa persona a quarant'anni di distanza.

– 'A zi', come sto andando? Siete contenta di me, o faccio qualcosa di sbagliato?

Rosa ci pensò su.

– Coi coloni, al paese, come va? Ho visto che stanno mandando regolarmente i canoni e pure i prodotti. Anzi, arriva un poco di piú di quanto arrivava a me. Come mai?

Nelide non aveva cambiato di un millimetro la posa dell'unico sopracciglio, che si arcuava al centro verso il grosso naso.

– Perché ho controllato, 'a zi', e qualcuno, tipo per esempio Bartolo di Serralunga, quello del podere sotto la montagna, faceva un poco di cresta sul latte delle vacche; e Michelangelo di Vallecorta si vendeva per conto suo metà delle nespole. Allora ci sono andata, quando siamo stati dopo il matrimonio a Fortino, e gli ho detto: ma voi vi pensate che siccome mia zia non ci sta piú e io sono una ragazza giovane vi potete approfittare della situazione? E loro hanno cominciato a rigare diritto.

– Sí, lo sapevo pure io che quei due tenevano questa tendenza. Ma certe volte per ottenere un bene maggiore bisogna chiudere un occhio sui mali minori. Perdere qualche battaglia per vincere la guerra, Nelidu'.

La ragazza aggrottò ancora di piú la già bassa fronte.

– Che volete dire, 'a zi'? Se uno ruba, ruba. E ruba sempre di piú. Quelli sono i soldi del barone, mica glieli posso far prendere cosí, no? Me l'avete detto voi: Nelidu', statti accorta che tutti pagano quello che devono pagare. Non vi ricordate?

– Certo che mi ricordo. E te lo confermo, è uno dei compiti tuoi. Ti spiegavo solo che io lo sapevo, non è che per la vecchiaia non me n'ero accorta. Ma quei due terreni sono difficili, uno per metà è montagna e l'altro tiene una palude in mezzo, e Bartolo e Michelangelo stanno là da una vita, conoscono ogni palmo, sanno cosa fare quando cambia il tempo, prevengono le frane e le alluvioni. Se li cacci, sei sicura che altri due contadini ti portano quello che ti portano

loro, anche senza rubare? Magari scassano i poderi, rovina-
no le colture e tu perdi tutto: è meglio il settanta per cento
di qualcosa o il cento per cento di niente?

– E allora, 'a zi', una che deve fare? Dove sta l'errore?

La voce di Rosa si addolcí.

– Nelidu', qua non è questione di errore, di giusto o di
sbagliato. Magari fosse cosí, no? Sarebbe facile, una vede
il bene e lo fa. Sapessi qua, dove sto io, quanta gente pensava di fare bene e invece faceva guai enormi. Non è questo. E poi, non siamo noi a poter decidere, giusto? Noi siamo donne e non abbiamo studiato, mica siamo uomini che
possono sbagliare. Noi dobbiamo fare le cose opportune,
perché vediamo oltre.

Nelide era perplessa.

– 'A zi', perdonatemi, io non ho capito. Che mi volete
dire? Perché mi siete venuta a trovare?

Con uno sforzo, Rosa si alzò dal letto e camminò sino alla
finestra di quella stanza che era stata la sua.

– Mi ricordo quante notti ho passato, qua, a vedere il signorino mio guardare di fronte. Pensavo che si era innamorato, e che questo fatto era l'unico che lo poteva fare uscire
da quel dolore che tiene sempre dentro agli occhi. Da quando era un bambino, tiene quel dolore –. Si girò verso la nipote: – E adesso, Nelidu'? Come sono quegli occhi, adesso?

– 'A zi', a me mi pare che sta sereno. La baronessa è una
donna brava, gli vuole proprio bene. Assai. E lui pure. Solo, ieri... Ieri sera è capitato questo fatto, io stavo là e ho
sentito. E di nuovo il barone teneva quegli occhi che dite
voi, e pure la baronessa mia sentiva dolore.

– Proprio cosí. E tu che hai capito, della storia che ha
raccontato alla baronessa il signorino mio?

– Poco, 'a zi'. Io, lo sapete, certe parole non le arrivo a
capire.

Rosa le andò vicino e sussurrò, come se qualcuno oltre a Nelide la potesse ascoltare.

– Allora, *piccere'*, stammi a sentire. Questo non è il lavoro normale del signorino mio, è un'altra cosa. Per risolvere questa brutta storia, lui e gli amici suoi corrono pericoli seri. E siccome lui tiene la testa dura e a quanto pare la *guagliona* sua non è capace di farlo stare quieto, bisognerà dargli una mano.

– E io come lo posso aiutare, 'a zi'? Piú che preparare la cena e stirargli le camicie, io...

– Vedrai che nei prossimi giorni ti verrà in mente una maniera per aiutarlo. Hai sentito quello che ha raccontato, no? Hai capito quello che è successo e che cosa il signorino mio deve scoprire. Tu mo' non ci pensare: ma domani, dopodomani, vedrai che capirai quello che puoi fare. Tieni le orecchie aperte, senti quando parlano il signorino mio e la baronessa, e stai serena. Quando sarà il momento, farò in modo che capisci quello che ci sta da fare. Siamo d'accordo?

– Sí, 'a zi', siamo d'accordo.

– Oh, bene. E mo' l'altro fatto. Ti ricordi quando abbiamo parlato di Bartolo e Michelangelo, del male minore per il bene maggiore, sí?

Nelide si mosse nel sonno, a disagio.

– E certo che me lo ricordo, 'a zi', ne abbiamo parlato due minuti fa!

– Ah, sí? Dove sto io, il tempo funziona in maniera strana. Be', comunque: secondo te, tra le cose che devi fare, qual è la piú importante?

– La piú importante? Io mi devo occupare del barone e della famiglia sua. È quello il compito mio.

– E certo, lo so, te l'ho dato io questo incarico. Ma precisamente, chi è il piú importante di tutti? Chi è che devi proteggere piú di chiunque?

Nelide rifletté. Rosa aveva dedicato l'intera esistenza a tutelare, servire e aiutare Luigi Alfredo Ricciardi di Malomonte. Per il suo bene non avrebbe esitato a uccidere, non si sarebbe fermata davanti a niente. Per lui e solo per lui l'aveva selezionata fra tutti i fratelli e i cugini, per lui le aveva passato il compito. Perciò rispose senza alcuna incertezza.

– La figlia della baronessa. La bambina che deve nascere. È lei la cosa piú importante, 'a zi'.

Rosa fu soddisfatta.

– Brava, *piccere'*. E tu non te lo scordare mai. Adesso vado, dove sto io non hanno mai assaggiato i *cavatieddi cu' 'o rraú*. Io gli ho detto: ma allora che paradiso è? Stasera glieli preparo. Ci vediamo, Nelidu'. E ricorda: ti verrà qualcosa in mente. Nei prossimi giorni.

E sparí.

Nel sonno, Nelide si voltò borbottando verso il muro.

XVII.

Maione si mise in movimento all'alba del lunedí, prima di cominciare il turno in questura.

Lucia, che era abituata a un risveglio tranquillo almeno nel giorno della settimana in cui il marito doveva essere in questura alle nove, reagí con fastidio alla levataccia; poi vide qualcosa negli occhi di Raffaele e senza dire niente gli preparò gli abiti e la colazione.

Le successive due ore furono per il brigadiere abbastanza intense. Prese contatto con qualche vecchio amico che operava come guardia carceraria e con un cancelliere del tribunale che gli doveva un paio di favori. La tipologia di indagine, che consisteva nel muoversi al di fuori dei canali ufficiali, gli dava modo di percorrere strade congeniali alle sue caratteristiche, fra le quali spiccavano la perfetta conoscenza dei meccanismi sotterranei della città e l'innata propensione per i rapporti col sottobosco sociale.

Alle otto si rassegnò a dover avvertire, tramite un ragazzino acciuffato per strada, che sarebbe arrivato in ritardo. Alle nove e mezzo era ancora in giro a raccogliere informazioni che non trovava. Alle dieci e mezzo iniziò a seguire una pista che sembrava promettente, ma che si rivelò falsa. A mezzogiorno ebbe una specie di folgorazione, e all'una ne ebbe conferma.

Alle due fece irruzione nell'ufficio di Ricciardi, col fiatone, tutto sudato e davvero arrabbiato.

– Commissa', buon pomeriggio. Voi non potete avere idea di quello che ho dovuto fare per arrivare a capirci qualcosa, e ancora non mi capacito.

Ricciardi fermò la penna a mezz'aria su un verbale in fase di compilazione.

– In che senso, Raffaele?

Maione pose le mani sui fianchi.

– Questi sono veramente una potenza, commissa'. È incredibile: non è successo niente. Niente di niente. La casa della signora è chiusa, tutti là attorno sanno che è partita senza lasciare detto se e quando tornerà.

– Sí, lo so. Ieri a fine turno sono passato a parlare sia col custode sia con l'autista, e ho capito che quelle erano le direttive. Però sono riuscito a ottenere alcune informazioni che poi ti dirò. Vai avanti.

Il brigadiere accennò un saluto militare.

– Signorsí, commissa'. Insomma, nessuno sa niente. In tribunale non sanno niente, in carcere non sanno niente. Nessuno ha visto niente. Una cosa come quella non è mai successa, ci pensate? Se non l'avessi visto con gli occhi miei, avrei dubbi persino io. Come si fanno sparire un cadavere e chi l'ha ammazzato, o almeno chi si pensa che l'abbia ammazzato, dalla mattina alla sera?

– Vuoi dire che non si sa dov'è Livia? E il cadavere del maggiore? Non c'è traccia di loro? Maledizione, questo vuol dire che… Possono averli trasferiti a Roma, o dovunque. Ma allora perché armare quella messinscena? Non capisco.

– E ve lo spiego io, commissa'. Perché se qualcuno si mette in testa di fregare il brigadiere Maione Raffaele, lo deve fare fuori dal perimetro della città, se no lo vengo a sapere. Dunque: la cosa dev'essere politica e non giudiziaria, visto che la tengono nascosta ma vogliono far conoscere in qualche modo e a qualcuno che è capitata qua. La signora

Livia non l'hanno chiusa in carcere perché l'hanno portata al manicomio.

Ricciardi balzò in piedi.

– Come, al manicomio? Quale manicomio, e perché?

Maione aveva l'aria di divertirsi un mondo.

– Io prima ho cercato nelle carceri, e credetemi, commissa', non c'è verso di sfuggirmi. Ho controllato dovunque, mi hanno pure fatto incontrare un paio di femmine che hanno preso nella giornata di ieri e che potevano tenere l'età giusta, una per adescamento e l'altra perché ha sfregiato il marito, pensavo potessero essere lei sotto falso nome. Niente.

Ricciardi si spazientí.

– Mi vuoi dire come hai saputo che l'hanno portata in manicomio, e dove?

Il brigadiere percepí l'ansia del commissario e scattò sull'attenti.

– Certo, commissa'. Sta al *Bianchi*, ma non l'hanno registrata. Hanno parlato di crisi di nervi moleste, credo che il direttore abbia a che fare con loro, lui o qualcuno dei suoi. Io ho avuto il pensiero all'improvviso, mi sono ricordato di una volta che un pregiudicato non si trovava piú e insomma stava là, perché aveva provato a dire che era pazzo.

– Ma certo. Cosí possono differire il momento in cui far venire fuori tutto. Altrimenti avrebbero coinvolto noi e la magistratura; invece agiscono sottotraccia, gestendo le informazioni e il loro flusso.

– Precisamente, commissa'. Però non hanno tenuto conto del fatto che in altre parti si potrà pure fare, ma non qui. Perché qui è una ragnatela, e se muovi un filo si muove tutto: e se si sa interpretare il movimento, allora si risale a come stanno le cose.

– E nella fattispecie, quale filo della ragnatela ti ha fatto risalire a Livia?

Il brigadiere assunse un'aria fintamente modesta.

– Commissa', diciamo che sono stato abbastanza fortunato. Quando mi è venuto in mente il pregiudicato che faceva il pazzo, mi sono ricordato pure che all'ospedale psichiatrico ci lavora una cugina di mia moglie Lucia, che vi saluta tanto e come sempre vi invita con la signora a pranzo appena volete voi. La sono andata a cercare e le ho chiesto se avevano ricoverato una donna molto bella tra ieri e oggi. Lei subito mi ha detto di sí.

– E come sta? Ti ha fatto capire se si è ripresa, e se ha detto qualcosa?

– Sí. L'hanno portata ieri sera, devono aver aspettato che passasse l'effetto della roba che le hanno dato. Il dottore che l'ha pigliata in carico, diciamo cosí, ha disposto che fosse messa in isolamento, anche se la cugina di mia moglie, che è infermiera, mi ha detto che le è sembrato strano perché la signora era tranquilla e non aveva l'aria di essere pericolosa. Però questo dottore, che è piuttosto giovane, alla cugina di mia moglie pare abbastanza pauroso, perciò ci sta che l'hanno costretto.

– Quindi Livia non ha detto niente? Non ha chiesto di essere liberata, di qualcuno o…

Il viso di Maione si velò di tristezza.

– Commissa', la tengono coi sedativi, mezzo addormentata. E l'hanno registrata col nome di Lidia Luzzi. Però non è sorvegliata. La cugina di mia moglie me l'ha assicurato, hanno detto di non farla entrare in contatto con nessuno ma non ci sono guardie. Là dentro, del resto, non si accede facilmente.

Ricciardi prese a camminare nervosamente avanti e indietro.

– Stanno aspettando qualcosa. Ma che cosa? Hanno approntato una situazione assurda, potrebbero dichiarare l'omicidio e mandarla in galera, o tenere il fatto celato e nasconderla chissà dove. Non capisco. È tutto cosí strano.

Maione allargò le braccia.

– Commissa', io dovevo scoprire dove la tenevano e l'ho scoperto. Mo' però dobbiamo decidere che cosa fare.

Ricciardi si fermò.

– Adesso ci devo parlare. Pensi di poter organizzare un incontro, Raffaele? Questa cugina di tua moglie, pur essendo una semplice infermiera, non riuscirebbe a…

– Commissa', voi fate due errori di valutazione. Non date il giusto peso a un'infermiera, che comanda piú di un dottore proprio come, senza offesa, un brigadiere in questura comanda piú di un commissario. E cosa ancor piú grave, sottovalutate una donna della famiglia di mia moglie. Non ci stanno problemi, la cugina mi ha già detto che può predisporre tutto per farvi vedere la signora Livia. E quando sarà la troverete pure sveglia, perché casualmente saranno dimenticate le gocce di tranquillante che le sono state prescritte. Che volete, con tante cose che ci sono da fare, una terapia può pure sfuggire, no?

Ricciardi era ammirato.

– Brigadiere Raffaele Maione, voi siete una potenza.

– Commissa', io vi ringrazio. Mo' ci resta solo da sapere che ne hanno fatto del cadavere del maggiore. Chissà il dottor Modo che ha combinato.

XVIII.

Bruno Modo aveva un cane, anche se sarebbe stato altrettanto legittimo dire che il cane aveva Bruno Modo. Ma forse, meglio ancora sarebbe stato pensare a un sodalizio, a un'amicizia paritetica fra due personaggi solitari e indipendenti che avevano scelto di percorrere insieme un pezzo di strada.

Era un meticcio di taglia media, a macchie marroni sul mantello bianco (o il contrario, Modo non era mai riuscito a capirlo), che il dottore aveva incontrato un paio d'anni prima. Faceva la guardia al corpo di un bambino, un orfanello morto per avvelenamento da stricnina avendo ingerito un'esca per topi. Bruno rammentava la pioggia battente, la pena per il corpicino emaciato, la strana richiesta di Ricciardi di praticare un esame necroscopico che di norma non avrebbe fatto; e ciò che era accaduto dopo.

Il cane aveva cominciato a seguirlo. Il medico se lo ritrovava nel cortile dell'ospedale a fine turno. Se si avvicinava per accarezzarlo o per dargli da mangiare, scappava via e rimaneva a fissarlo da lontano. Allora Bruno posava a terra il cibo e se ne andava. Quando tornava, tutto era stato spazzolato e il cane era là, ad attenderlo.

Pian piano la distanza si era accorciata, fino a consentire a Modo di far fare al cane un bagno e di vederlo entrare cautamente in casa, dallo spiraglio lasciato aperto apposta in un freddissimo giorno di gennaio. Non gli aveva dato un nome: era sicuro che se ne aveva uno era quello, ignoto, che gli aveva già dato il povero bambino. Ma gli parlava, convinto che gli rispondesse nel linguaggio dei cani. E aveva la netta sensazione che mentre lui non comprendeva ciò che l'animale diceva, la bestiola capisse invece perfettamente non solo le sue parole, ma anche i suoi sentimenti.

Erano diventati inseparabili. Osterie, ospedale, bordelli: il cane accucciato fuori testimoniava la presenza del dottore, e vederli camminare a un metro l'uno dall'altro su e giú per via Toledo era ormai una simpatica consuetudine. Dotto', dicevano i pazienti prendendolo in giro, ma che profumo vi mettete per essere seguito dai cani?

Fu pertanto col suo amico appresso che nella tarda mattinata Bruno Modo si inerpicò per il centro storico, verso via dell'Anticaglia. Era passato molto tempo dall'ultima volta che aveva fatto quella strada. Ricordava l'uomo che era, le ferite che gli attraversavano il cuore. Piú di dieci anni, calcolò a spanne. E ancora sanguinava.

Ci mise meno di mezz'ora a raggiungere la meta. Solo in quella città, rifletté, un ospedale si poteva chiamare «degli Incurabili». Solo in quella strana, saggia e superficiale città si poteva intendere l'essenza profonda della medicina, che era di alleviare le pene e di prolungare l'agonia, non certo di curare. Non certo di risolvere.

Controllò l'orologio attaccato alla catena che teneva nel taschino del panciotto. Perfetto, si disse, l'ora precisa.

Il cane procedeva silenzioso al suo fianco, al limite del campo visivo, abbastanza per rassicurare il dottore. Io ci sono, gli diceva, non ti preoccupare.

Passarono davanti all'ingresso dell'ospedale ma non si fermarono. Il dottore rallentò invece di fronte a una trattoria, all'interno del decumano maggiore. La folla mercanteggiava chiassosa, le urla dei venditori squarciavano l'aria, le lenzuola appese ad asciugare sventolavano nel libeccio come bandiere di resa. Faceva caldo e imperava un pesante olezzo di sudore, cucina e malaffare.

Il cane comprese la ragione del rallentamento di passo e si accucciò all'ombra del muro. Modo sedette al tavolino dove un uomo calvo mangiava torvo un piatto di pasta, con un bicchiere mezzo vuoto davanti. Il tizio lo guardò, poi depose la forchetta e fece un cenno al cameriere.

– Pasqua', il conto. Me ne devo andare subito.

Modo stese le gambe, inserendo i pollici nelle tasche della giacca.

– Mamma mia, e quanta fretta, Peppi'... Eppure non rientri in ospedale che fra un'ora. Che c'è, non ti vanno due chiacchiere con un vecchio amico?

L'uomo aveva piú o meno l'età di Modo, ma era decisamente mal messo. Indossava abiti stazzonati di scarsa qualità; la pelata era grondante, e rughe profonde gli solcavano il viso.

– Amico? Tu? Noi due non siamo amici, Bruno. Tu hai le tue idee, io le mie. E anche solo farmi vedere con te mi può rovinare. Un amico non rovina un amico, secondo me.

– Strana questa tua affermazione, dottor Ammendola. Una decina d'anni fa fosti proprio tu a dire come la pensavo, fottendomi il posto alla direzione del reparto. Un amico non rovina un amico. Già.

Ammendola si agitò sulla sedia.

– È roba vecchia, Bruno. E poi non ti è andata male, ai Pellegrini; anzi, stai meglio tu di me. Non ti pare un poco tardi per venire a rivangare?

Modo si rivolse al cameriere, che si era presentato col conto.

– Grazie, ci tratteniamo ancora un po', cosí l'amico mio finisce di mangiare. A me, invece, portate un bicchiere, ché voglio assaggiare il vino della casa.

Ammendola non nascondeva l'evidente disagio.

– Bruno, io non posso stare qui fuori con te. Tu sei... Tutti sanno che sei...

Modo rise, tirandosi il cappello all'indietro e scoprendo la fronte attraversata dal candido ciuffo di capelli.

– Antifascista. Ripeti con me, non è difficile: io sono anti-fa-sci-sta. Una parola come tante, composta, quindi forse meno semplice di altre, come chessò: «vigliacco», oppure «traditore», ma pur sempre comprensibile. Mi sorprende che un medico della tua caratura non riesca a pronunciarla.

– Zitto, per carità! Ma non ti rendi conto di come stanno le cose? Non capisci che gli informatori sono centinaia, se non migliaia, che sono dovunque e ascoltano tutto? Vuoi che ci sbattano in galera, o che addirittura ci ammazzino?

Bruno si versò del vino. Ne bevve una sorsata che gli suscitò una smorfia.

– Madonna, che chiavica! Eppure potresti permetterti una buona bottiglia, con quello che guadagni. Inclusi gli extra.

– Che vuoi dire? Che accidenti vuoi da me?

Modo si sistemò sullo schienale.

– Allora, Peppi', sarò breve: perché se a te procura nervosismo vedermi, a me fa schifo vedere te. Quindi piú accorciamo la pena, meglio sarà per entrambi.

– E su questo siamo d'accordo. Sentiamo.

Modo abbassò la voce.

– Ieri. Ieri ti hanno portato un morto. Colpo di pistola, piccolo calibro, tempia sinistra, niente foro di uscita.

Ammendola sbiancò, come per una sincope.

– Tu... tu sei pazzo. Pazzo. Io non... Nessuno ha portato nessuno, tantomeno ammazzato con un colpo di...

Modo gli diede un buffetto sulla guancia.

– Peppi', ascoltami bene. Ci conosciamo dall'università e sei sempre stato un vigliacco. Un vigliacco di talento,
non dico di no, ma un vigliacco. Sei stato il primo a iscri-
verti a questo ridicolo partito, non manchi a un'inaugura-
zione, a una festa, a un ricevimento, al varo di una nave:
ti ha fatto fare carriera. Un giorno te la vedrai con la tua
coscienza. Però io non ti ho posto una domanda: ti ho no-
tificato che so.

– Ma non è vero! E poi perché avrebbero dovuto portar-
lo qui, se l'ospedale piú vicino è proprio il tuo?

Si accorse troppo tardi di essersi tradito e si morse il labbro. Modo commentò beffardo:

– Vedi? Non sei capace di mentirmi. Non ti preoccupare:
io lo sapevo. Lo hanno portato qui perché il tuo è l'ospedale piú vicino a parte il mio, e da me non potevano certo venire. Né aveva senso che si mettessero a girare per la città
con un cadavere, di domenica a prima mattina.

L'altro lo fissava inespressivo.

– Ammettiamo che sia cosí, per amore di discussione:
per quale arcano motivo dovrei parlare con te di una cosa
tanto riservata?

– Semplice. Perché se non mi dici quello che voglio sapere del cadavere, io faccio pervenire agli amici tuoi una
lunga e circostanziata lettera anonima in cui rivelo tutte le
amenità che hai fatto dai bei tempi dell'università a oggi.
Tutto. Incluse le visite a pagamento ai ricercati dalla polizia.

Ammendola serrò le mascelle e strinse i pugni. Il cane si
materializzò al suo fianco, con un sordo ma esplicito rin-
ghio. Modo gli accarezzò la testa.

– Tranquillo, amico mio. Peppino mi vuole bene e lo sa
che non è igienico farmi arrabbiare. È vero, Peppi'?

Le mani di Ammendola si distesero. Il dottore lo incalzò.

– Bene. Allora raccontami. Ti prometto che il tuo nome non verrà pronunciato da nessuno in ordine a questa vicenda: e tu lo sai che, contrariamente a te, io ho una parola sola. Ma mi devi dire tutto quello che è emerso dall'esame necroscopico. E anche quello che ti è stato riferito da chi ti ha recapitato il referto. Però sbrigati, per cortesia: fa caldo, e 'sto vino è proprio una chiavica.

XIX.

Enrica Colombo in Ricciardi, baronessa di Malomonte, uscí di casa con la scioltezza di un transatlantico dal porto. E col transatlantico credeva di condividere, per quanto era enorme, peso e dimensioni.

Il corpo si stava espandendo a dismisura: Enrica doveva muoversi il piú possibile per evitare il gonfiore alle gambe. E siccome la madre le controllava per prima cosa le caviglie ogni volta che veniva a trovarla, si era rassegnata a una passeggiata pomeridiana appena il caldo scemava.

Era una buona camminatrice, Enrica; dacché era incinta, però, andare in giro a piedi le era gravoso. Si stancava presto, le mancava il respiro, soffriva di emicrania e si sentiva svagata, priva di forze. Tutto normale, le aveva detto Bruno Modo l'ultima sera che l'avevano invitato a cena e lui si era presentato con un magnifico mazzo di fiori divorando due porzioni di ogni pietanza. È una sfortuna che tu debba sostenere la fine della gravidanza col caldo, ma non sei la sola, aveva detto. Basta, appunto, camminare un po'.

Opponendosi dunque alla voglia di stendersi sul letto in compagnia di un libro e dei propri sogni, la giovane vestiva panni leggeri, si immergeva nella folla in direzione di piazza Dante, gustava un gelato e poi rientrava, affrontando la salita senza fretta e fermandosi di tanto in tanto per ripigliare fiato. La strada, percorsa da sempre con falcata agile e lunga, adesso le pareva infinita. E tuttavia, questo le suscitava tenerezza: fantasticava sulla gioia con cui, in futuro, avrebbe raccontato alla figlia di quelle faticose passeggiate.

La figlia, sí. Piú che per le argomentazioni di Nelide, che sconfinavano nella magia e nelle credenze popolari, Enrica *sapeva* di portare in grembo una bambina per via di una sensazione che aveva provato sin dal principio, quando non era nemmeno certa di essere incinta. Non era in grado di dire perché. Lo sapeva e basta. Ma lo teneva per sé.

Aveva cominciato quasi subito a «confidarsi» con la bambina. Lo faceva piú che altro col pensiero: ma era convinta che durante la gravidanza una mamma e il suo piccolo comunichino per per emozioni. Un altro modo di parlarsi, intimo e segreto, e per questo ancora piú bello. Quel tempo fatto di parole che Enrica aveva deciso di dedicare alla figlia le dava anche la forza per resistere alle passeggiate terapeutiche.

Si rivolse muta alla bambina – nascosta sotto la veste di cotone a fiori gialli – già all'uscita dal portone, scortata da Nelide che non l'avrebbe mai lasciata sola e al riguardo non sentiva ragioni.

Ciao, amore mio. Sai, la mamma si è innamorata del tuo papà appena l'ha visto. Era in piedi, dietro la finestra della camera da letto, quella dove ora dormiamo anche noi. La tua mamma ricamava, lui la fissava.

Nella penombra io scorgevo i suoi occhi, quegli splendidi occhi verdi che spero avrai anche tu, invece dei miei banali occhi neri. E me ne sono innamorata perché lui è meraviglioso e dolce e triste. Vedrai, amore, te ne innamorerai pure tu non appena ti prenderà in braccio, con quella sua delicatezza goffa e piena di paure. E mi aiuterai a farlo sorridere, facendogli dimenticare tutto il dolore che è obbligato a vedere.

Quando sarai grandicella dovrò spiegarti l'amore. È quello il compito di una madre, no? Spiegare alla figlia l'amore.

È inutile provocarlo, coltivarlo come un fiore. L'amore è selvatico, imprevedibile. Non si fa preparare come un piatto né cucire come un vestito. Resisterò alla tentazione di dirti che bisogna pianificare, stabilire i pro e i contro, soppesare pregi e difetti. Ti dirò che nell'amore piuttosto si inciampa, si urta una mattina, in fila dal fruttivendolo o dal panettiere. Ti dirò che magari si tenta di scappare da quel sentimento, perché sembra troppo difficile se non addirittura sbagliato.

Il tuo papà, per esempio, era convinto di essere sbagliato; credeva di non potermi rendere felice, anzi, di non poter rendere felice nessuna donna. Mi guardava da lontano, e io ricamavo e ricamavo nell'attesa di una parola e di un sorriso che non arrivavano mai. La tua mamma però sa aspettare, e avrebbe aspettato a lungo.

Sai, amore mio, c'è stato un tempo in cui avevo perso il coraggio e la speranza. E avevo creduto a quello che mi diceva tua nonna, che è tanto cara ma a volte vede il dito e non la luna che il dito indica; e avevo deciso perciò di andare in un'isola vicina, per insegnare ai bambini durante l'estate.

Nelide, che procedeva un metro dietro, allontanò in malo modo un venditore ambulante troppo insistente. Enrica quasi non ci badò e non abbandonò i suoi pensieri.

La tua mamma, amore mio, si fece persuadere. Proprio lei, che tutti dicono essere cosí testarda. Era tanto infelice: amava il tuo papà, ma era sicura che non lo avrebbe visto mai piú. E durante quel mese sull'isola conobbe una persona, un militare tedesco che era lí in convalescenza. Un uomo gentile e allegro.

Enrica si fermò davanti a una vetrina, fingendo interesse per le stoffe esposte ma anelando invece ristoro dalla calura.

Non so se lo illusi. Forse mi sentivo sola, forse lui vide in me quello che era convinto di cercare. Lo baciai, amore mio, e che Dio mi perdoni. Gli feci credere di avere il cuore libero, mentre il mio cuore libero non era. Commisi il peccato piú terribile: lasciar immaginare l'amore a qualcuno, non provandolo.

Riprese a camminare, e lo stesso fece Nelide, arcigna e simile a un molosso.

E ora quell'uomo è morto, sai? Morto come non si dovrebbe mai morire, giovane e con un'intera esistenza ancora da vivere. Morto per mano di qualcuno, e questo qualcuno forse è una donna; che voleva tuo padre, lo voleva tanto.

Devi imparare presto che la vita è strana, amore mio. Devi capire che non tutto ciò che si vuole lo si ottiene, e non tutto ciò che si ottiene lo si vuole. Io volevo tuo padre e tuo padre voleva me; eppure entrambi abbiamo ingannato quelle due persone, e forse, con il dolore che abbiamo procurato, abbiamo avuto un ruolo nella tragedia che è avvenuta.

Dall'amore può nascere sofferenza. E però dall'amore nasci pure tu, piccina mia. Che sei cosí fondamentale da giustificare quello che succede e che succederà.

Io vorrei chiamarti Marta, come la nonna che non conoscerai e non ho conosciuto nemmeno io. Marta, un nome armonioso e importante, caro al cuore del tuo papà e quindi anche al mio. E con questo nome ti chiameremo mentre giocherai in Villa, o per svegliarti se dovrai andare a scuola. Con questo nome ti chiamerà il tuo amore, e sarà il suono piú bello del mondo.

Quando il tuo papà mi chiama, mi sembra di udire la musica degli angeli. Ma porterò sempre nel cuore il rimorso per aver illuso il povero Manfred, e non potrò piú sperare che lui trovi la felicità. Mi conforta il pensiero che tutto è stato giusto, se ha condotto a te.

Ebbe un giramento di testa e barcollò. Il robusto braccio di Nelide era lí e la sostenne. Enrica rassicurò la giovane con un gesto lieve, riprendendo il cammino e tenendosi all'ombra dei palazzi.

Vedi, amore? Cominci a essere pesante, ma la tua mamma ti porta con sé. Cosí dev'essere tra una madre e una figlia, devono stare insieme e dirsi ogni cosa. Un giorno verrai da me coi tuoi primi turbamenti, coi pensieri piccoli che a te sembreranno enormi, e sarà la tua mamma a darti coraggio. E insieme, tu e io, sosterremo il tuo papà facendogli capire che la vita è meravigliosa, che il tempo del dolore è finito.

Lo facciamo questo patto, amore mio?

Come in risposta, avvertí una leggera pressione sul ventre. Enrica sorrise e posò una mano sul punto in cui un minuscolo tallone aveva scalciato.

Sarai paziente come la tua mamma. E avrai l'infinita dolcezza del tuo papà. Sarai perfetta, mia adorata Marta Ricciardi di Malomonte. E se non lo sarai, fa nulla: perché resterai sempre la mia principessa.

Nelide si accostò preoccupata, interpretando la mano sul ventre come la reazione a un altro malessere.

Enrica fece cenno di no e indicò una bottega.

– Andiamo, Nelide. Io e la bambina vogliamo un gelato.

XX.

Garzo aveva messo l'usciere Ponte di piantone davanti alla stanza di Ricciardi in servizio permanente, il che rendeva Raffaele Maione molto irritabile e quindi pericoloso. Il brigadiere e la guardia scelta erano nemici naturali, come la volpe e il cane da caccia. Se entravano in contatto, all'uno prudevano le mani e all'altro veniva un'irritante tendenza alla lamentela querula. Tutto contribuiva a rendere il clima irrespirabile, per cui Ricciardi ebbe l'idea di convocare una riunione al *Caffè Gambrinus*, nella vicina piazza Trieste e Trento.

Il luogo costituiva una specie di ufficio distaccato per il commissario e il brigadiere, che spesso lo sceglievano per trascorrervi l'intervallo del pranzo quando non si poteva investire almeno un'ora fra andata e ritorno per mangiare a casa. Non era una gran sofferenza: ambiente allegro e colorato, sfogliatelle e caffè di livello altissimo.

Per mezzo delle solite staffette di scugnizzi, Ricciardi e Maione avvertirono il dottor Modo, che era rientrato in ospedale dopo la mattinata passata a raccogliere informazioni sul cadavere del maggiore. L'aria soddisfatta con la quale si presentò fece dedurre al commissario che il medico qualche notizia l'aveva reperita.

Il vento caldo aveva spinto le ragazze a indossare vesti leggere, e i giovanotti a occupare tutti i tavolini esterni per non perdere lo spettacolo offerto dalle gonne svolazzanti.

I tre, che immaginavano di essere sorvegliati, preferirono nascondersi alla vista e chiesero di accomodarsi nella sala interna, semideserta per il gran caldo. Un pianista suonava jazz, nonostante quel genere musicale non incontrasse il gradimento del Duce e dei suoi seguaci. Il *Gambrinus*, del resto, era un ritrovo di liberi pensatori interessati a star bene e a divertirsi. Era pur sempre cominciato luglio, e l'estate è il tempo dell'ottimismo.

Un cameriere portò loro ciò che avevano ordinato. Ricciardi fremeva d'impazienza.

– Sembri un gatto che ha appena mangiato un topo, Bruno. Vuoi dirci cos'hai saputo, e come?

Modo stese le gambe e infilò le mani in tasca, in una posizione che gli era tipica. Accucciato fuori, il cane gli rivolgeva ogni tanto un'occhiata di controllo dalla porta aperta.

– Sul «come» non chiedermi, amico mio, non ti conviene. Il ricatto è un reato, no? Dovresti arrestarmi. Diciamo che ho fatto un ragionamento, in esito al quale sono andato a far visita a una vecchia conoscenza. Come sospettavo, il maggiore l'hanno trasferito agli Incurabili, che è l'ospedale piú vicino a parte il mio, dove evidentemente non volevano che il cadavere stazionasse. Ma io l'ho scovato lo stesso.

Maione finse meraviglia.

– E che ricatto avete dovuto fare, dotto'? Sono sorpreso, un uomo retto come voi, ma che maniere…

Modo lo guardò beato.

– *À la guerre comme à la guerre*, brigadiere. Diciamo che il mio omologo degli Incurabili ha un armadio pieno di scheletri, anche se forse, a conti fatti, non è infrequente per un anatomopatologo. Sapevo quali tasti toccare e li ho toccati.

Ricciardi tagliò corto.

– Insomma, mi dici che hai saputo?

Modo si ripulí la bocca dallo zucchero della sfogliatella che aveva addentato, mugolando fece cenno di aspettare che ingoiasse, poi finalmente parlò.

– Anzitutto, andrebbe compreso il comportamento di questa gentaglia. Non hanno dichiarato nulla, né il nome né la nazionalità del povero Von Brauchitsch. Non hanno detto dove è avvenuto il delitto, né dove è stato rinvenuto il maggiore. Non nutro alcuna stima per il mio amico degli Incurabili, ma devo ammettere che è difficile eseguire un esame necroscopico accurato senza queste informazioni.

Maione assunse la posa del bravo scolaro.

– E tenete ragione, dotto'. Su un cadavere possono rimanere, chessò, tracce di terreno, macchie di vernice, granelli di sabbia, cibo nello stomaco e negli intestini...

– Bravo, brigadiere. Sono elementi importanti per dare una spiegazione di quello che si rileva su un corpo.

Ricciardi commentò:

– A meno che non si sappia benissimo come e dove sia successo l'omicidio: e non si abbia nessuna intenzione, proprio per questo, di capirne di piú.

Modo concordava.

– Anche questa è una lettura, è ovvio. Comunque il cadavere aveva addosso del pietrisco e un proiettile in testa. Piccolo calibro, compatibile con la pistola che teneva Livia. Aveva poi due denti rotti, un'ecchimosi sotto l'occhio destro e alcune unghie delle mani spezzate. Ma la cosa interessante è un'altra.

Il dottore diede un morso di proporzioni gigantesche alla sua sfogliatella. I due poliziotti restarono a fissarlo mentre masticava e lui se la godette un mondo. Deglutí, bevve mezzo bicchiere di vermut e riprese.

– La cosa interessante, che il mio amico ha sputato fuori soltanto quando ha compreso che gli avrei scatenato il cane contro, sono i segni ai polsi e alle caviglie. Il maggiore è stato legato e ha cercato in tutti i modi di liberarsi: la corda, o quello che era, è penetrata nella carne causandogli un copioso sanguinamento.

Maione era esterrefatto.

– Cioè, lo hanno legato e lo hanno portato dove ci stava la ghiaia? Scalzo? In piena notte? E lo hanno pure picchiato?

Modo considerò la ricostruzione.

– Oddio, potrebbe anche trattarsi di un gioco erotico andato male. Una puttana veneta mi ha raccontato di uno che...

Ricciardi sollevò una mano e lo fermò.

– Bruno, per carità. Mi sento di escludere che al termine di un gioco erotico, come lo chiami tu, una donna come Livia prenda una pistola e spari alla testa dell'uomo che le fa compagnia. E comunque questo non spiega la ghiaia, e nemmeno i denti rotti e l'ecchimosi.

Il dottore fece una smorfia.

– Bah, c'è chi si diverte a farsi picchiare. A me in ospedale arrivò un tizio con quattro costole fratturate perché la moglie gli saltava addosso dall'armadio. E pesava almeno cento chili, la signora. La gente fa di tutto, sai?

Il commissario era insofferente, anche perché nella saletta c'era un caldo infernale e il pianista fumava come una ciminiera.

– In ogni caso è evidente che i nostri amici di Roma non possono contare, come invece avevamo creduto, sull'appoggio incondizionato delle istituzioni. Il che getta una luce nuova sulla vicenda.

A Maione non era chiaro il motivo.

– Commissa', perché dite questo? Da che cosa l'avete capito?

Ricciardi rispose come parlando a sé stesso, gli occhi sulla sfogliatella che non aveva nemmeno assaggiato.

– Non hanno portato Livia in prigione, nonostante avessero creato tutte le premesse perché fosse incolpata dell'omicidio, ma in manicomio, dove non dovevano rendere conto a un magistrato. Non hanno trasferito il cadavere di Manfred all'ospedale piú vicino ma hanno trovato un medico compiacente, che firmerà il rapporto con quello che vorranno scriverci loro. Ci hanno allontanati, quando il nostro sopralluogo non avrebbe potuto che confermare come ipotesi principale che l'assassina fosse Livia.

Modo prese la sfogliatella dal piatto dell'amico.

– Questa non la mangi, vero?... E perché avrebbero organizzato quella scena, se poi non volevano renderla ufficiale?

Ricciardi continuava a riflettere.

– Non lo so. Uno di loro aveva una macchina fotografica, sono sicuro che prima di smontare tutto hanno raccolto una bella serie di immagini. E benché non si siano mossi in maniera istituzionale, hanno fatto sí che tutto sia ricostruibile: il manicomio è pubblico, l'ospedale pure. Possono sempre dire che Livia aveva bisogno di cure, o che ha avuto una crisi.

Maione sospirò.

– E mo' come procediamo, commissa'? Quel fesso di Garzo e quella cosa inutile di Ponte ci stanno addosso, non ci possiamo muovere. Che dobbiamo fare?

– Dobbiamo vedere Livia, sentire da lei quello che è successo. E dobbiamo scoprire dov'è stato ucciso Manfred, chi può aver visto: se non troviamo testimoni, non riusciremo a provare nulla. Raffaele, ti hanno detto quando si può andare in manicomio?

Modo disse, divertito:

– Ah, guarda, mi sorprende che non ti ci abbiano già portato. Comunque, se intendi il *Bianchi*, l'orario delle visite lo eviterei perché se lo aspettano. Se abbiamo un'entratura, il momento giusto è nel pomeriggio, dopo il pranzo.

– Per oggi è tardi, quindi. Allora conviene andare prima dalla duchessa Previti di San Vito, per sapere cosa ricorda di quello che è accaduto tra Livia e Manfred al suo ricevimento. Ci vado da solo, non è il caso che ci muoviamo insieme o desteremo sospetti.

Maione scosse il capo.

– Con tutto il rispetto e sempre ai vostri ordini, commissa', ma ve lo potete scordare. In questa cosa siamo in ballo tutti quanti, e la parte divertente io non me la perdo.

Modo si sgranchí le braccia.

– Mi pare giusto, a ognuno il suo. Io vado a salvare qualche vita mentre voi giocate ai soldatini; ma domani in manicomio ti accompagno, Ricciardi. È necessario per capire che cosa hanno dato alla povera Livia e in che condizioni è.

Ricciardi si rassegnò, conoscendo la determinazione testarda di entrambi.

Mentre uscivano, Maione domandò piano al medico:

– Dotto', mi potete spiegare meglio quella storia dei giochi erotici? Sapete se si possono fare pure con le manette?

Modo scoppiò a ridere. Il cane saltò in piedi e lo seguí verso l'ospedale.

XXI

Non sarebbe stato facile ottenere informazioni dalla duchessa Previti di San Vito. E questo per svariati motivi.

Il primo: non potevano agire per vie ufficiali e la donna aveva amicizie importanti; ci avrebbe messo un attimo a scoprire la vera ragione della loro visita. Il secondo: la duchessa aveva un pessimo carattere e le sue mille malattie non le impedivano, a quasi ottant'anni, di essere una delle malelingue piú pertinaci dell'alta società; la notizia del loro passaggio a casa sua si sarebbe sparsa a macchia d'olio nel giro di niente. Il terzo: l'avversione conclamata della duchessa per le istituzioni e ogni loro rappresentante, convinta com'era che i governi fossero un male passeggero e che contassero soltanto il denaro e l'alto lignaggio, cose di cui lei era abbondantemente provvista. Inoltre, era necessario agire prima che la morte del maggiore e l'arresto di Livia diventassero di pubblico dominio, altrimenti tutti si sarebbero affrettati a prendere le distanze dalla coppia che per un anno aveva alimentato dicerie e pettegolezzi: la duchessa non avrebbe fatto eccezione e si sarebbe rinchiusa in un ostinato mutismo, circostanza che non avrebbe certo giovato all'indagine.

Ricciardi aveva un'unica chance per superare quegli ostacoli con una sola mossa. Una volta assicurato a Maione che l'avrebbe coinvolto nella visita se fosse riuscito a ottenerla, si recò da chi avrebbe potuto aiutarlo.

Secondo la volontà del defunto duca Carlo Marangolo, che ne era stato il devoto protettore e delle cui sostanze era erede esclusiva, Bianca Borgati di Zisa, contessa Palmieri di Roccaspina, si era trasferita dal malandato palazzo di famiglia nel centro storico a quello meraviglioso sul lungomare che era appartenuto a Marangolo.

Aveva sfidato con determinazione il giudizio superficiale che il proprio ceto riservava a chi non rispettava le apparenze. Qualcuno aveva sostenuto che fosse stata l'amante del duca, che l'avesse ammaliato per approfittare – alla morte di lui – di tanta ricchezza. Qualcun altro che non si curasse del marito, rinchiuso in carcere per omicidio. Altri ancora che avrebbe fatto la fine che meritavano quelle come lei, passando di amante in amante, perché nessun uomo l'avrebbe mai voluta.

Bianca non si capacitava di quanto tempo avesse perso a mostrarsi come non era, soltanto per tacitare quelle falsità e quelle inutili, ottuse maldicenze. Carlo Marangolo l'aveva amata, sí. Da quando lei aveva appena sedici anni, e lui vent'anni di piú. Ma mai era andato oltre un delicato baciamano, o uno sguardo di emozionato affetto. Il duca era stato a lungo malato, e Bianca non l'aveva mai lasciato solo. Il sarcasmo e l'arroganza che gli derivavano dall'indifferenza per il prossimo avevano scavato attorno a Marangolo un fossato, e solo alla contessa di Roccaspina era permesso di attraversarlo.

Il marito di Bianca, invece, era un giocatore incallito che aveva dilapidato il patrimonio di entrambi. Alla fine si era innamorato di una ragazzina e si era poi autoaccusato dell'uccisione del padre di questa. Bianca si era offerta di stargli comunque accanto, ma l'uomo le aveva chiesto di non farsi piú vedere.

Poco male. Bianca aveva smesso di amarlo da anni, ammesso che l'avesse mai amato. Gli ingenti mezzi economici che il duca Marangolo le aveva fornito, uniti alla bellezza e all'eleganza di cui la natura le aveva fatto dono, la rendevano una delle donne piú corteggiate della città. Ma lei non sentiva il bisogno di avere un compagno. L'indipendenza le era costata troppe lacrime, per porsi dei limiti e delle catene.

Questo Bianca diceva alle amiche, se le chiedevano, mosse da curiosità pruriginosa, come intendesse riempire il proprio letto ora che aveva deciso di infischiarsene delle chiacchiere. Ma la verità era un'altra. La verità era che l'uomo che avrebbe potuto aprirle una finestra sul futuro era già sposato.

Non che lo fosse quando si erano incontrati. Non che fosse capace di affascinare al primo sguardo. Non che fosse un principe di sangue, o un multimilionario con vasta pratica di danze, cavalli e possedimenti. Era invece silenzioso e schivo, nervoso e malinconico, con due occhi da animale braccato colmi di solitudine.

Quel sentimento la contessa di Roccaspina lo conservava in fondo al cuore e non intendeva confessarlo nemmeno a sé stessa. Non era da lei lottare per suscitare una passione che non esisteva, e neppure corteggiare esplicitamente qualcuno. Ma se l'ultimo pensiero al momento di addormentarsi e il primo al risveglio era sempre il medesimo, diventava difficile negarlo.

Aveva perciò virato su un altro tipo di legame: l'amicizia. Scoprendo l'insospettabile tesoro dell'intimità con un animo sensibile, benché avesse percepito sin dal principio la ferita sanguinante che Ricciardi celava dietro una porta da cui non la lasciava entrare. Malgrado ciò, lui c'era. Sempre pronto a confortarla e a sostenerla; e lei, pronta a fare altrettanto.

Era stata alle nozze di Ricciardi, divenendo presto buona amica di Enrica. Anche se una freccia acuminata continuava a trafiggerle lo stomaco tutte le volte che leggeva l'incanto negli occhi di entrambi. Aveva espresso felicità per la gravidanza di Enrica, che vedeva almeno una volta alla settimana sfidando la sospettosità della governante di lei. Ne aveva ascoltato le confidenze, compreso il rimorso per aver dubitato a un certo punto dell'amore di Ricciardi; e si era scoperta a fare calcoli a ritroso, nella speranza che quel temporaneo disinteresse del commissario verso Enrica si fosse palesato quando Bianca e Ricciardi si erano conosciuti.

Ora che la nascita del bambino era imminente, la contessa era però sinceramente coinvolta nell'attesa. Lei, che non aveva avuto figli, bramava di tenere in braccio il frutto di quel bellissimo amore, fuori dalla cui porta era rimasta in punta di piedi.

Quando Achille – il maggiordomo che era stato di Marangolo e adesso era al suo servizio – le comunicò che Ricciardi era lí, provò un misto di gioia e rimpianto. Depose il libro che aveva in mano e gli andò incontro.

Il commissario la baciò sulle guance. Bianca era elegantissima: camicetta pervinca, pantaloni grigi, i lunghi capelli biondi raccolti in una coda, un filo di perle attorno al collo da cigno. Ma a dare emozione era il viso, con quel naso all'insú a sormontare labbra apparentemente imbronciate e le pupille di un incredibile blu tendente al viola.

– Ricciardi, caro, che ci fai qui? Non dovresti essere a casa, a contare i minuti? Stavo proprio pensando di chiamare Gustavo e farmi portare da voi. Non resisto piú.

– No, non credo che il tempo sia arrivato. Enrica non avverte nessun disturbo, è serena. Va a passeggio, ricama il corredo, cucina… Dubito che ci sia qualche rischio, non ti preoccupare.

Bianca lo canzonò.

– E sí, certo! Tu pensi che la gravidanza preveda un peggioramento progressivo, come fosse una malattia. Del resto, sei un uomo: cosa ne vuoi sapere? Vedrai, la nostra Enrica starà bene fino all'ultimo e quando meno te l'aspetti partorirà un bellissimo bambino. Tu sarai pazzo di felicità e io avrò finalmente qualcosa da fare, invece di stare qui ad annoiarmi.

Dal balcone del salotto in cui si trovavano, uno dei sette della casa, si scorgeva un panorama mozzafiato: mare, castello, montagna in lontananza. Le strida dei gabbiani annunciavano la sera imminente.

– È un bell'annoiarsi, però. Peccato che non ci sia piú il duca: avrebbe senz'altro tirato fuori qualche battuta arguta delle sue per farti ridere. Io non ne sono capace.

Un'ombra di tristezza velò il viola degli occhi di Bianca.

– Povero Carlo… Quanto avrebbe voluto che gli fosse concesso ancora qualche anno, adesso che mi ero decisa a vivere… Ma dimmi, come mai questa visita?

Ricciardi non le parlò di ciò che era successo, né nominò Livia e Manfred. Si riferí genericamente a un'indagine che stava svolgendo in via riservata e non ufficiale.

– È per questo che dovrei essere introdotto alla duchessa Previti di San Vito. Non posso presentarmi nel mio ruolo di commissario, però ho bisogno che lei risponda con sincerità a qualche domanda. Potrei andare da lei domani in mattinata, ma non accetterà mai di vedere me e Maione. Mi aiuteresti, Bianca? Conosci qualcuno che possa fare da tramite, che…

– Non c'è bisogno di cercare tramiti, Ricciardi. Maria Giulia è una cara amica, era come una sorella per la mia povera mamma. Le telefono stasera e ti faccio avere conferma dell'appuntamento. Ti raccomando, però, di andarci coi piedi di piombo: è una donna astuta come una volpe, ma umorale. Piuttosto eccentrica, fra l'altro: è convinta di avere la metà dei suoi anni. Una persona meravigliosa, finché non la fai arrabbiare.

– Te ne sono grato. È una questione di grande importanza, e la duchessa potrebbe avere informazioni fondamentali.

Bianca piegò la testa di lato in una posa che le era caratteristica.

– Non vuoi dirmi niente di piú, Ricciardi? Sai che so essere discreta. E magari posso aiutarti in qualche altra maniera.

– No, Bianca. Si tratta di una faccenda in cui chiunque entri finisce per trovarsi in grave pericolo, e io a te tengo troppo. Ma grazie, lo sai che se avessi bisogno di confidarmi, oltre che con Enrica lo farei solo con te.

«Oltre che», pensò Bianca. Ma gli strinse le mani, tenera.

XXII.

La radio spandeva un ballabile struggente ed evocativo. L'annunciatore aveva detto il nome dell'orchestra e il luogo dove suonava, ma a Ricciardi era sfuggito. Se ne dispiacque: avrebbe voluto rivolgere un muto ringraziamento a quei musicisti lontani, per il contributo che stavano dando alla formazione del suo quotidiano paradiso.

Avevano cenato, cercando di sostenere una conversazione normale: ma Enrica fremeva nell'attesa di notizie sull'omicidio di Manfred, del quale avevano deciso di non parlare. Era stato Ricciardi stesso a derogare, raccontando della reclusione di Livia in manicomio e del fatto che l'indomani avrebbe incontrato la duchessa Previti di San Vito, per sapere cosa fosse successo la sera del suo ricevimento.

Mentre Nelide faceva la spola con la cucina per mettere in tavola le pietanze che aveva preparato, il commissario aveva confessato alla moglie il timore di non poter scoprire granché del tempo intercorso fra l'uscita dalla festa della Previti e il ritrovamento del cadavere a casa di Livia. Sarebbe stato perciò difficile liberare la donna.

Non aveva detto niente, invece, delle ferite sul corpo di Manfred. Si era limitato a specificare che, secondo Modo, era evidente che non avesse sofferto. Aveva percepito il sollievo di Enrica, e le aveva chiesto mentalmente perdono di averle mentito.

Per il resto della cena la conversazione era scivolata su
temi piú superficiali: le bocche pronunciavano banalità,
concetti semplici; i cuori erano affranti dagli stessi rimorsi
e cercavano il conforto l'uno dell'altro. Alla fine si erano
trasferiti in salotto, le due poltrone accostate, la radio, un
libro per Ricciardi e il telaio per Enrica. Ma niente lettura
e niente ricamo, quella sera. Piuttosto occhi socchiusi, mani
che si sfioravano, musica che trasportava le menti altrove.

Ciao, amore mio, pensò Ricciardi. Ciao, pelle di seta che
accogli le mie dita come una terra nuova accoglie un naufra-
go, e tuttavia sembra una casa antica, che riconosco come
se ci abitassi da sempre.

Ciao, amore mio. Grazie per questo momento di silenzio e di pace, alla fine di una giornata in cui ho attraversato
cento inferni e prima di un'altra in cui ancora cento ne at-
traverserò. Saprai mai quanta felicità si può trovare in un
pezzo di sorriso?

Un ritornello li avvolse come un abbraccio.

Ciao, amore mio, disse tra sé Ricciardi. Mi sembra incredibile che ci sia stato un tempo in cui la mia mano, questa stessa mano che ora ti accarezza il braccio, percorreva il
vetro della finestra che ci separava come una barriera che
non si poteva abbattere. Mentre udivo incessante il lamento
di una donna impiccata, perché aveva atteso inutilmente il
proprio amore che l'aveva lasciata. Mentre pativo come una
frustata il contrasto fra quell'inutile dolore e la serena felicità
che veniva da te. Non saprai mai, amore mio, che sei stata
tu a farmi arrivare l'unica percezione opposta a quelle che
mi perseguitano dacché ero un bambino. Loro mi parlano
di morte, a ogni angolo di strada, in mezzo alla via, dentro
i portoni; e tu mi hai sempre parlato di vita.

Come in risposta, Enrica cominciò a canticchiare. Ricciardi ne scrutò il profilo: uno spettacolo per lui straordi-

nario, messo in scena da chissà quale dio a suo esclusivo beneficio.

Canta, amore. Canta la canzone di noi due, che siamo una cosa diversa e piú grande di te e di me. Noi. Noi siamo gli unici abitanti del nostro pianeta: ogni tanto facciamo entrare qualcuno, ma è solo nostro. Canta, e le parole d'amore che canterai diventeranno magicamente vere, accompagnandoci in un luogo in cui saremo fermi in questo istante perfetto, per sempre.

La canzone si concluse con un accordo dolce, ed Enrica pronunciò le ultime parole come se avesse avuto un'intesa perfetta con l'orchestra che suonava chissà dove. L'annunciatore subentrò senza che Ricciardi smettesse di accarezzare il braccio della moglie, e lei non accennò a riprendere l'ago, assecondando il bisogno del marito di continuare a sfiorarla.

Stavolta il commissario prestò attenzione e seppe che la canzone successiva si chiamava *April in Paris*. Socchiuse gli occhi e apprese di una sera fresca e gentile guarnita da una spruzzata di pioggia, e di aria che profumava di legna bruciata, di foglie e di cibo speziato, con le luci dei lampioni che si riflettevano sulle lamiere bagnate e sulle panchine di un parco sconosciuto, in una città lontana in cui nessuno parlava la loro lingua eppure ci si comprendeva perfettamente, perché la lingua era quella dell'amore.

L'amore si racconta, sai. Adesso l'ho capito. Non serve a niente, l'amore, se resta sepolto in una stanza, a incenerirsi nelle mani di un uomo solo. L'amore si racconta, non importa in che lingua, non importa se sussurrato o urlato. Se si ha la fortuna di incontrarlo, l'amore, non si può far finta di niente. Mai piú.

Pensò a Livia e Manfred, al simulacro d'amore che avevano inseguito e che li aveva condannati. Pensò a Modo, alla sua solitudine e al bisogno che aveva di inondare il prossimo di un amore che non era riuscito a riservare a una persona soltanto. Pensò a Maione, alla sua goffa gelosia e all'emozione che provava quando parlava della moglie, come fosse ancora un ragazzino.

Pensò a sua madre, e a suo padre di cui non aveva memoria. Come hai potuto, sussurrò la voce nella sua mente. Come hai potuto tu, mamma, rispose. Come hai potuto tu.

Lasciò andare lo sguardo insieme alla musica, seguendo il profilo del corpo di Enrica, come faceva ogni giorno, all'alba, quando si svegliava e il cuore gli balzava in petto appena capiva che lei era lí, ed era sua, e lo sarebbe stata per sempre. Un momento perfetto in cui, per una volta, era contento della propria solitudine, perché gustava la piena di quel fiume di sentimento che aveva in petto, nelle viscere, negli occhi. La poteva amare del tutto, guardandola al risveglio: e adesso anche di sera, cacciando via i fantasmi, liberandosi e liberando lei dai rimorsi e dai rimpianti per tutto quel tempo perduto, per tutte quelle ore passate a soffrire invece che a essere felice.

Si alzò e tese una mano a Enrica. Dalla poltrona, lei lo fissò sorpresa.

Che vuoi fare?, gli disse. Che c'è?

E in quegli occhi che amava, che tanto dolore e disperazione esprimevano e che le avevano conferito la missione di consolarlo e sostenerlo, Enrica vide una luce nuova.

Vide la luce di una tenerezza immensa, il calore di una passione inestinguibile, la profondità di un sentimento che non avrebbe mai avuto fine.

Balla con me, le sussurrò. Con quella luce nuova, quell'incanto nuovo. Balla con me, ti prego.

Ma no, si schermí lei, dài, con questo pancione enorme.

Sí, mormorò lui serio, proprio adesso, io, tu e il pancione. Balliamo in tre.

Allora lei si alzò a fatica. Fece leva sui braccioli e trattenne il fiato, ma rifiutò l'aiuto di lui. E gli posò le mani sulle spalle, costretta ad allungare le braccia viste le dimensioni considerevoli del ventre che si frapponeva tra loro.

Eccoci qui, pensò lui. Io, tu che sei l'amore della mia vita e il regalo assurdo che mi sono concesso: un figlio. Che sarà come te, lo so; tenero, testardo e soprattutto libero dal peso che devo portare io. Non mi avrebbero dato la meraviglia di questo amore, se ci fosse il rischio che io trasmetta a un figlio la mia dannazione.

Lo guarderò insieme a te, amore mio. Soprattutto ne guarderemo gli occhi, e se saranno neri e dolci e intelligenti come i tuoi veglieremo affinché abbia una bella strada da percorrere. Ma se saranno come i miei, due pezzi di vetro fatti per osservare il dolore, allora lo proteggeremo. E insieme a te avrò la forza di salvarlo.

Enrica lo accarezzava sul collo, cantando la melodia a bocca chiusa. E aprile scorreva a Parigi, regalando un sogno di pioggia e di gioia tra violini e clarini e sassofoni, mentre in un salotto lontano la musica teneva distanti luglio e il vento, e una donna e un uomo si amavano danzando senza limiti in un'eternità sospesa.

Nelide, nell'ombra, sorrise.

XXIII.

La chiamata di Bianca giunse in ufficio la mattina dopo, verso le nove. La contessa fu sintetica: aveva visto Ricciardi teso e preoccupato, e ignorava quali disposizioni avessero le centraliniste in merito alle telefonate in entrata.

– Il dottore ti aspetta fra un'ora a casa sua, per quella visita. Sii puntuale.

Il commissario apprezzò la riservatezza; nemmeno lui era in grado di dire se ci fossero infiltrazioni e a che livello. Aveva ragione Bruno: i tempi stavano cambiando, e assai in fretta.

Fu tentato di non avvertire Maione; dover coinvolgere il brigadiere e il medico era il suo principale rammarico. Era stato lui a causare il malessere di Livia, e probabilmente anche gli eventi successivi; mettere i due amici in condizione di pericolo era forse pure peggio. Ma Maione aveva cento occhi e Ricciardi se lo ritrovò davanti appena uscito dalla stanza.

– Allora, commissa', ci siamo? Ci muoviamo noi adesso, vero?

– Sí, Raffaele. Ma facciamo due strade diverse. Ci vediamo al palazzo della duchessa, all'interno. E non ti devo dire io quanto devi stare attento a non farti vedere. Da nessuno.

– Commissa', con tutto il rispetto: siete voi che dovete stare attento. Io, se non mi voglio far vedere, non mi faccio vedere. Punto e basta.

Mezz'ora dopo, Ricciardi si presentò al portone del palazzo Previti di San Vito, in via Santa Lucia. Gli venne incontro un portiere in livrea perfettamente sbarbato e coi capelli pettinati all'indietro, che lo omaggiò di un breve inchino e, senza dire una parola, gli fece cenno di seguirlo. Maione, impacciato, attendeva ai piedi di una larga scalinata in marmo.

Quando fu al fianco di Ricciardi, sussurrò:

– Commissa', ma a voi vi ha chiesto chi siete? Perché a me ha fatto solo segno di aspettare qua, come se sapesse che dovevo arrivare. Ma è muto, secondo voi?

Ricciardi si strinse nelle spalle.

Giunti in cima, il portiere li affidò a una graziosa cameriera vestita di nero, con grembiule e cuffietta bianchi. La donna si produsse in una deliziosa riverenza e si avviò al di là di una grande porta.

Il commissario e il brigadiere furono condotti lungo un'interminabile teoria di stanze, ciascuna con tappezzeria di colore uniforme: verde, blu, marrone, con tanto di quadri, arazzi e soprammobili. Maione, a un paio di metri da Ricciardi, non ricordava di aver mai visto tanta opulenza; e pensava con rammarico alla moglie, che da almeno dieci anni voleva un divano che non potevano permettersi.

La cameriera si fermò di fianco a una porta che dava in una grande sala da ballo, in fondo alla quale campeggiava un pianoforte a coda. A Ricciardi l'ambiente parve deserto, poi si accorse che su un lato, seduta su una poltrona che di fronte ne aveva un'altra insieme a un divanetto, c'era una donna.

La cameriera la indicò col capo e si dileguò. Ricciardi tossicchiò, chiese permesso. La donna sollevò una mano guantata e fece cenno di entrare.

Maria Giulia Previti di San Vito, piú una decina di nomi di cui non si serviva se non in caso di necessità, era vecchia, vecchissima, ma nessuno osava sottolinearle questa triste circostanza. Se ne stava rigida in un abito beige ricamato, la schiena eretta, il viso rugoso e imbellettato. Il valore dei gioielli che indossava avrebbe garantito lo stipendio di un paio di commissari per un anno o due. Ogni volta che muoveva la testa gli orecchini di diamanti tintinnavano allegri, contrariamente agli occhi che sembravano quelli di una testuggine, sferici, sporgenti e semichiusi.

Armeggiò sul petto scarno e prese degli occhialini che le pendevano sul torace, attaccati a una catena d'oro. Li portò sul naso e fissò a lungo il commissario.

– Voi siete Malomonte, dunque. Bianca cambia voce quando parla di voi. Cambia proprio voce. Ero curiosa di vedervi.

Ricciardi resse lo sguardo, poi chinò deferente il capo.

– Buongiorno, duchessa. Mi devo anzitutto scusare di questa irruzione, e anche di aver dovuto ricorrere all'amicizia della contessa di Roccaspina per farmi introdurre a voi, e…

– Non perdete tempo, Malomonte. Sono vecchia, sapete? Non sembra, lo so, ma alla mia età tempo non se ne ha abbastanza e non intendo dilapidarlo in convenevoli. Che posso fare per voi?

– Vedete, duchessa, avrei bisogno di alcune informazioni su…

La donna sollevò una mano.

– Prego, Malomonte. Prego. Fatemi fare la padrona di casa. Posso offrirvi qualcosa?

Ricciardi sbatté le palpebre. Non era poco, il tempo?

– Grazie, signora, no. E preferirei essere chiamato semplicemente Ricciardi, se possibile.

La duchessa reagí come a un insulto.

– Che sciocchezza è mai questa? Non siete voi il barone di Malomonte, come mi ha detto Bianca? Ho forse ricevuto la persona sbagliata?

Ricciardi chiarí in fretta.

– No, sono proprio io, Luigi Alfredo Ricciardi di Malomonte, è solo che non esibisco il titolo, se posso evitare. La
mia funzione di commissario di polizia...

– Uno si chiama come si chiama. Non è un merito essere
nati in una famiglia, ma è una grave colpa vergognarsene.
Io non mi sono mai vergognata di essere me stessa, anche
se ormai non ricordo piú le facce dei miei parenti. Sono
tutti morti.

Ricciardi era in difficoltà. L'alta società aveva dei codici
che non aveva mai compreso, e quel dialogo aveva preso una
piega surreale. Trasse un respiro e si rammentò di Maione.

– Duchessa, permettetemi di presentarvi il brigadiere
Raffaele Maione, che mi ha accompagnato.

Maione si materializzò al fianco del commissario, col
cappello in mano. Aveva ascoltato la conversazione e si era
reso conto delle difficoltà del superiore. Batté i tacchi, fece
un inchino ossequioso e disse, inatteso:

– Non avete affatto l'aspetto dell'anziana, duchessa. E
un vero uomo sa bene quanto sia affascinante l'esperienza,
in una donna.

Le labbra della duchessa si stesero in un moto di compia-
cimento, che non la trattenne dal commentare acida:

– Pure i complimenti fanno perdere tempo, comunque.

Maione rispose, al volo:

– Se fossero complimenti, duchessa. Ma vi posso assicu-
rare che è la pura e semplice verità.

La donna si sciolse, assomigliando sempre a una tartaru-
ga ma nella stagione degli amori. Piegò la testa da un lato
con un tintinnio di diamanti e zufolò:

– Dite pure, bel poliziotto: in che cosa può esservi utile,
questa donna d'esperienza?

Maione si rivolse a un allibito Ricciardi.

– Prego, commissario, chiedete pure alla duchessa. Lei è gentile e vi risponderà.

Per il resto del colloquio, Ricciardi pose le domande mentre la duchessa replicava di fatto a Maione, non distogliendo gli occhi da rettile da quelli del brigadiere che annuiva estasiato.

– Il ricevimento dell'altra sera, duchessa, si è svolto qui?

– Sí, qui, nel salone grande. C'erano una quarantina di amici, un pianista molto bravo, due violinisti e una soprano del *San Carlo*. Ci siamo divertiti.

– Tra gli invitati c'era per caso la signora Lucani?

– Certo, la invito sempre, è una donna cosí affascinante. Non di grande nascita, ma di talento. E poi veste cosí bene! Prende abiti e gioielli a Roma, tutte noi ragazze della città ci facciamo rifare i modelli dalle nostre sarte, dopo averglieli visti indosso.

Raffaele assentí partecipe. Ricciardi sospirò e proseguí.

– Ricordate da chi era accompagnata, la signora Lucani?

La vecchia proferí, allusiva:

– Come no, stava col soldato tedesco, il maggiore Von Brauchitsch, quel bel giovane tanto simpatico. Fanno coppia fissa ormai da un po'. Nemmeno se ne chiacchiera piú, sono diventati proprio come marito e moglie, che noia. Eppure Livia sembrava destinata ad avere di meglio, non c'è uomo in città che non abbia perso la testa per lei. Che ci vedranno, poi...

Maione fece una smorfia, come a prendere le distanze da quel tipo di maschio. Lui, era noto, preferiva le donne d'esperienza.

La duchessa gli sorrise, rapita. Ricciardi tossí per catturarne l'attenzione.

– Fino a che ora sono rimasti? Hanno aspettato che si concludesse il ricevimento?

– Macché. A un certo punto, mentre parlavo con Livia, il maggiordomo le ha consegnato un biglietto. Lei è sbiancata, mi è parso addirittura che stesse per svenire. Von Brauchitsch si è avvicinato, l'ha tratta in disparte e hanno cominciato a discutere, poi Livia è uscita sul terrazzo. Il maggiore l'ha raggiunta e hanno continuato a litigare.

Ricciardi era concentratissimo.

– Litigavano, dite? Che si dicevano?

– Che ne posso sapere, io? Da qui mica si sentiva, e poi la cantante stava appunto cantando.

Maione si intromise, soave.

– E voi come lo avete capito, bella signora, che stavano litigando? Siete intelligente, quindi l'avrete intuito, chessò, dai gesti o dalle espressioni.

La duchessa ridacchiò, come in reazione a una barzelletta.

– No, no, si sono proprio presi a schiaffi, altroché. Per la precisione, lui l'ha afferrata per un braccio, lei si è divincolata e poi gli ha dato un bello schiaffone. L'hanno vista tutti!

Ricciardi la incalzò.

– E dopo cos'è successo?

– Il maggiore è rientrato, aveva la faccia rossa per la vergogna, la rabbia e lo schiaffone. Ha fatto un inchino e se n'è andato.

– E la signora Lucani l'ha seguito?

– No. È rimasta sul terrazzo a fumare. Alla fine è tornata qui nel salone, ha atteso. Poi se n'è andata pure lei.

Maione e Ricciardi si scambiarono uno sguardo, perplessi. Il commissario domandò:

– Vi chiedo perdono, duchessa, ma è molto importante per noi. Ci sapete dire quanto tempo è passato prima che anche la signora Lucani andasse via?

La donna ebbe uno scatto.

– Ma come posso ricordarlo? Credete che una stia lí a guardare tutto quello che...

Maione la calmò, suadente.

– E su, bella signora. Sono sicuro che se ci pensate, vi ricordate di sicuro. Come può sfuggirvi qualcosa, con quegli occhioni...

Le palpebre della duchessa sbatterono leggiadre dietro le lenti.

– A ben riflettere... direi che Livia è rimasta almeno mezz'ora. Anzi, tre quarti d'ora, la soprano ha cantato quattro romanze. Per la verità non fu di compagnia: continuava a tirare fuori quel biglietto e a leggerlo, senza dire parola. Il dottor Giustiniani, quel bel medico vedovo che insegna all'università, si offrí persino di accompagnarla ma lei disse che no, che la attendevano. Poi, prima di mezzanotte, salutò e se ne andò pure lei.

Ricciardi domandò:

– Venne qualcuno a prenderla? Non vedeste nessuno che...

– No. Se ne andò coi piedi suoi, com'era venuta. Non so dirvi altro.

Ricciardi cercava di ragionare.

– Tre quarti d'ora, forse anche un'ora. Prima di mezzanotte... – Poi, alla duchessa: – Possiamo chiedere al maggiordomo chi gli ha consegnato il biglietto per Livia?

La nobildonna assunse un'aria furba.

– Gliel'ho chiesto io, la sera stessa. Era una storia troppo intrigante per non cercare di saperne di piú, vi pare?

Maione annuí, come ammirato.

– E che vi ha riferito, il maggiordomo?

– Un bell'uomo dai capelli grigi, brigadiere. Un tipo interessante.

Ricciardi fremeva.

– E ha detto come si chiamava?

Invece di rispondere, la duchessa ammiccò a Maione.

– Ma tornerete a trovarmi, brigadiere? C'è carenza di uomini veri, in società. Voglio presentarvi alle mie amiche, sono certa che vi adoreranno.

Maione mise su un'espressione perdutamente innamorata. Ricciardi pensò che il suo brigadiere aveva risorse insospettabili.

– Ma certo, duchessa, e chi vi perde piú. Solo, quest'ultima cortesia: vogliamo dire al commissario come si chiamava il signore coi capelli grigi che ha portato il biglietto per la signora Livia? Se no poi rimane col dubbio e se la piglia con me.

La Previti posò lo sguardo gelido su Ricciardi.

– Non osate, Malomonte. Altrimenti dirò a Bianca che deve rivedere le sue frequentazioni –. Poi si voltò di nuovo verso Maione. – Il maggiordomo lo ricordava benissimo. L'uomo ha detto di chiamarsi Falco.

XXIV.

L'uomo faceva avanti e indietro, fumando nervoso. Il caldo non era il suo principale fastidio, anche se a intervalli prendeva dalla tasca un fazzoletto e si asciugava la fronte sotto il cappello.

La vita intorno ferveva: madri con figli al seguito, anziani col giornale sottobraccio, ambulanti che urlavano la propria generosa offerta. La Villa Nazionale d'estate si riempiva di gente e diventava una chiassosa e colorata oasi vicino al mare; gli scugnizzi saltavano dagli scogli, nudi e con la pelle che sembrava cuoio.

L'uomo pareva indifferente a tanta vita. Guardava la strada, luccicante nel sole del primo pomeriggio. Alla fine vide quello che presumibilmente aspettava, perché gettò via la sigaretta non ancora finita e andò svelto incontro a un'automobile scura che giungeva a bassa velocità.

Oltre all'autista, a bordo c'era un passeggero seduto dietro, il viso nell'ombra. L'uomo prese posto al suo fianco e l'autista ripartí in direzione di Mergellina.

L'occupante del sedile posteriore non staccava gli occhi dal mare che luccicava fra mille increspature. Mormorò:

– Certo che è incredibile, questa vostra città. Coperta da un velo di assoluta bellezza, e piena di vermi sotto quella superficie. Ogni volta che ci vengo, sono felice di esserci venuto; ma ogni volta che me ne vado, sono contento di andarmene.

L'uomo che era appena salito non commentò. Disse invece:

– Aspettavo Manfredi, ma non è arrivato. Avrebbe potuto riferire lui sull'andamento della cosa.

L'altro non si voltò. Guardava dal finestrino il mare che scorreva a sinistra. Il lato destro del viso era sfregiato da una vecchia cicatrice.

– Eh, Manfredi, Manfredi... Non lo vedrai nel prossimo periodo, Falco. Gli abbiamo proposto, diciamo cosí, un... non mi viene la parola... Un corso di aggiornamento, ecco. Magari in questo modo si prepara meglio e non fa errori. Vedi, come siamo solleciti?

Falco era impallidito.

– Ma, Rossi... Manfredi è con me fin dall'inizio, è fidato e capace, e...

L'uomo chiamato Rossi si girò e fissò Falco con curiosità.

– Dici, Falco? Fidato e capace... C'è da dubitare dell'equilibrio delle tue valutazioni. A me sembra che l'operazione sia stata condotta... vogliamo dire con leggerezza? Ma sí, diciamo leggerezza. Cosí non usiamo altri termini, per esempio «incompetenza», «superficialità», «folle inadeguatezza». «Dilettantismo». Devo continuare?

Falco si agitò sul sedile.

– Sei ingiusto, Rossi. Ti abbiamo fornito su un piatto d'argento l'opportunità di mettere le mani su una spia. E in un colpo solo, di eliminarla e di farti un'amica. Molto, molto altolocata. In un momento in cui, concedimi di dirlo, la situazione è davvero incerta.

Negli occhi dell'altro passò un velo di ferocia, che tuttavia si dissolse cosí rapidamente da lasciar credere che fosse stata un'illusione. Rossi parlò all'autista.

– Hai capito, D'Angelo? Ci hanno fornito. Su un piatto d'argento.

L'autista non diede segno di aver udito. Rossi si rivolse a Falco.

– Manfredi aveva assicurato che la ragazza non sarebbe tornata, e invece è tornata. Aveva assicurato che il palazzo era sotto osservazione, e non lo era. Aveva assicurato che avremmo avuto tempo e modo di lavorare con tranquillità, e invece ci siamo ritrovati con la polizia in pieno sopralluo-go, con tanto di medico legale al lavoro.

Il tono era dialogico, quasi parlasse del clima; ma a Falco scorse un brivido lungo la schiena.

– Rossi, gli uomini che ci avete messo a disposizione non consentivano una sorveglianza superiore a quella che abbiamo attivato. Modalità e tempi erano limitati. La ragazza avrebbe dovuto restare dov'era, come potevamo prevedere che sarebbe tornata in piena notte, correndo il rischio di essere presa dal primo malvivente che batte quella strada? E per quanto riguarda la polizia...

– La polizia è l'ultimo dei problemi. Qui il punto è se l'intera operazione ha un senso o meno. Di questo dovresti convincermi, Falco.

Falco aveva caldo. E aveva paura. Ma sapeva che quando ci si trova al cospetto di una belva non bisogna dimostrar-lo, perché l'esito può essere letale. Perciò ostentò serenità.

– Hai ancora dubbi, Rossi? Eppure, quando sono venuto a Roma a raccontarti quello che avevo in mente, mi sembravi abbastanza convinto. Ti avevo detto che quello che stava per succedere in Germania, e poi si è puntualmente verificato, avrebbe ridisegnato le gerarchie; e che tutti quelli che facevano capo alla parte sbagliata sarebbero ca-duti. È andata cosí o no?

Rossi era torvo. La mascella sfregiata vibrava sotto le contrazioni di un muscolo. Nell'ombra cocente della vettura, pareva un felino pronto a balzare sulla preda. Disse, freddo:

– Operazione Colibrí.

Falco annuí.

– Esatto. Ora, sai bene che Von Brauchitsch riferiva a un certo Schulz, uno degli uomini di Röhm. Questo lo qualificava come persona delle SA, no? Regalare la sua testa alla Signora mi pare un ottimo viatico, per uno con le tue ambizioni.

– Lascia perdere le mie ambizioni, Falco. Pensiamo alle tue, invece: perché se la cosa andasse in porto, prenderesti il posto del pederasta e diventeresti il capo qui, che è ciò che volevi fin dall'inizio. Credi che non l'abbia capito?

– Perché, preferiresti non sapere qual è il mio tornaconto? Ti fideresti di un benefattore, nel nostro campo?

– No, su questo hai ragione. Solo che l'operazione è bellissima se riesce, ma mortale se non riesce. Io ho avuto i miei riscontri e la Signora ha dato il suo avallo, però è stata chiara: se qualcosa va storto, lei non ci ha mai nemmeno sentiti nominare. E questo mi preoccupa, molto.

Falco disse, suadente:

– Ma perché qualcosa dovrebbe andare storto, me lo dici? Hanno litigato violentemente, sotto gli occhi di tutti, al ricevimento della Previti di San Vito. C'era anche la Lobianco, che sappiamo essere un'informatrice del maledetto frocio. Poi i due sono stati ritrovati nel letto della vedova Vezzi, che aveva una pistola in mano ed era ubriaca: se la polizia e il medico hanno visto questo, e questo hanno visto, siamo ancora piú tranquilli, anche se basta la nostra relazione per metterci a posto.

– Tu lo sottovaluti, il frocio. È furbo, ha amicizie in ogni settore e conosce tanti di quei segreti da permettersi di conservare il grado nonostante la sua natura, ormai nota a tutti dopo il casino che ha fatto alla morte del suo amante. Come pensi di fregarlo, si può sapere?

Falco rispose calmo.

– Conto proprio sulla sua furbizia. Perché dovrebbe contrapporsi a un'evidenza come questa? L'operazione non è passata per la sua scrivania, quindi è un delitto comune. Gli conviene non far niente, nel dubbio che sia una cosa decisa altrove. E poi sarebbe intervenuto sul momento, ti pare? No, stiamo tranquilli. Non portare la Vezzi in carcere e impedire l'esame del cadavere secondo le vie ufficiali ci mette al sicuro. Siamo fuori dalla struttura istituzionale, e anche fuori dalla giurisdizione del pederasta. Ci serve soltanto aspettare che finisca quello che stanno facendo in Germania, e a quel punto saremo noi quelli che riscuoteranno la gratitudine della Signora per aver fatto un favore al suo amico coi baffetti.

Dopo un lungo giro, l'auto era tornata al punto di partenza. Rossi rimuginava.

– Va bene, Falco. Ma con oggi io ritiro tutti gli uomini e rientro a Roma. Non voglio legarmi ancora di piú a questa cosa.

L'altro sobbalzò.

– Ma... Come sarebbe, ritiri gli uomini? Mi dici come faccio a sorvegliare ospedale e manicomio, e ad assicurarmi che nessuno scombini le carte?

– La Lucani dal manicomio non la sposta proprio nessuno finché, se tutto va bene, non l'andiamo a prendere noi da Roma. Il cadavere è stato esaminato e il rapporto redatto secondo le nostre istruzioni, nessun medico ci metterà piú le mani. La scena del crimine è stata fotografata da tutte le angolazioni, dopodiché è stata svuotata e chiusa. Mi risulta che tu abbia provveduto a liquidare i domestici, inclusa la ragazza. Non mi pare che gli uomini ti servano ancora, no? E comunque, a parte Manfredi che abbiamo... destinato diversamente, hai i tuoi; piú che sufficienti.

Falco cercò di pensare in fretta, mentre l'automobile accostava davanti all'ingresso della Villa Nazionale.

– Ma sono uomini che formalmente rientrano nella struttura locale, che non comando io e...

– Per ora, Falco. Per ora. Ma se sarai fortunato, vedrai, ben presto comanderai tu: e loro lo sanno, quindi ti saranno fedeli. E poi, a che ti giovano? Abbiamo messo a posto tutto noi.

– Ma se dovesse verificarsi qualche imprevisto, se la polizia...

Rossi si accigliò. E fu come se una folata di tramontana fosse penetrata nella vettura, raggelando l'ambiente.

– La polizia? Sbaglio o hai appena detto che non era un problema, ma che anzi era meglio che avesse visto quello che ha visto? D'Angelo, non hai sentito cosí anche tu?

Senza voltarsi, l'autista disse a bassa voce:

– Certo, capitano. Ha detto proprio cosí.

Falco assentí.

– Certo, certo. Nessun problema. Vedrai che andrà tutto bene.

Scese dalla macchina, e si avviò verso il centro.

XXV.

Uno dei problemi era non dare nell'occhio ed evitare di allarmare Garzo. Per fortuna una serie di rapine giustificava che Ricciardi fosse fuori, mentre Maione doveva garantire una maggiore presenza in questura.

Ciò consentiva al commissario di non coinvolgere troppo il brigadiere nell'indagine, e quindi di non fargli correre rischi oltre il necessario. Non gli fu però possibile impedire a Raffaele di accompagnarlo in manicomio.

– Commissa', se non parlo io con la cugina di mia moglie, quella nemmeno vi fa entrare nel quartiere, credetemi: è proprio fondamentale che venga pure io.

Siccome gli accordi iniziali prevedevano che anche Modo fosse della partita, fu un terzetto quello che si avviò per il lungo tragitto – percorso a piedi, tram, altro percorso a piedi, tramvia provinciale, ulteriore percorso a piedi – che conduceva all'ospedale psichiatrico provinciale *Leonardo Bianchi*, il piú grande dell'intero Meridione coi suoi millenovecento posti. La prima parte del viaggio fu impiegata per mettere il dottore a parte dei pochissimi progressi e degli elementi che avevano raccolto.

Quando furono a bordo del tram, Modo manifestò i propri dubbi.

– Scusate, forse sono troppo stupido per capire, ma a che serve allestire questa commedia se poi non si manda in galera la finta colpevole e si nasconde il cadavere? Non gli conveniva ammazzarlo e buttarlo a mare di notte? O deportarlo, come fanno sempre? Oppure semplicemente rimandarlo in Germania, a questo poveretto?

Le domande caddero nel vuoto. Nessuno comprendeva il senso di quanto era accaduto o che stava ancora accadendo. Quello che contava, disse Ricciardi, era sincerarsi delle condizioni di Livia e cercare di salvarla.

L'ultima parte del tragitto fu compiuta in un progressivo, cupo silenzio. Sia Modo sia Maione fissavano in tralice Ricciardi, percependone la tensione: immaginavano dipendesse dalla preoccupazione per l'amica, dal timore di trovarla prostrata o di non riuscire a vederla.

Non sapevano che per il commissario recarsi al manicomio era come scendere all'inferno, senza la sicurezza di poter ritornare. Era in un manicomio che la madre era stata ricoverata ed era morta; era in un manicomio che lui stesso temeva di finire i propri giorni; era in un manicomio che forse avrebbe dovuto scegliere di stare, anziché inseguire il folle sogno di una normalità che era invece tutt'altro: tirarsi dietro in quell'inferno una povera innocente, e farci addirittura un figlio.

Come hai potuto, gli disse nella testa la madre.

Non dimenticarti di noi, gli disse sempre nella testa Enrica.

Il manicomio sorgeva sulla sommità della collina di Capodichino. Pareva una fortificazione, con le alte mura in tufo che ne delimitavano l'area. Vi si accedeva da una rampa che si staccava dalla strada principale e conduceva a un cancello. All'ingresso, Maione fece il nome della cugina di Lucia, Giovanna Caputo, infermiera scelta presso l'ospedale. Il custode li fece passare fornendo qualche scarna indicazione su come raggiungere la settima sezione, dov'era l'infermeria femminile. I tre si inoltrarono in un parco lussureggiante; il canto degli uccelli e il ronzio degli insetti facevano da sonoro alla sequenza di siepi e di alberi secolari che fiancheggiavano il viale d'accesso.

Alle spalle dell'edificio principale c'erano i padiglioni. Ricciardi era andato impallidendo, metro dopo metro; Modo e Maione si scambiavano sguardi preoccupati.

Dall'interno delle palazzine veniva il suono della disperazione e della follia. Urla, frasi incomprensibili, bestemmie. Non si capiva se le voci fossero femminili o maschili, arrochite com'erano dalla ripetizione, graffiate dallo sforzo.

I tre procedettero verso la settima sezione. Incontrarono una calzoleria, una falegnameria, una tipografia, una sartoria. In ciascuno di questi luoghi, con porte e finestre spalancate per consentire l'aerazione nella canicola pomeridiana di inizio luglio, lavoravano uomini e donne con indosso una tunica grigia o una tuta in tela grezza, grigia anch'essa. Sembravano operai ordinari di una città ordinaria. Fumavano, si scambiavano richiami e battute. Ridevano, persino. Ma dalle finestre oscurate dei piani superiori giungevano quelle grida terribili.

Ricciardi pensò a sé stesso, al contrasto fra l'inferno della propria mente e la normalità che lo circondava. In un certo senso, era dove doveva stare. Quella era casa sua, piú di quanto lo fosse il luogo in cui dormiva ogni notte con la moglie.

Giovanna, la cugina di Lucia, li attendeva sulla soglia dell'infermeria femminile. Non assomigliava affatto alla moglie di Maione. Bionda e con gli occhi azzurri quella, bruna e vivace questa. I capelli erano corti sotto la cuffia da infermiera, calzava comode scarpe candide e il camice recava delle patacche scure che potevano essere di sangue, di pomodoro o di qualche medicinale. Maione la salutò con due rumorosi baci sulle guance e la presentò agli amici. La donna parve colpita da Modo.

– Ah, voi siete il dottore dei Pellegrini. Ho sentito molto parlare di voi. Alcune colleghe mi hanno detto che siete simpatico e pure bravo, ma che lavorate cosí tanto che è difficile starvi appresso.

– Che sono simpatico è vero, e come vedete sono anche bellissimo. Quella sul lavoro è una vile maldicenza: in realtà sono felicemente sfaticato.

Giovanna parve soddisfatta. Si guardò attorno e, fatto un cenno con la testa, si avviò all'interno seguita dai tre. Per ultimo Ricciardi, che dopo una lieve esitazione trasse un respiro ed entrò.

Percorsero un corridoio fiocamente illuminato. Passarono davanti a una porta che risuonò di tre fortissimi colpi. L'infermiera non diede segno di accorgersene, ma i tre si spaventarono. Ricciardi, che chiudeva la fila, fece un balzo e sentí il cuore piantarsi in gola.

L'inferno, pensò. Questo è l'inferno.

Giunsero in una saletta con un tavolo e un paio di sedie. Giovanna si pose di fronte a loro.

– Vi devo spiegare come funziona, quando portano qualcuno qua dentro. Se no, non potete capire cosa è successo all'amica vostra.

Maione lanciò ai suoi amici un'occhiata d'intesa sopra la testa della parente, come a dire: ho dovuto per forza raccontarle qualcosa di diverso dalla realtà, per ottenere queste notizie.

La donna continuò.

– Le ricoverate per misura di ordine pubblico arrivano con l'autorità di pubblica sicurezza, col certificato medico della questura e l'autorizzazione del prefetto. L'ingresso viene annotato sul registro matricola, uno per le donne della provincia, un altro per quelle di fuori provincia. Si devono per forza annotare tutti i dati, nome, cognome, paternità

e maternità, stato civile, ultimo domicilio, professione; poi
natura della pazzia, autorità richiedente l'ammissione, de-
liberazione della Deputazione provinciale, data di dichia-
razione di mentecatta, recidive. Tutto. In venticinque anni
non ho mai visto nessuna entrare qua dentro senza queste
annotazioni sul registro. Elenchiamo pure gli oggetti che
tengono quando arrivano.

Modo non capiva dove la donna volesse andare a parare.

– E allora? Che c'entra questo con... con l'amica nostra?

– L'amica vostra, che dice di chiamarsi Livia Lucani, non
è stata registrata. Niente. Nemmeno un rigo.

Neppure Ricciardi capiva.

– Be', e allora? Cosa cambia? Vi hanno detto se la con-
durranno via presto?

– No, nessuno ha detto niente. E gli uomini che l'hanno portata, due, si sono messi a chiacchierare fitto fitto col
dottore Vergona, che è giovanissimo e non è qui da molto
ma lo trattano tutti come fosse il prossimo capo. E il dottore è venuto da noi, ci ha detto di darle un sedativo pesante
assai e se n'è andato senza visitarla. È tutto strano. Molto
strano. Anche perché...

Si fermò, come colta da un'incertezza. Modo la solleci-
tò a proseguire.

– Perché che cosa?

– Perché quando si sveglia canta, dotto'. Canta come un
angelo. Io mai l'ho sentita, una cosa cosí.

XXVI.

Il giovane fece irruzione nell'ufficio, spalancando la porta che urtò contro lo stipite.

– Dottore, scusatemi, ma ho appena saputo che...

L'uomo dietro la scrivania fermò la penna a mezz'aria e sollevò lo sguardo al di sopra degli occhiali da lettura.

– Forse ero distratto, Pedicino, e non ho sentito bussare. Ma prego, entrate pure. Avanti.

Il ragazzo sbatté le palpebre, guardando la porta come se fosse la prima volta che ne vedeva una.

– Oh... Vi prego, scusatemi, dottore, ma la circostanza... Se volete rientro secondo la buona educazione, e...

Pivani trasse un respiro, mise la penna a posto, tolse gli occhiali e prese a pulirli con una pezzuola dopo aver alitato sulle lenti.

– Per carità. Parlate pure. Stiamo andando a fuoco? È scoppiata la guerra? Dite, dite. Sono curioso.

Pedicino arrossí.

– No, dottore. Nulla di tutto ciò. Volevo dirvi che sono partiti. Ne siamo sicuri.

Pivani corrugò la fronte.

– Tutti? Come lo sappiamo?

– Tre automobili, nove elementi. I nostri di sorveglianza all'uscita dalla città hanno segnalato il movimento, che peraltro ci risultava già dalle due case sicure che occupavano e che come sapete abbiamo individuato ieri. Sono partiti oggi, con un'ora di intervallo fra un'automobile e l'altra, tutti in direzione della capitale.

Pivani si alzò e cominciò la solita passeggiata.

– Partiti. Senza di lei. E senza averla trasferita. Teniamo sempre d'occhio porto e stazione, vero?

– Certo, dottore, e vi ribadisco che nulla viene segnalato dalle due posizioni.

– E notizie da Poggioreale?

– No, dottore. Nessun arrivo che corrisponda alla Lucani Vezzi. Niente, in carcere non l'hanno condotta.

Pivani sussurrò una bestemmia.

– Che ne avete fatto, maledetti? Che ne avete fatto?

Pedicino si raschiò la gola.

– Però, dottore, abbiamo qualche notizia in piú sul ricevimento.

– Davvero? E come mai?

– Be', dottore, la Lobianco... Ha incontrato stamattina il suo referente, il calzolaio di Materdei. Gli ha detto che, insomma... che le è venuto in mente un particolare, una cosa che forse aveva rilevanza ma che in un primo momento le era sfuggita.

Pivani lo osservava come fosse uno scarafaggio parlante.

– E cosa le era sfuggito? Ditelo con parole vostre, Pedicino. Non vi sentite inibito.

L'ironia non migliorava lo stato d'animo dell'interlocutore, che arrossí di nuovo.

– Allora, dottore, pare che la Lucani Vezzi e Von Brauchitsch... ecco... pare che non siano andati via insieme. Che fra l'uscita dell'uno, che è andato via prima, e quella dell'altra sia passata circa un'ora.

Pivani sbiancò e per un attimo fu il ritratto dell'ira, tanto che Pedicino arretrò verso la porta quasi temesse per la propria incolumità.

– Sbattetela fuori. Fuori. Assicuratevi che non abbia piú nessun contatto con noi. Non datele piú alcun incarico e ditemi entro un'ora chi è stato a reclutare questa vecchia rimbambita.

Pedicino sussurrò, timoroso:

– Veramente, dottore, la Lobianco è stata reclutata un anno e mezzo fa proprio da voi. Mi dispiace...

Pivani lo fissò mordendosi il labbro. Poi si lasciò cadere sulla sedia.

– Niente. Non ce la faremo mai. Materiale troppo scadente. Non si può. Non si può.

Pedicino attese ancora, in piedi a un metro dalla porta. Poi tossicchiò.

Pivani chiese, stanco:

– Che altro c'è?

– I due poliziotti, dottore. E il medico. Ricorderete che abbiamo determinato di seguirne i movimenti, secondo la vostra indicazione. Be', stanno indagando. Presso la questura non c'è alcun interessamento né ufficiale né ufficioso, ma loro stanno indagando. Sono già stati dalla duchessa Previti. E adesso, a quanto pare, si stanno dirigendo insieme da un'altra parte.

Pivani si drizzò sulla sedia.

– E dove, Pedicino?

– Sembrerebbe all'ospedale psichiatrico provinciale, dottore. Al *Bianchi*, a Capodichino.

– Allora, Pedicino, ascoltatemi bene perché stavolta non tollererò incomprensioni o errori. Verificate subito l'organico dell'ospedale psichiatrico: voglio sapere se di recente, diciamo nell'ultimo mese, è stato inserito qualche medico o qualche infermiere. Voglio sapere chi hanno ricoverato nelle ultime trentasei ore, se c'è una donna con le caratteristiche della Lucani Vezzi. Non l'avranno registrata, quindi non vi limitate a verificare le matricole in entrata, per favore. E poi... – Controllò l'orologio. – Fra un'ora voglio una macchina. Devo andare in un posto.

Pedicino scattò sull'attenti.

– Quanti uomini, dottore?

– Nessuno, Pedicino. Nessuno. Chi fa da sé, fa per tre.

XXVII.

Ci vollero quasi cinque minuti, e sembrò un tempo infinito. Le urla dei ricoverati, insieme ai rumori di chi lavorava e a quelli del bosco, entravano dal vetro rotto della finestra dell'astanteria, dove i tre erano stati condotti dalla cugina di Lucia Maione.

Per Ricciardi c'erano anche i richiami delle anime morte. Gli risuonavano in petto come martellate, e i pensieri del distacco avevano piú senso delle grida disarticolate che nulla esprimevano se non dolore.

Nessuno diceva niente. Fu Modo che a un certo punto mormorò:

– Canta. Canta per non impazzire.

Maione annuí. Ricciardi non staccava gli occhi dalla porta che alla fine si aprí. Giovanna, l'infermiera, condusse chi attendevano.

Aveva una maniacale cura di sé, Livia. Non consentiva che la si vedesse se non in perfetto ordine. Era bella, dotata di un magnetismo che non mancava di utilizzare se voleva affascinare qualcuno. Ma aveva anche molta cura per gli abiti e gli accessori. E ora, nell'infermeria del manicomio, mostrarsi cosí era peggio che essere nuda.

Era irriconoscibile.

Non per la tunica informe abbottonata fino al collo. Non per l'assenza di belletto, né per i capelli che pendevano sporchi. Non era per gli zoccoli troppo grandi al posto delle scarpe alla moda, né per la mancanza di gioielli e ornamenti.

Erano gli occhi.

Vitrei, colmi di una sorpresa che sembrava anticipare la follia. Uno straniamento disperato che spezzava il cuore.

Maione aspirò l'aria con la bocca, ammutolito. Modo fissò la faccia impietrita sul viso di lei.

Livia li guardò ma non sembrò riconoscerli, la fronte aggrottata, un'aria di vago stupore. Poi vide Ricciardi, discosto, addossato alla parete piú lontana. Ebbe come un sussulto, portò la mano ai capelli e li sistemò con un gesto che in un altro momento sarebbe parso vezzoso, e che in quel contesto fu invece straziante. Le si aprí sul volto un'espressione di gioia, che subito morí nell'accenno di un pianto che però riuscí a controllare.

Maione si rivolse alla parente infermiera.

– Giova', ce la fai la cortesia, ci puoi concedere qualche minuto da soli con la signora?

– Rafe', ma stai *pazziando*? Non si possono lasciare i pazienti incustoditi, mi vuoi fare passare un guaio?

– Scusa, Giova', ma non hai detto che la signora non è stata registrata? Che il suo nome non si sa nemmeno, che non è mai entrata qua dentro? E allora, se non è mai entrata, vuol dire che non c'è. E se non c'è, tu incustodita non stai lasciando proprio nessuna. Ti pare?

La cugina rifletté, poi osservò Livia combattere contro sé stessa per non piangere. Si convinse.

– Ma sí. Tanto non credo che ci stanno pericoli, poveretta. Io comunque sto qua fuori. Avete pochi minuti: tra poco arriva il dottorino, e quello per prima cosa viene a vedere se abbiamo dato i sonniferi alla signora. Con permesso.

Nessuno aveva la forza di cominciare il colloquio. Ricciardi piantò gli occhi in quelli disperati di Livia. Maione si fissava gli stivali, immobile come una statua. Modo si riebbe per primo.

– Livia, come vi sentite? Fisicamente, intendo. Come state?

La donna si girò piano verso di lui, inebetita.

– Ah, dottore. Grazie di essere venuto. Io... io sto bene, credo. Mi sento un po'... come se avessi dormito troppo. Ho mal di testa, e non capisco... Non capisco...

Afferrò la tunica con due dita, dall'orlo, e la mostrò a Modo come fosse un evento inspiegabile.

Ricciardi provò a stimolarla.

– Davvero non ricordi nulla, Livia? Sforzati, ti prego. È importante, e non abbiamo molto tempo.

– Mi ricordo, certo. Mi ricordo che ti sei sposato. Che hai scelto un'altra donna, che aspetti un figlio da lei. Anch'io ho avuto un figlio, sai? Ma è morto. Carlo, si chiamava. A volte mi pare ancora di sentirlo fra le braccia. Che strano, eh, sentire i morti?

Ricciardi impallidí.

– Bruno, puoi...

Il dottore annuí e si avvicinò a Livia. Effettuò un rapido esame, punteggiato di domande poste con tono rassicurante. La donna ne assecondò i movimenti, quasi fosse un manichino.

Modo si accorse che Livia grattava pigramente un vasto arrossamento sul braccio. Controllò l'altro: recava lo stesso eritema.

– Da quanto avete quest'irritazione, Livia?

– Mi sono svegliata cosí, dottore. Mi succede solo se prendo la Neurinase per dormire, e siccome mi fa questo effetto ho smesso di assumerlo quasi sei mesi fa. L'ho sostituito con del buon vino, però. Che dite, ho fatto bene?

Ridacchiò, come per un'antica intesa.

Il dottore si rivolse a Ricciardi.

– Ecco cosa le hanno dato. L'eritema ne è la prova, insieme alle pupille a spillo e la mancata reazione ai tentativi di svegliarla.

Livia sembrava acquisire via via consapevolezza.

– Ma io non ho preso la Neurinase, dottore, me lo ricorderei! Non credo nemmeno di averne piú, in casa.

Ricciardi la pungolò.

– Ecco, Livia. Casa. Rammenti di essere tornata a casa, dopo il ricevimento dalla Previti? Che cosa hai fatto?

– Come lo sai che ero... No, non ricordo di essere tornata a casa. C'era quel biglietto... Ricordo il biglietto, questo sí, ma non...

– Quale biglietto, Livia? Ti prego, concentrati.

La donna scuoteva la testa, come per rimuovere la nebbia dal cervello.

– Mi hanno portato un biglietto. Diceva che era successo qualcosa di grave, che mi dovevo... Manfred! C'era Manfred, mi aveva accompagnata al ricevimento, e il biglietto diceva che lo dovevo mandare via, che lo dovevo far uscire subito. Io allora...

Maione chiese, piano:

– E di chi era quel biglietto, signo'? Ve lo ricordate di chi era, quel biglietto?

Livia spostò gli occhi su di lui.

– Di Falco. Il biglietto era di Falco. Allora io ho mandato via Manfred, ma non gli ho detto che era per il biglietto, perché c'era scritto proprio che se non lo avessi mandato via correva gravi rischi, capite? Io dovevo proteggerlo, salvarlo. Lo sorvegliano, da mesi. E io, proprio io, sono... Hanno chiesto a me. Si servono di me per sorvegliare Manfred. Mi hanno ricattata, per questo.

Ricciardi non perdeva una sillaba.

– Stai dicendo che il biglietto era per salvare Manfred? Che tu lo avresti protetto mandandolo via?

– Sí, è cosí. Falco, lui... È innamorato di me. Sai, non tutti mi rifiutano, Ricciardi.

Modo fece segno all'amico che la donna era confusa. Livia continuò.

– Falco è nella polizia segreta, ma ha l'incarico di proteggermi. Sa che Manfred non mi interessa come uomo, ma che è un buon amico e una cara persona. Mi sono affezionata molto a lui, mi tiene compagnia; ci facciamo compagnia. Falco mi ha scritto che Manfred era in pericolo e che dovevo farlo andar via da lí senza dirgli perché. Io allora gli ho detto che mi annoiava, che non volevo vedermelo davanti per quella sera, e l'ho mandato via.

– E poi? Che è successo, poi?

Di nuovo, Livia scosse il capo.

– Non lo so. Sono rimasta, c'era una cantante, brava. Poi sono andata via, e... – Fissò Ricciardi, sorpresa. – Non c'era! Arturo, il mio autista, non c'era! Ricordo che non c'era, e che... Falco! C'era lui, con la macchina e un autista, che mi ha offerto un passaggio a casa. E aveva da bere, io... Poi non ricordo piú niente, e poi ero qua. Ma che ci faccio, io, qua? E perché ho tanto sonno, ancora?

Maione disse piano a Ricciardi:

– Commissa', non ci resta piú tempo. Dobbiamo andare, se si accorgono di noi per la signora è peggio.

Modo concordava.

– Sí, Ricciardi, Maione ha ragione. Se si insospettiscono e la spostano, non la troviamo piú. Lo capisci?

Livia cercava di interpretare le loro parole, quasi fossero espresse in una lingua straniera.

– Perché per me sarebbe peggio? Dove mi dovrebbero spostare? E per quale motivo sono qui?

Ricciardi tentò di spiegarle.

– Livia, ascoltami bene. Ti accusano di un delitto. Ti hanno drogata e hanno inscenato l'omicidio mettendoti una pistola in mano. Non sappiamo perché. Abbiamo bisogno di indagare ancora per discolparti.

– Cosa mi accusano di aver fatto?... Un delitto?... Che delitto?... Una pistola...

Modo le posò una mano sul braccio.

– Manfred, Livia. Vi accusano di aver ucciso Manfred. Lui è morto.

Livia restò attonita.

– Manfred è... Manfred? Ma è impossibile, dottore, lui è vivo! L'ultima volta che l'ho visto è stato al...

Ricciardi annuí.

– Al ricevimento, certo. Poi ti hanno drogata e ti hanno messa a letto con una pistola in mano e il cadavere di Manfred accanto. Mi dispiace che tu lo venga a sapere cosí, ma non c'è stato tempo per prepararti alla notizia.

Maione guardava fuori, sempre piú preoccupato.

– Commissa', per favore...

Ricciardi parlò ancora a Livia, concitato.

– Stammi a sentire: noi torniamo, va bene? Stai sicura che ti tireremo fuori. Non devi cedere, hai capito?

Modo soggiunse, secco:

– Se vi dànno pillole o gocce, cercate di non prenderle, Livia. Sono sonniferi, servono a mantenervi incosciente, non hanno alcuna funzione curativa. Tenetele in bocca senza ingoiare e appena possibile sputatele. Fingete di dormire, ma tenetevi sveglia. Sono stato chiaro?

La donna fissava Ricciardi, gli occhi pieni di lacrime.

– Manfred è morto?... E perché?... Dio mio... Manfred... – Poi sembrò avere un'idea: – Edda! Devi metterti in comunicazione con Edda, Ricciardi! Le devi dire in che situazione sono, vedrai che troverà la maniera di tirarmi fuori! Lei e io siamo come sorelle, basterà farle sapere.

Ricciardi le fece segno di sí.

– L'importante è che per ora tu stia tranquilla, che non abbiano motivi per spostarti.

Livia si passò una mano tremante sul viso.

– Io... Non l'ho fatto, vero? Non posso essere stata io. Non ricordo niente, non so proprio che cosa...

Entrò l'infermiera, agitatissima.

– Ve ne dovete andare, sta arrivando il dottore. Devo riportarla in cella.

Ricciardi scosse Livia per le spalle.

– Io non ti lascio sola. Quello che ti sta succedendo è anche colpa mia. Non ti abbandono. E no, non sei stata tu. Ne siamo certi.

L'abbracciò, e per un attimo rimasero stretti come se i giorni, i mesi non fossero mai passati.

Poi i tre uomini uscirono, in fretta.

XXVIII.

Tornarono in silenzio, un peso schiacciante sul cuore. Maione aveva ringraziato la cugina di Lucia, che era riuscita a rimettere Livia a letto subito prima dell'arrivo del dottor Vergona, il vero sorvegliante della donna.

Modo le aveva detto che i medicinali somministrati a Livia non erano affatto terapeutici, ma servivano invece a tenere la paziente in stato catatonico. Giovanna, che se n'era resa conto, garantí che non glieli avrebbe fatti assumere quando fosse stata lei di turno. Era però cruciale che Livia partecipasse al piano, fingendosi semiaddormentata intanto che Ricciardi e i suoi amici provavano a tirarla fuori.

La pena suscitata dalle condizioni della donna gravava su tutti, specie su Ricciardi, devastato anche dai sensi di colpa. E il manicomio, che per il commissario era un luogo piú significativo di ogni altro, gli aveva inoculato un'angoscia spaventosa.

Si fermarono in un caffè prima di giungere in prossimità della questura. Il brigadiere commentò amaro:

– Il vero pericolo è che la signora Livia non ce la faccia. Che si metta a urlare che non è stata lei, eccetera. A quel punto, quelle brutte facce romane chissà dove se la portano.

Modo beveva il caffè a piccoli sorsi.

– Maledetti fascisti, ormai non hanno limiti. Vi rendete conto a che livello di ipocrisia arrivano? Consegnano un biglietto a Livia per farle mandare via il maggiore, ed è la prima bugia; poi si liberano dell'autista con un'altra menzogna; infine le dànno la Neurinase e l'addormentano per inscenare quella pantomima. Che schifo.

Ricciardi era perso nei suoi ragionamenti.

– Non lo so. A me pare strano questo modo di fare.

Modo sbuffò.

– Ma davvero? E perché strano, di grazia? Io ci vedo tutta la loro caratteristica maniera di liberarsi dei problemi ammazzando la gente.

Il commissario insistette.

– Invece proprio stavolta non sono stati grossolani. Avrebbero potuto condurre via Livia accusandola di un omicidio passionale. Ci avrebbero tagliati fuori spostando la faccenda a Roma. Perché non l'hanno fatto?

Maione, ormai alla fine della propria sfogliatella, considerava con cupidigia quella che giaceva ignorata nel piatto davanti a Ricciardi.

– Commissa', magari ci vanno coi piedi di piombo proprio perché la signora Livia è amica della figlia del Duce e tiene gli appoggi che tiene. Sono come sorelle, non è che si può impacchettare e portare a Roma in quattro e quattr'otto... La mangiate, 'sta sfogliatella? No, perché è peccato mandarla indietro, è buonissima.

Ricciardi gli fece cenno di prenderla, continuando a seguire i propri pensieri.

– E allora perché ricorrere a lei, perché far ricadere la colpa su Livia? Lo sappiamo che città è, questa. Bastava mettere in scena una rapina andata male: Manfred passeggiava spesso nella zona del porto, dove una coltellata nella schiena è un fatto normale. Gli si prendevano i soldi e le scarpe e lo si lasciava là, un biglietto di scuse al governo tedesco e tutto era risolto.

Modo si strinse nelle spalle.

– Io so solo che la situazione della povera Livia è disperata. Oltretutto a voi è impedito di indagare, quindi che cosa stiamo facendo, in realtà? Se anche individuassimo una pista, con chi vi andreste a confidare?

Maione ingollò l'ultimo boccone e si leccò le dita.

– Certo, quel fesso di Garzo non aspetta altro, è vero. Ma se riuscissimo a provare com'è andata ne dovrebbero tenere conto, o no? Ah, se mi capita fra le mani quest'uomo di niente di... Come si chiama? Ah, sí, Falco. Che poi chissà se è un nome o un cognome.

Ricciardi disse la sua.

– Possiamo soltanto andare per ipotesi, e una delle ipotesi è che Falco e quelli di Roma stiano portando avanti una faccenda per la quale non hanno le coperture necessarie. Non sanno ancora se il loro piano, qualunque esso sia, funzionerà. Altrimenti Livia non sarebbe stata messa nelle condizioni in cui è adesso, l'avrebbero portata direttamente a Roma. Stanno aspettando qualcosa. Non so cosa, ma sono in attesa. Se è cosí, l'unica speranza che abbiamo è anticiparli.

Modo era scettico.

– Anticiparli? E come, se non sappiamo in che cosa anticiparli? Ti ricordo che abbiamo trovato Livia per un colpo di fortuna, e che grazie alla stessa fortuna abbiamo scoperto il cadavere di Manfred.

Maione protestò.

– Dotto', badate che non è stato un colpo di fortuna, ma di genio. Se non pensavo al fatto del pregiudicato che si fingeva pazzo, e se voi non stanavate l'amico vostro che aveva fatto l'esame necroscopico, non li trovavamo di certo.

Ricciardi puntò l'indice su Maione.

– Esatto, Raffaele. Proprio cosí. Noi abbiamo quello che loro non hanno: una ragnatela di contatti, conoscenze, amicizie che copre tutta la città. Dobbiamo darci da fare e risolvere prima che Falco completi il suo piano.

– E che ci serve, commissa'?

– Sapere come e dove è stato ucciso Manfred. Chi è l'esecutore materiale dell'omicidio, e perché l'ha fatto. E servono pure persone disposte a testimoniare. Dev'essere coinvolta talmente tanta gente da far pensare loro che sia impossibile mettere tutto a tacere, e che sia invece meglio arrestare e far processare l'assassino vero.

Modo rise sarcastico.

– E un terno non lo vuoi vincere? Aggiungilo, già che ci sei, alla lista dei desideri… Non hai detto che tutto questo dovrebbe essere fatto prima che succeda chissà cosa a chissà chi, fatto che è fuori dal nostro controllo, e che decidano di portarsi tutti a Roma, cadavere incluso. Sempre che Livia non dia davvero di matto, eventualità piú che probabile dato il posto in cui la tengono, e sparino un colpo in testa anche a lei.

Tacquero. Poi Ricciardi disse, piano:

– Ma l'hai vista, Bruno? Hai visto quegli occhi tormentati? Ci ha sostenuto molte volte, senza pretendere nulla in cambio. Dobbiamo fare di tutto per aiutarla… Raffaele, adesso diventi strategico tu. Attiva i tuoi informatori, cerca di scoprire se nella notte tra sabato e domenica qualcuno ha visto qualcosa. Qualunque cosa. E tu, Bruno, fatti un giro nei posti che frequenti: ospedale, bordelli, trattorie. Siate prudenti, ci confrontiamo con un'organizzazione cosí ramificata che gli stessi a cui vi rivolgerete potrebbero essere nostri nemici.

Modo ridacchiò.

– Una cosetta facile facile, insomma. Però hai ragione, amico mio: ci dobbiamo almeno provare. Non scorderò facilmente la faccia di quella poveretta, oggi in manicomio.

Tu, però, tornatene un poco a casa. Per Enrica è questione
di ore e di sicuro ha bisogno di te.

Non dimenticarti di noi, pensò Ricciardi.

No, amore mio. Non mi dimentico di noi.

Uscirono dal caffè che ormai era sera.

XXIX.

C'era un piccolo, importante rito al quale Enrica non aveva voluto venir meno, pur nel suo stato.

Il martedí sera il padre, cavalier Giulio Colombo, veniva via dal negozio di cappelli e guanti di sua proprietà nella parte finale di via Toledo, verso piazza Trieste e Trento, un'ora prima della chiusura.

L'aveva sempre fatto. Non c'era una motivazione precisa nella scelta del giorno. A volte era persino complicato lasciare i due commessi e il genero a gestire la situazione, perché gran parte della clientela era affezionata proprio a lui, il cavaliere. Ma Giulio sosteneva che un uomo durante la settimana deve ritagliarsi un tempo per sé, esterno alla famiglia e al lavoro, altrimenti perde la giusta prospettiva e la capacità di giudizio.

Giulio era un convinto liberale, aperto e incline alla solidarietà in una città dove di solidarietà c'era un perenne, endemico bisogno. In quell'ora del martedí sera, perciò, si recava nella suburra dei Quartieri Spagnoli presso una famiglia indicata dall'amico don Pierino, viceparroco della vicina chiesa di San Ferdinando. Portava generi alimentari, cancelleria per i bambini che andavano a scuola, abiti dismessi, qualche soldo. Lo faceva senza clamore; e non saltava mai l'impegno.

Da quando aveva dodici anni, Enrica lo accompagnava. Era il loro appuntamento, un incontro divenuto occasio-

ne per stare insieme, raccontarsi le cose e starsene un poco da soli.

Enrica e il padre si amavano teneramente. Si assomiglia-
vano molto: entrambi alti e miopi, sgraziati ma dolci e te-
stardi, di poche parole e assai sentimentali, inclini alla com-
mozione e pacati nei modi. Maria, la madre della giovane,
si lamentava spesso della loro affinità caratteriale. Mi farete uscire di senno, diceva, con questa capacità che avete di
non ascoltare quello che vi si dice.

In effetti, come commentavano confabulando a prudente distanza dalle orecchie materne, sapevano fingere di seguire una conversazione con tanto di commenti, sí, no, ah,
davvero, continuando a pensare ai fatti propri. Ma piú che
un'affinità caratteriale, Giulio lo riteneva mero istinto di
conservazione.

Il matrimonio e la gravidanza non avevano impedito a
Enrica di recarsi, il martedí sera, nei pressi del negozio per
accompagnare il padre. E Giulio aveva selezionato famiglie
vicine alla strada principale, cosí da evitare alla giovane di
inerpicarsi su per i vicoli. Ma per Enrica, in realtà, si trattava di un pretesto per fare una lunga passeggiata con il solo
uomo – a parte il marito – che avesse mai amato.

Quella sera il tempo era perfetto. Il vento aveva spazza-
to via l'umidità, il caldo era scemato col calar del sole e la
strada pianeggiante favoriva la voglia di chiacchierare. Enrica però se ne stava muta, pensosa; Giulio ne rispettava la
scarsa voglia di parlare e camminava piano, accarezzandole
la mano con cui lei si sorreggeva al suo braccio.

– Papà, posso farvi una domanda?

– Certo che sí, tesoro mio. Che succede?

– Niente, va tutto benissimo, grazie. Non vedo l'ora che
finisca, nemmeno mi ricordo piú com'è non avere questa
pancia. Vi volevo chiedere una cosa sul parto.

Giulio sembrò imbarazzato.

– Amore, non credi sia meglio parlarne con tua madre?
Temo di non avere grande esperienza, nel settore.

La giovane rise.

– No, no, quello che voglio sapere riguarda proprio voi.
Quando sono nata io, vi aspettavate un maschio? Rimaneste deluso dal fatto che il vostro primogenito fosse una
femminuccia?

– Nemmeno per idea! Sono stato felice, felicissimo fin
dal primo momento. Anzi, ti dirò che il pensiero di avere
per casa una femmina che non fosse tua madre, tua nonna
o la governante mi intrigava molto. Quando poi nacquero
le tue sorelle, mi sentivo un sultano nell'harem e mi andava
benissimo, finché non sono arrivati quei rompiscatole dei
tuoi fratelli ad alterare l'ambiente. Ma perché me lo chiedi?

– Vedete, papà, io sono certa che sarà una femmina. Lo
so fin dall'inizio, e ultimamente la sensazione è diventata
fortissima. Le parlo, e a volte ho l'impressione che lei mi
risponda.

– Be', mi pare una bellissima notizia. Una figlia fa molta
compagnia alla mamma, si scambiano confidenze. Sarebbe
meraviglioso.

Enrica si fermò per asciugarsi il sudore con il fazzoletto
estratto dalla tasca del vestito.

– Sí, io ne sono felice. Poi le femmine somigliano in genere ai papà, e sarei proprio contenta se la bambina somigliasse a Luigi Alfredo. Solo, mi chiedo: lui ne sarà contento? Magari si aspettava un maschietto e…

– Ti assicuro che per un padre intelligente, e tuo marito
lo è senz'altro, l'importante è che il bambino sia in buona
salute. Io per prima cosa vi ho sempre contato subito le dita,
misurato il cranio, controllato gli occhi. Solo dopo andavo
a vedere se eravate maschi o femmine.

– Certo, lo capisco. Il problema è che... Vedete, papà, Luigi Alfredo è solo al mondo. I suoi genitori sono morti, lui è figlio unico, in Cilento ha dei lontani cugini ma non sono in rapporti stretti. Non ha un carattere aperto. Mi ama molto, lo so, e io amo moltissimo lui.

La mente di Giulio andò a due estati prima. Superate le remore derivanti da una rigida educazione, era andato da un uomo che non conosceva per dirgli che sua figlia lo amava e che lui doveva saperlo, o Enrica si sarebbe rovinata la vita rinunciando alla felicità.

– Lo so, amore mio. Ma devi capire che un amore come il vostro a un uomo basta e avanza. Non si avverte il bisogno di altra gente attorno. Vedrai che se sarà davvero una bambina tuo marito ne farà la sua principessa. Lo sai che io ti chiamavo Polpetta, quando sei nata?

– Sul serio?

– Certo. Perché eri alta e grassottella. Sembra grande, mi dicevo, ma è piccola. E la cosa mi faceva tremare il cuore di gioia.

– Quindi, papà, voi dite che...

– Io dico che appena gli metteranno in braccio la sua bambina tuo marito sarà l'uomo più felice della Terra. Anzi, il secondo uomo più felice della Terra, perché il primo sarò io che terrò in braccio la bambina della mia bambina.

Enrica rise, specchiandosi in quel volto così simile al suo.

– Vedete che faccio bene a parlare con voi, papà? Mi togliete sempre le preoccupazioni. Ha proprio torto la mamma quando dice che siamo persone tristi, solo perché non ridiamo rumorosamente.

– Tua madre fa tutto, rumorosamente. Ho dovuto sviluppare un udito selettivo, ascolto soltanto quello che mi serve a ricostruire il discorso. Privilegi di un lungo matrimonio: se si rimane vivi, si impara a difendersi.

Enrica si passò una mano sul ventre. Erano ormai nei pressi di casa.

– L'ameremo tutti tanto, papà: sia femmina, come sento io, sia maschio come prevede la mamma. E sarà una creatura fortunata, perché avrà un nonno meraviglioso.

Giulio finse di guardarsi intorno, circospetto.

– Sí. Ma non lo diciamo a tua madre, altrimenti comincia a protestare già da adesso sull'importanza delle nonne. Tu fa' in modo che somigli a te, comunque. Perché tu, piccola Polpetta, sei la grande benedizione della mia vita.

Enrica baciò il padre.

Un uomo li osservava da una berlina nera parcheggiata nell'ombra.

XXX.

Ricciardi percorse gli ultimi metri che lo separavano da casa con in petto un senso di felice aspettativa.

Era un fatto del tutto nuovo per lui. Significava che la giornata non era ancora finita, come invece succedeva un tempo, ma che al contrario stava per iniziare; una giornata di poche ore, colma di calore e di dolcezza. Significava lasciarsi alle spalle la malinconia e la dannazione, ricevendone in cambio una placida serenità.

Gli ultimi due giorni avevano messo in discussione questo traguardo. Ricciardi aveva condiviso con Enrica i tristi avvenimenti che si erano susseguiti e che coinvolgevano due loro comuni conoscenze, e ciò aveva indotto in entrambi non soltanto un vago rimorso, visti i trascorsi che li legavano a quelle persone, ma anche la dolorosa consapevolezza dell'uno di non sapere cosa provasse esattamente l'altro al riguardo. In pratica, come il commissario dovette ammettere con sé stesso, la gelosia per quello che poteva celarsi dietro il loro silenzio.

Quella sera, però, Ricciardi avvertiva forte la necessità di rinnovare l'abbraccio con Enrica. Le condizioni di Livia lo avevano straziato. Non cessava di danzargli nella memoria l'immagine di lei che si aggiustava i capelli; un gesto ordinario eppure terribile, dato il frangente. E poi il manicomio, l'inferno in Terra che ancora una volta gli aveva lacerato l'anima.

Tentò di scacciare quelle urla disumane, quando un bisbiglio proveniente dall'automobile accanto alla quale stava passando lo fece sobbalzare.

– Buonasera, commissario. Ben trovato.

L'accento settentrionale, la voce bassa e melodiosa gli suonarono familiari, ma non riuscí sul momento a collegare a chi appartenessero. Ricciardi vide un volto affilato, e due occhi piccoli e chiari che lo fissavano dal posto di guida. Fece mente locale, e ricordò.

Ricordò il cadavere di una donna, steso su un divano, che gli parlava di un anello che non c'era piú. E ancora, una famiglia piena di odio. Poi un giovane di talento e dal cuore triste che scriveva discorsi, e un amore travagliato, vissuto nell'ombra da due uomini fuori posto nelle loro stesse vite.

– Buonasera a voi. Aspettavate me?

– Sí. Grazie di non aver fatto il mio nome. Posso pregarvi di fare una passeggiata in macchina con me? Lo so che è tardi e che siete giustamente di ritorno da vostra moglie. Ma non ve lo chiederei se non fosse importante.

Ricciardi sollevò lo sguardò verso le finestre illuminate.

– Io, veramente… Magari domani, eh? Potremmo incontrarci…

L'altro non cedette.

– Certe cose possono sempre aspettare l'indomani, non ne dubito. E se ciò che ho da dirvi fosse una di quelle, credetemi, nemmeno sarei qui. Ma è opportuno per entrambi scambiare due chiacchiere adesso. Mi permetto di insistere.

Ricciardi esitò. Poi entrò nell'automobile. La vettura si staccò dal marciapiede e si mosse in direzione di Capodimonte.

Ci fu qualche istante di silenzio, poi l'uomo parlò.

– Quanto tempo, eh, Ricciardi? Direi dall'estate del '31. Tre anni. Una vita, per alcuni versi.

Il commissario teneva gli occhi sulla strada.

– Il caso Musso di Camparino… Come no. L'omicidio della duchessa. Immaginavo che ormai foste altrove. Nel vostro… settore, diciamo cosí, tre anni sono molti.

– Avete ragione, sono moltissimi. Ma se la struttura cresce, come nel nostro caso, si tende a lasciare in carica chi la dirige. Vuol dire che ha fatto un buon lavoro. E se perdipiú uno ha piacere di restare…

– Pivani, se avete qualcosa di concreto da dirmi sono a vostra disposizione; altrimenti, per cortesia, vorrei tornare a casa.

– Siete intelligente, Ricciardi. L'ho sempre pensato. E l'intelligenza è merce assai rara, specie all'interno della polizia e della… di quelli come noi. Quindi non facciamo discorsi inutili: se siamo qui, è perché io ho qualcosa da dirvi e voi avete qualcosa da dire a me, o quantomeno da ascoltare. Diamo per scontate le premesse, per favore.

Ricciardi reagí cauto.

– E quali sarebbero le premesse da dare per scontate? Cosí, per adeguarmi.

Pivani ridacchiò.

– Premettiamo allora che parliamo dell'omicidio di Manfred von Brauchitsch, maggiore della cavalleria germanica e da ultimo addetto culturale del consolato tedesco qua in città. Premettiamo che, secondo quanto appare, l'omicidio è stato passionale; e che a uccidere il maggiore è stata Livia Lucani vedova Vezzi, cantante lirica in lunga vacanza qui.

– E allora premettiamo pure che il sottoscritto, giunto sul posto insieme al brigadiere Maione e al dottor Modo dei Pellegrini su chiamata della cameriera della Lucani, è stato esautorato dall'indagine da un tale capitano Rossi, che ha esibito una specie di salvacondotto che lo autorizzava ad assumersene integralmente la responsabilità.

– Sí. Premettiamo, però, anche qualcos'altro: che voi, il brigadiere e il dottore non solo avete continuato l'indagine senza autorizzazione, anzi, contro le precise disposizioni del vostro superiore, ma che siete pure riusciti a rintracciare il luogo dove la signora Lucani è trattenuta, cioè il manicomio provinciale. E che siete andati da lei questo pomeriggio.

Ricciardi fissò a lungo Pivani, che guidava tranquillo.

– Vorrei capire, Pivani: sono in arresto, o comunque in quello stato che voi considerate di arresto? Sto per sparire nel nulla e da domani nessuno saprà piú niente di me?

L'altro scoppiò a ridere. Una risata piena e fragorosa che contrastava con l'aspetto glaciale.

– Ma perché pensate una roba del genere, Ricciardi? Cosa vi fa venire in mente che sia venuto per arrestarvi?

– Be', mi sembra anzitutto evidente che gli uomini che hanno prelevato Livia e il cadavere del maggiore appartengano alla vostra entità, o struttura, o quel che diavolo è. E poi mi state seguendo, come è chiaro dalle vostre... Come le avete definite?... Premesse. Se vi state manifestando, è soltanto per portarmi via.

Pivani sbuffò.

– Cosí intelligente, e arrivate alle conclusioni sbagliate. Credete che, se fossi qui per portarvi via, sarei venuto da solo, sotto casa vostra, a rischio di essere visto dai vostri amici o familiari e chiedendovi di fare un giro in macchina? Noi non lavoriamo cosí. Gratificatemi di un minimo di competenza professionale, prego.

Ricciardi non era in vena di apprezzare l'ironia.

– E allora davvero non capisco. Per quale motivo siete venuto a parlarmi? Che cosa potrei dirvi di piú, se conoscete già perfettamente la situazione? Se il problema è che stiamo continuando a indagare, vi dico che sono l'unico responsabile e che Maione e il dottor Modo non hanno alcuna colpa. Inoltre, devo informarvi che non intendo tirarmi indietro. Non è stata Livia, come ben sapete, a uccidere Von Brauchitsch, e intendo dimostrarlo. Se poi riuscirete a insabbiare anche questo, allora…

Pivani intanto aveva accostato a un marciapiede, all'altezza della piazza di Capodimonte, dove si stagliava lo scalone monumentale sul quale, nell'autunno di tre anni prima, avevano trovato il bambino morto col cane che lo vegliava. Spense il motore e attese che il commissario finisse di parlare.

– Siete fuori strada, Ricciardi. So bene che non è stata la vostra amica Livia a uccidere il tedesco. E sí, gli uomini che avete incontrato sono membri della mia struttura ma vengono da Roma, quindi non sono ai miei ordini diretti. E che Maione e Modo vi stiano aiutando o meno non è affar mio. Anzi, ne sono lieto, per le ragioni che ora vi dirò.

Ricciardi era ammutolito. Pivani proseguí, deciso.

– Avete bisogno che vi chiarisca il perché di tutto questo. Per darvi qualche elemento che possa aiutarvi nell'indagine, giacché io sono dalla vostra parte. Infine, per avvisarvi del pericolo che state correndo e che state facendo correre ai vostri amici, pur nella speranza che continuiate a correrlo.

Malgrado il caldo, Ricciardi fu scosso da un brivido.

La voce di Enrica gli risuonò nella testa ancora una volta, accorata e dolcissima.

Non dimenticarti di noi.

XXXI

Il luogo era deserto, a quell'ora della sera. Di tanto in tanto passava un'automobile, un furgone o qualche carrozza, ma nessuno faceva caso alla berlina nera parcheggiata accanto al marciapiede.

– Cosa sapete di quello che sta succedendo in questi giorni in Germania, Ricciardi?

La domanda di Pivani lo sorprese. Il commissario scrollò piano la testa.

– Già. Non ci interessiamo mai di quello che succede altrove, finché non esplode e ci coglie impreparati. Be', caro Ricciardi, dovrebbe invece importarvi quello che sta accadendo là, perché gli effetti vi hanno appena investito. In pieno, direi.

Ricciardi lo fissava inespressivo. Pivani riprese.

– In Germania esiste una sorta di esercito parallelo, lo Sturmabteilungen. Sarebbero le SA, altrimenti dette Camicie Brune. Sono la forza del Partito nazista, inizialmente pensate come una sezione sportiva. Poi sono diventate un'organizzazione militare su base volontaria, molto piú potente dell'esercito regolare. Tre milioni di uomini, per capirci.

Ricciardi si sistemò sul sedile.

– Pivani, ascoltatemi, se credete di spaventarmi con... L'altro ignorò l'interruzione.

– Le SA hanno sempre fatto capo a un tale Röhm, una vera divinità, l'incarnazione dell'eroe, per il quale questi

uomini si sarebbero fatti ammazzare. E chi controlla le
SA può mettere le mani sull'intera Germania. Ora, Röhm
non ha mai accettato di essere subalterno a Hitler e avrebbe voluto assimilare le SA all'esercito facendone un corpo
speciale, pur sapendo che cosí si sarebbe spezzato l'accordo che alla fine della guerra limitava le truppe germaniche
a centomila uomini.

– Pivani, è un po' tardi per una lezione di politica estera.
Ho avuto una giornata pesante, mia moglie mi aspetta e io...

– Questo ha fatto crescere la tensione all'interno del Partito
nazionalsocialista, dato che Hitler non ha mai sopportato il cul-
to della persona di Röhm e sogna, alla morte di Hindenburg,
di unificare la carica di presidente con quella di cancelliere,
aumentando cosí a dismisura il proprio potere. È una cosa
che stiamo seguendo con trepidazione, perché questo Hitler,
credetemi, è davvero un lucido folle. Lo dimostra quello che
sta succedendo dalla notte del 30 giugno.

– Perché, che cosa sta succedendo?

Pivani lo guardò con l'aria di chi, finalmente, aveva ricevuto la domanda giusta.

– Sta succedendo che Hitler ha dato il via a un'azione
violentissima per decapitare i vertici delle SA; i nostri numerosi osservatori in terra tedesca, voi direste «spie», ri-
feriscono di omicidi plurimi spacciati per suicidi, arresti di
massa, epurazioni anche di elementi non connessi alle SA.
Röhm è morto, e con lui moltissimi altri. Le accuse sono le
piú disparate e nessun tribunale le vaglia: dissolutezza, or-
ge, corruzione. E omosessualità, è ovvio.

L'ultima parola era stata pronunciata a voce piú bassa,
colma di amara e disperata ironia. Ricciardi rammentò con
quanta amorevolezza Pivani gli avesse parlato, quando si
erano incontrati tre anni prima, del suo rapporto con l'erede
dei Musso di Camparino. Ettore, si chiamava. Per contra-

sto, al commissario venne in mente anche il nome di Pivani: Achille. Achille ed Ettore, gli aveva detto allora: siamo destinati a combattere, non certo a stare insieme.

Pivani continuò.

– È una situazione terribile, che darà la stura a una spirale pericolosa che coinvolgerà il nostro paese. È solo questione di tempo. Qualcosa già comincia a manifestarsi, e la morte di Von Brauchitsch ne è una conseguenza.

Ricciardi aggrottò la fronte.

– Scusatemi, Pivani, ma in che modo quello che mi state dicendo può aver causato la morte del maggiore?

L'altro sospirò.

– A Roma ci sono due anime, Ricciardi. Come due partiti. Una spaccatura interna al governo, alla polizia politica e alla stessa famiglia del Duce.

– Che volete dire?

Pivani fissò un punto oltre il parabrezza, dove un cane cercava cibo in un cumulo di spazzatura. Dopo un po', riprese.

– Il Duce non ama affatto Hitler, nonostante le professioni di stima reciproche e le pantomime dei loro incontri. Lo ritiene un pazzo pericoloso che potrebbe invadere l'Austria da un momento all'altro, diventando un vorace confinante. La supremazia di Hitler sarebbe per lui una vera iattura –. Riportò gli occhi su Ricciardi. – Molti, però, la pensano in maniera diversa. Sua figlia Edda, per esempio; che di recente ha ospitato in casa propria Goebbels, ministro della Propaganda e fedelissimo di Hitler. Edda è convinta che se il cancelliere del Reich dovesse prendere il potere assoluto sarebbe una fortuna per un paese alleato come il nostro.

– Padre e figlia non concordano su questo punto, perfetto. Ma cosa ha a che fare con ciò che è accaduto?

– Un attimo ancora e lo capirete. Una parte della mia struttura è ovviamente fedele agli ordini, e finché non ci

viene richiesto di operare altrimenti, continuiamo a preoc-
cuparci dell'opposizione interna. Un'altra parte, invece, ritiene che compiere qualche gesto collaborativo con questa
azione di Hitler possa essere utile a rinsaldare l'alleanza.
Ho ragione di ritenere che l'omicidio di Von Brauchitsch
rientri in tale strategia.

Riccardi era esterrefatto.

– Ma che c'entra Von Brauchitsch? Sta in città da anni,
ormai, e...

– Era una spia. Osservava le nostre installazioni nava-
li e militari, i movimenti di truppe nelle caserme, i velivoli
dell'aerostazione. Lo abbiamo sempre saputo. Intercettava-
mo i suoi rapporti, e siccome quello che riportava non era
rilevante, lo lasciavamo fare.

– Quindi era inoffensivo, no? E se era inoffensivo, perché
mai a qualcuno è saltato in mente di ammazzarlo?

– Von Brauchitsch riferiva a un certo Schulz, che appar-
teneva alle SA ed è stato giustiziato due giorni fa. In via
indiretta, il maggiore rientrava nel perimetro di quelli che
Hitler sta facendo fuori, nonostante fosse un buon soldato e
avesse manifestato piú volte la propria fedeltà al cancelliere,
che a quanto ci risulta aveva anche conosciuto.

Riccardi non era sicuro di aver inteso.

– Dunque sono stati gli stessi tedeschi? E allora da che
parte stanno gli uomini in cui mi sono imbattuto, il capitano Rossi e questo Falco di cui mi parlano tutti quelli che
interrogo?

Al nome di Falco lo sguardo di Pivani si indurí. Il volto
si trasformò in una maschera di odio.

– No, Riccardi. Non sono stati i tedeschi. Sono stati i
nostri. Falco è un nostro funzionario, un serpente ambizioso e privo di scrupoli. Ha convinto qualcuno che Edda
Ciano sarebbe stata contenta di offrire all'amico Goebbels

la testa di una SA su un piatto d'argento. E l'operazione è stata organizzata e compiuta da uomini di Roma, che hanno scavalcato noi qui. Ecco cos'è accaduto.

Il commissario tentava di mettere insieme i pezzi di quel nuovo rompicapo.

– Edda… Quindi Livia, che si aspetta un aiuto da lei, che mi ha chiesto di raggiungerla per avvertirla…

– Se quanto ha detto Falco è vero, non soltanto Edda Ciano saprebbe tutto, ma avrebbe addirittura avallato l'intera operazione. Nel dubbio, Ricciardi, eviterei di interpellarla.

Il cane aveva trovato qualcosa e lo divorava a morsi rapidi. Alla luce di quelle rivelazioni, nel commissario si fece strada un timore disperato.

– Ma allora che si può fare? Siamo perduti. Livia è perduta.

Pivani gli posò la mano sul braccio.

– No: è in una situazione difficilissima, certo, ma non è ancora perduta. Come vi ho detto, c'è una forte spaccatura interna. Io non ho ricevuto ordini a sostegno dell'operazione, e gli uomini di Roma sono rientrati alla base oggi. Falco, con pochi altri, è stato lasciato solo a gestire la faccenda.

– Non capisco… hanno iniziato e non hanno completato. Livia è in manicomio e non in carcere, il cadavere di Manfred è stato esaminato ma non è stata diffusa la notizia dell'omicidio. Perché?

– Perché a Roma nessuno vuole rendere pubblico l'assassinio di un ufficiale tedesco sul nostro territorio, prima di aver compreso come andranno a finire le cose in Germania. Le SA sono molto forti; se riuscissero a ricompattarsi, gli assetti cambierebbero radicalmente.

– Quindi si gioca tutto sul filo delle ore. Che posso fare, io?

Pivani attese qualche istante prima di rispondere.

– Vedete, Ricciardi, purtroppo noi siamo in difetto: non sappiamo dove hanno portato il maggiore né dove l'hanno ucciso, e neppure come e dove hanno drogato la Lucani. Perciò, continuate le vostre indagini. E se riuscirete a provare che a uccidere Von Brauchitsch non è stata Livia ma Falco, io vi aiuterò a lasciarlo senza coperture. Arresterete quel vigliacco e ne farete ciò che vi aggraderà, non potrà appellarsi a nessuno. Mi sarà facile isolarlo, i miei superiori sono abilissimi a voltarsi dall'altra parte se una situazione si fa complicata. Ma badate bene: se vi scoprissero prima che foste riusciti a ottenere le prove che servono, Falco farà in modo che la reazione sia definitiva.

Non dimenticarti di noi, risuonò nella testa di Ricciardi.

– Perché mi mettete in guardia e addirittura mi promettete il vostro appoggio? Non sarebbe meglio pure per voi aspettare di vedere come va a finire?

Pivani avviò il motore.

– È tardi, Ricciardi. Vostra moglie sarà preoccupata, e nel suo stato le preoccupazioni vanno evitate. È meglio che vi riaccompagni a casa.

Giunsero davanti al portone. Prima di congedarsi, Pivani aveva ancora qualcosa da dire.

– Non scordate mai che Falco è un uomo di grande astuzia, Ricciardi. È assai prudente, sa come agire, sa come restare nell'ombra. Conosce le falle del nostro sistema e le sfrutta con estrema destrezza. È difficile che commetta errori; eppure, credo che stavolta abbia fatto il passo piú lungo della gamba.

– Non lo scorderò. Rimane il fatto che noi dobbiamo muoverci senza autorizzazione; se ci sorvegliano, possono farci sospendere o addirittura arrestare. Il mio superiore, per usare un eufemismo, è molto sensibile alle pressioni che vengono dall'alto.

– Nessuno vi seguirà. Qui adesso c'è soltanto Falco con due fedelissimi, ma se ne starà ben nascosto: sa che ora sappiamo anche noi, e finché al ministero non decideranno co-

sa fare lui sarà vulnerabile. Il problema è il tempo. Non ne
avete molto: un giorno, forse due. Poi torneranno da Roma
e risolveranno tutto.

– Se dovessi avere novità, come vi rintraccio?

Pivani estrasse un cartoncino dalla tasca e glielo porse.

– Questo indirizzo. È un palazzo non lontano dalla questura, custodito da una portinaia anziana e analfabeta. Datele un vostro biglietto da visita. Entro un'ora vi trovo io.

Ricciardi fece per scendere dall'auto, ma aveva in serbo
ancora una domanda.

– Un'ultima cosa, Pivani. Falco è uno dei vostri. Per quale motivo insistete tanto perché lo metta spalle al muro?

Pivani guardò inespressivo oltre il parabrezza.

– Forse ve lo dirò, Ricciardi. Magari fra qualche giorno.
Di certo ambisce al mio posto, ma non è per questo che voglio vederlo in croce. Non è per questo.

Il rombo del motore si allontanò nella notte.

XXXII.

La mattina dopo il vento cambiò, e fu come un segnale.

Sparí il senso di sabbia e di deserto e vinse il mare, con il salmastro e l'umido sospesi nell'aria anche quando il ponente smetteva di soffiare. Faceva meno caldo, ma era un'illusione, perché l'acqua racchiusa in quel soffio si attaccava alla pelle e velava ogni superficie.

Modo e Maione si erano già attivati, come se all'incontro di Ricciardi con Pivani, di cui il commissario non aveva ancora riferito ai due amici, avessero assistito anche loro. Agire si era fatto piú che mai urgente, specie ora che al commissario appariva chiara la gravità di quanto stava accadendo.

La prima a muoversi, però, non faceva parte del terzetto.

La prima a muoversi fu Nelide.

La ragazza non afferrava tutto delle conversazioni tra il barone e la baronessa; il suo compito era soddisfarne le necessità fisiche essenziali – fame, sete, pulizia –, non quelle morali. Eppure possedeva una sensibilità istintiva, animalesca, che le faceva captare al volo le negatività, alle quali, per natura, era incline a porre rimedio. Una caratteristica atavica inoculata da generazioni di madri cilentane, che accorrevano alle richieste mute dei propri figli senza che a questi fosse ancora venuto in mente di chiamarle in soccorso.

Da qualche giorno, l'argomento principale in casa Ricciardi erano le indagini sull'omicidio dell'amico tedesco della baronessa. Nelide aveva capito che non si trovava chi l'aveva ammazzato e quindi era stata accusata la signora Livia, che lei aveva visto solo un paio di volte ma che sapeva essere assai antipatica a zi' Rosa. La sera precedente, il barone era rientrato tardi e la baronessa era rimasta un'ora all'impiedi sul balcone, in attesa di vederlo spuntare. Il barone aveva spiegato che se non si fosse scoperto presto il nome di chi aveva davvero organizzato l'assassinio, allora avrebbe pagato un'innocente. La baronessa si era commossa; ma era soprattutto preoccupata per i rischi che correva il marito. Non dimenticarti di noi, gli aveva ripetuto piú di una volta.

Insomma, da tre giorni in quella casa non si parlava d'altro. E quando non se ne parlava, regnava un silenzio greve che secondo Nelide nuoceva alla bambina che stava per nascere. La faccenda andava risolta.

Perciò, assicuratasi che Enrica stesse con la madre, chiese di uscire per fare un po' di spesa. In realtà non ce n'era bisogno: la baronessa lo sapeva. Ma sapeva pure che Maria non era a proprio agio in presenza della ragazza, cosí concesse volentieri a Nelide il permesso di andare.

La giovane si avviò decisa verso il mercato rionale dove era solita integrare le provviste che venivano dal Cilento. Il cappello era calato sulla fronte fin quasi all'unico sopracciglio, e l'informe veste marrone la rendeva in tutto simile a un comò. La borsetta in pelle nera al braccio, Nelide piú che camminare marciava, attirando le occhiate curiose dei passanti che subito distoglievano lo sguardo non appena incrociavano quello della ragazza.

Il vento fresco invogliava a stare fuori malgrado il sole battente, e il mercatino era pieno di gente intenta a osservare le merci fra i richiami dei venditori.

Una bancarella, però, registrava maggiore affluenza di clienti, pur non esponendo frutta e verdura di particolare qualità: un assembramento di donne di ogni età dovuto alla

presenza del titolare del banco, un giovane di rara bellezza che pareva uscito da un acquerello ottocentesco. L'incarnato bruno del viso era incorniciato da morbidi riccioli
neri; rideva, e la risata scopriva denti bianchissimi a orna-
mento di lineamenti perfetti. Il ragazzo, dal corpo atletico
e armonioso, cantava con bella voce tenorile, disseminan-
do occhiate suadenti fra le clienti in visibilio.

Abbrile, abbrile! Mmiez' 'e ffronne 'e rosa
vaco vennenno 'o frutto 'e chisto mese;
cacciate 'a capa, femmene cianciose,
io donco 'a voce e vuie facite 'a stesa
«Frutto nuviello e mese 'e paraviso!
Collera 'ncuorpo a nuie nun ce ne trase!...»
'E ccerase!... 'E ccerase!...

Nelide si collocò lontano dalle ascoltatrici rapite. Fissava
torva una cassetta di broccoli con le cime fresche in vista, a
nascondere quelle da buttare: un vecchio sistema per fregare
la gente, pensò. Ma lei non era lí per i broccoli.

Nel bel mezzo di un acuto in fa, portato oltre il tempo
necessario al solo fine di commuovere le astanti, gli occhi
semichiusi del tenebroso fruttivendolo si fermarono sul cubo
marrone sormontato da un cappello, piú indietro rispetto al
pubblico ammassato. L'incontro provocò un tremito nella
voce e la conseguente troncatura del ritornello. Le prime file,
inviperite, si girarono verso il punto in cui guardava l'artista per individuare la causa dell'interruzione di quell'idillio.

Il fatto che decine di sguardi stizziti si fossero posati su
di lei non causò alcun turbamento in Nelide, concentrata
com'era sui broccoli. Una ragazza bruna, che continuava
ad aggiustarsi ammiccante i capelli, provò a scuotere dalla
malia il cantante improvvisato.

– Sarracino, hai visto a quella e ti è passata la fantasia...
E un'altra, a un metro da lei:

– Una cosí al mercato ti fa passare la voglia di mangiare!
Vi dovreste associare per portarle la spesa a casa, vi fa una
brutta réclame! È vero, Tani'?

Ci fu una risata collettiva, alla quale Tanino 'o Sarracino,
il fruttivendolo incantatore, non si uní.

– Belle signore, scusatemi tanto, ma vi devo lasciare. Il
banco resta affidato a Totore, qua, che è brutto ma sincero.
Credetegli quando dice che la frutta di Tanino è la migliore
sulla piazza. Permettete.

E con un inchino cedette il posto al ragazzotto impacciato che fino ad allora se n'era stato in disparte. Indifferente
ai lamenti delle donne che sollecitavano un'altra canzone,
Tanino raggiunse Nelide.

– Signori', ma che sorpresa! Non vi aspettavo, oggi. Mi ero
fatto il conto che prima di venerdí non vi vedevo, altrimenti mi mettevo la giacca buona invece di farmi trovare cosí.

Nelide lo squadrò fredda.

– *Chi sape fila', fila pure cu 'o spruoccolo*, – sentenziò, in-
tendendo che è proprio di chi ha fascino essere affascinante
comunque si vesta. A Tanino, che non capiva una parola di
cilentano, quelle parole enigmatiche suonarono come una
musica celestiale.

– Mamma mia, quanto mi piace quando parlate la lingua
vostra, signori'! Mi promettete che mi ci portate in Cilento, una volta? Cosí posso conoscere vostra madre, e fare
una proposta seria.

– *Canta, ca te fai canonico*, – fu la risposta secca di lei,
che sottolineò cosí l'inanità del corteggiamento verbale
di Tanino.

Dopo questa lapidaria conclusione, Nelide venne al dunque. Raccontò al giovane che il sabato precedente un ragaz-

zo, che aveva un carretto di frutta e aveva detto di venire
da Cardito, si era presentato al palazzo di Livia a Sant'Anna dei Lombardi per avvertire la cameriera, Clara, che la
madre stava male. Che il malanno si era rivelato una bugia.
E a seguito di ciò il barone e soprattutto la baronessa, che
era sul punto di sgravare, erano tristi per motivi che Nelide non avrebbe rivelato a Tanino nemmeno se il lupo fosse
stato dietro la porta nella notte, qualunque cosa questa immagine significasse nel basso Cilento.

Ora, si chiedeva Nelide: Tanino era un essere cosí inutile, preso dalle sue canzoni e da tutte le scene che faceva davanti alle serve per vendere i broccoli marci, ché a lei non
la fregava di certo e i soldi della baronessa non li buttava
dandoli a lui, che fosse chiaro, insomma, era cosí inutile da
non riuscire a rintracciare quel bugiardo? O piuttosto, per
una volta, avrebbe dimostrato di avere un senso nella vita?

Il giovane gonfiò orgoglioso il petto.

– Signori', mi sorprende e mi addolora che dite questo.
Tanino 'o Sarracino è il capo indiscusso di tutti i fruttaiuo-
li della città, e nessuno si muove o va a parlare con qualche
portiere o trascina un carretto senza che lui lo venga a sapere. Datemi un giorno o due, e ve lo porto per l'orecchio.

Nelide lo scrutò, gli occhi ridotti a fessure. Il sopracciglio unico aveva una curvatura al centro, e la peluria sul viso rendeva la giovane ancora piú arcigna. Tanino la trovò
irresistibile.

– *Se parla quanno se torna ra lu mulino, no quanno se va*, –
disse Nelide, rimandando a cose fatte la verifica della conclamata abilità. Poi aggiunse: – Non li tengo, due giorni. Se
mi vuoi aiutare, *ha da essere mo'*, no quando dici tu.

Tanino guardò verso la bancarella, dalla quale Totore lo
fissava supplichevole perché le donne non si erano mosse ma
nessuna aveva comprato niente. Aggiunse, quasi pregandola:

– Signori', ma come faccio? Lo vedete, ci stanno tante clienti, mica posso lasciare cosí per cercare questo *guaglione*, e...

– *Vuoi mangia' e nu' vuoi roppe lu tortano?* – chiese Nelide, curiosa di capire se il giovane intendesse salvaguardare la considerazione, ancorché minima, che aveva di lui o, in alternativa, diventare all'istante uno scarto dell'umanità. Tanino non colse la metafora, ma il tono era stato eloquente.

– E sissignora, va bene, mi metto subito all'opera. Vi vengo a chiamare a casa appena so qualcosa. Ma voi, me lo fate un sorriso?

La ragazza lo fulminò, quasi le avesse chiesto la luna. Poi sollevò di una frazione infinitesimale l'angolo sinistro del labbro baffuto.

Fu un attimo, e nessuno se ne sarebbe accorto. A Tanino, invece, si riempirono gli occhi di lacrime.

– Madonna santa, quanto siete bella, signori'...

Nelide grugní e se ne andò senza salutare.

XXXIII.

Maione arrancava sull'ultimo tratto di una salita ripida.

Il vento di ponente gli soffiava alle spalle come per spingerlo verso la meta, ma non era una buona cosa: il sudore gelava sulla schiena, il che gli avrebbe presto o tardi provocato un atroce dolore articolare che lo avrebbe immobilizzato per giorni.

L'umore era perciò pessimo. Ma soprattutto, il brigadiere era preoccupato.

Preoccupato per Ricciardi, che durante la visita in manicomio gli era parso angosciato come mai prima di allora, e del quale intuiva la paura per il guaio in cui con ogni probabilità si stavano cacciando. Preoccupato per il dottor Modo, che era di certo sorvegliato dalla polizia politica, e se l'avessero beccato stavolta l'avrebbero mandato al confino o peggio, dati i suoi precedenti. Preoccupato per Livia, che aveva visto sull'orlo della follia. Infine, preoccupato per sé stesso, i propri figli e la moglie: i tempi erano diventati perversi, e con chi disobbediva agli ordini i fascisti non si facevano scrupoli.

Malgrado ciò, Maione non dubitava che dovessero andare avanti. Le argomentazioni di Ricciardi e quello che nel frattempo era stato appurato l'avevano definitivamente convinto che Livia fosse innocente e che il colpevole girasse tranquillo e beato per la città. Da poliziotto, lo trovava intollerabile.

Verificata l'impossibilità di apprendere per le vie ordinarie in quale luogo avessero portato Manfred e Livia dopo il ricevimento della duchessa Previti di San Vito, Maione era passato al livello successivo. La squadra di ronda nella zona di Santa Lucia, dove sorgeva il palazzo della nobildonna, non aveva rilevato nulla: bisognava perciò fare ricorso ad altri occhi e ad altre orecchie. Ed ecco perché il brigadiere adesso sbuffava e sudava sulla salita di San Nicola da Tolentino, col vento di ponente alle spalle e il cuore in tumulto.

Giunto a pochi metri dalla palazzina che era la sua meta, dal portoncino aperto Maione vide un uomo vestito da operaio scendere le scale di corsa, bestemmiando a mezza bocca. Quando questi incrociò il poliziotto, disse inviperito:

– Niente! Non lavora nemmeno oggi! Ha perso la testa per quelle bestiacce. Ma giuro che gli tiro il collo!

Maione era basito.

– A chi?

– A tutti e otto, quant'è vero Iddio!

Mentre il brigadiere riteneva di doversi giustificare, premurandosi di spiegargli che non erano lí per lo stesso motivo, l'operaio lo piantò in asso: se ne andò imprecando e rivolgendo occhiate velenose alla finestra dell'ultimo piano.

Maione, a quel punto, affrontò le scale. Pensava all'ironia che il destino gli aveva riservato, costringendolo a intrattenere rapporti che avrebbe evitato volentieri. Arrivò in cima stravolto e col fiatone, entrò dalla porta socchiusa e chiamò l'occupante dell'appartamento. Subito starnutí con violenza: il vento alle spalle ci aveva messo poco a far danni, disse fra sé.

Da dentro, lo accolse una voce profonda.

– Prego, accomodatevi, adesso vengo!

Maione si lasciò cadere su una poltroncina, che gemette agonizzante. Non fu l'unica: un miagolio lagnoso fece da controcanto. Il brigadiere si alzò di scatto: un gattino grigio un po' acciaccato saltò dal cuscino e guadagnò il tappeto, guardandolo offeso. Maione avvertí un formicolio al naso e starnutí di nuovo.

– Ma che...

Non riuscí a concludere il ragionamento: tre cuccioli vennero fuori da alcuni anfratti e lo avvicinarono. Il brigadiere fece quattro starnuti in stretta sequenza.

Dalla porta interna entrò Bambinella, avvolta in una vestaglia di seta dal collo in piume di struzzo. I capelli erano raccolti in una coda, e il viso spigoloso con un velo di barba era pesantemente truccato. Teneva in braccio altri due micini miagolanti.

– Oh, brigadie', buon pomeriggio, che bella sorpresa. Ve lo faccio un surrogato?

Un accesso di tosse impedí a Maione di rispondere. Dietro Bambinella si materializzò un gatto enorme, di cui i sei micini sembravano una riproduzione in scala.

Il poliziotto faticò a riprendersi, poi indicò i gatti.

– Ma cos'è tutta 'sta roba? Che è, ti sei messo a fare il commerciante di animali?

Bambinella ridacchiò, coprendosi la bocca con la lunga mano nodosa dalle unghie laccate.

– Ma no, e chi se li venderebbe, non sia mai! Ho raccolto Diva, qua, che era in dolce attesa e l'ho aiutata. Ho sempre sognato di fare la levatrice, brigadie'. E mo' sono talmente innamorata che passo il tempo a fare la balia. Non so' belli?

Maione tossí, starnutí, si stropicciò gli occhi che nel frattempo si erano gonfiati oltre il lecito. Fece segno che usciva sul balcone.

Riprese aria. La tosse si calmò, gli starnuti pure. Rivolto all'interno, disse a Bambinella:

– Sentimi bene: prima che ti spari, chiudi queste bestie nell'altra stanza, ché ti devo parlare. Subito! Non lo vedi che mi succede, quando ci sono gatti in giro?

Siccome brandiva in effetti la rivoltella, Bambinella scelse di eseguire l'ordine. Poi raggiunse il brigadiere sul terrazzino.

– Scusatemi, brigadie', io non lo potevo sapere che tenevate l'allegoria.

– Allergia, Bambine'! Si chiama allergia! E la tengo da quand'ero piccolo, non posso nemmeno stare nella stessa stanza io, con quelle bestie. Credevo che non ti consentissero di tenere animali, qui.

– Diciamo che sono stata convincente con l'amministratore, brigadie'. È un vedovo di settant'anni che, poverino, si credeva di non riuscire piú a fare il fatto, capite a me. E io, che resuscito pure i morti, gli ho dimostrato che invece a quell'età ci stanno un sacco di alternative divertenti. Per esempio, se voi pigliate un cetriolo e...

Maione esplose.

– Bambine', finisci questa frase e ti butto giú. Ti prendo per le piume di struzzo e ti scaravento dalla ringhiera. Mi dispiace solo se si trova a passare qualche povero cristo e muore con un delinquente sopra la testa.

– Uh, mamma mia, brigadie', e come siete limitato! Apritevi al futuro, le cose cambiano! Apritevi, brigadie'!

Maione si avvicinò bieco.

– Io a te, ti apro, Bambine'. Ti apro dalla fronte al mento col calcio della pistola mia, se non la smetti. Hai capito?

La minaccia avrebbe di sicuro colto nel segno se il poliziotto non avesse ripreso a starnutire. Dalla tasca della vestaglia di Bambinella fece capolino uno dei cuccioli.

– Scusatemi tanto, brigadie', ma questo mi è affezionato assai e non ci pensa proprio di farsi lasciare. Tanto è piccolo, non vi fa troppo male. No?

Maione arretrò fino al parapetto, soffiandosi rumorosamente il naso.

– Per carità, tu stattene laggiú e io me ne sto qua. Cosí almeno riesco a parlarti, dopo me ne vado subito.

– Va bene, dite pure. Ma state attento, ché il muretto è un poco lesionato. Se cado io magari ammazzo qualcuno; ma se cadete voi, brigadie', fate una strage.

Il poliziotto ritenne di non dare luogo ad altre discussioni. Andò quindi al punto e, tacendo dell'omicidio di Manfred, disse a Bambinella di informarsi su eventuali movimenti strani nella notte fra sabato e domenica, sia all'esterno di palazzo Previti di San Vito sia dalle parti della casa di Livia.

– E bada bene che questo non è un fatto come gli altri, – disse, enumerando poi sulle dita. – Primo: non è un'indagine ufficiale, dunque per una volta sforzati di essere discreto; secondo: si tratta di una cosa grave, perciò devi cercare qualcuno disposto eventualmente a testimoniare; terzo: ci sta in mezzo gente di Roma, personaggi della polizia politica. Non scherzano, come sai. Quindi sii prudente, pensa bene a quello che dici. Siamo d'accordo?

Bambinella fece la faccia della meraviglia.

– Uh, brigadie', ma allora è per questo che la cantante vedova del tenore che fu ammazzato al *San Carlo* sta al manicomio *Bianchi*? Io me lo sentivo che era successo qualcosa.

Maione era allibito.

– Ma… ma tu come lo sai? Ti rendi conto che noi, per trovarla… Non è possibile, come la sai questa cosa?

– No, è che al *Bianchi* ci lavorano due amiche mie, cioè, ci lavorano per modo di dire, perché fanno le puttane in un bordello là vicino e qualche volta vanno a fare servizietti alle guardie. E d'altra parte, brigadie', una mica li può biasimare, poveretti, una giornata sana appresso ai pazzi, anche se mi raccontano che qualche volta pure qualcuno dei pazienti, quelli che dicono che sono pazzi per non andare alla guerra per esempio, mettono da parte i soldi e...

– Bambine', io non mi posso avvicinare perché tieni il gatto in tasca, ma da qui ti posso sparare in fronte. Che dici, proviamo?

– Per farvela breve, brigadie', una di loro mi ha detto che hanno portato la signora Livia. Entrava mentre lei stava andando via, la conosceva perché l'ha vista a Sant'Anna dei Lombardi, dove va a domicilio per il dottore De Lucia che abita là, e quando esce la madre lui la riceve.

Maione era disgustato.

– Fesso io, che faccio le indagini invece di venire direttamente da te, minacciarti con la pistola e farmi dire tutto quello che succede. Comunque, il coinvolgimento della signora Livia non ti riguarda. A me interessa solo delle cose che ti ho chiesto. E un'altra cosa, Bambine': queste informazioni mi servono presto. Hai capito bene, sí? Presto.

– Ho capito, brigadie'. Mi metto in movimento subito. Però vi devo dire che quando ci stanno di mezzo quei personaggi là, diventa difficile sapere qualunque cosa di chiunque. La gente tiene paura, assai. Non capisce se sta parlando con uno qualsiasi o con un informatore. Io però ci provo, non dubitate.

Tra le gambe di Bambinella sfrecciò un gattino che, spiccato il volo, atterrò sul davanti della divisa di Maione, aggrappandosi con gli artigli.

Maione starnutí, disperato.

XXXIV.

Arrivò prima il cane. Fatto strano, visto quanto prevedeva la prassi ormai consolidata. Negli ultimi metri, alla fine della discesa che dalla strada principale conduceva alla
meta, l'animale superò l'uomo che aveva seguito fin là e si
mise a correre verso la riva.

Era pomeriggio inoltrato. Il vento di ponente aveva sollevato il mare. Le onde si infrangevano sugli scogli e si allun-
gavano, mangiando un po' della spiaggia. Il cane non pareva
per nulla impressionato e abbaiava insistente, scodinzolando
e arretrando, per poi avanzare di nuovo. Si girò, per essere
sicuro che l'uomo fosse giunto a propria volta; quando lo
vide, si tranquillizzò e ricominciò a giocare.

Non c'era nessuno, sulla spiaggetta. La discesa non era facile, e c'era tanto altro mare disponibile per chi voleva placa-
re il caldo col fresco dell'acqua. L'uomo si schermò gli occhi
con la mano, per proteggersi dal vento e dal bagliore del sole
calante. Si levò il cappello, scoprendo la candida chioma che
subito si spettinò sventolando come una bandiera. Slacciò
la cravatta, tolse le scarpe e vi infilò le calze, poi, tenendole
con due dita, si avviò a piedi nudi in direzione di un masso,
al riparo dagli spruzzi. Sedette.

Il cane abbaiava ai gabbiani, che stridevano forte. Il mare
rombava schiuma, e l'onda, ritraendosi, portava via ciottoli
e aggiungeva rumore. L'uomo socchiuse gli occhi, ascoltando quei suoni quasi fossero una sinfonia.

Alla sua destra, invisibile dalla spiaggia, si aprí una porta. C'era una casupola scavata nel tufo, inglobata nel fianco della montagna scoscesa che si tuffava nell'acqua. A guardare bene e soltanto all'alba, quando la luce ammantava impietosa il minuscolo promontorio, si sarebbero scorte appunto la porta e una finestra, poste a guardare il mare. E a qualche metro, riparata da una piccola scogliera, una barca alla fonda con le reti a bordo.

L'uomo che comparve era diverso da quello giunto col cane. Calvo, la pelle cotta dal sole, muscoloso e tarchiato. Portava un berretto consunto di lana e una camicia stinta. Sedette accanto al primo, gli occhi sull'animale e sul mare, come lui.

– Buonasera, dotto'. Che sorpresa. Non vi aspettavo.

L'altro non distolse lo sguardo dall'acqua.

– Buonasera, Salvato'. Lo so che non mi aspettavi. Tu non aspetti mai nessuno. Come stai?

Salvatore si strinse nelle spalle.

– E che vi devo dire, dotto'? Sempre la solita vita. Pesco. Un po' mangio quello che pesco e un po' me lo vado a vendere al mercato. Passa la giornata.

Modo annuí. Il pescatore indicò il cane con un cenno del mento.

– Lui è una novità, dotto'? Non me lo ricordo, che tenevate un cane.

– Insomma, una novità proprio no, a ottobre sono piú di due anni che ci teniamo compagnia.

– Due anni... Già. Sono stati due anni il mese scorso, che...

Modo fece segno di sí.

– Io me la ricordo, Carmela. Quel fatto di sorridere fino alla fine, e doveva avere dolori terribili. Una donna particolare, unica. Sei stato fortunato ad averla avuta, Salvato'.

– Voi dite, dotto'? Non lo so. Ci penso spesso, e magari era meglio che non la conoscevo proprio. Siamo stati insieme tanti anni, non abbiamo avuto figli. Stavamo qua, in questo posto strano scavato a mano dentro al tufo, senza elettricità, con l'acqua del pozzo che sta là dietro. Io ci sono nato, ma lei? Forse l'ho condannata alla galera a vita, a stare qua con me.

– Sai quante male parole, se ti sentiva dire queste cose? Tu bastavi a lei e lei bastava a te, mai ho visto due persone cosí unite. Anche per questo le ho provate tutte. Tutte.

Il pescatore si voltò a guardarlo.

– Dotto', se mi posso permettere, voi siete stato il fratello che io e Carmela non abbiamo avuto. E l'avete salvata due volte, io non me lo scordo, prima che la malattia alla fine se la portasse.

– Non per cosí tanto tempo, ahimè. Lo stadio era troppo avanzato.

– Pure quegli ultimi mesi, dotto'. Mesi di paradiso, per me. E mai vi ho ringraziato come si deve, con tutto quel dolore che avevo.

– Ma sí che mi hai ringraziato, Salvato'. Secondo te non lo so chi è che mi lascia una cassetta di pesce ogni venerdí, all'ingresso dell'ospedale? Qualche volta ti potresti pure fermare, per prenderti un caffè.

– No, no, dotto', per carità. Voi lo sapete, io preferisco stare per i fatti miei. Sono abituato. Ma vi posso chiedere come mai siete venuto fin qua?

Bruno si alzò, stirando le braccia. Fece qualche passo verso la riva, il cane gli andò incontro saltando euforico. Lui si abbassò, prese una pietra e la lanciò lontano. Il cane partí veloce, stando al gioco. Modo si abbassò di nuovo e afferrò una manciata di pietrisco; poi tornò a sedere vicino a Salvatore, che non si era mosso.

– Sai, Salvato', io per il lavoro mio dovrei stare in ospedale a vedere i pazienti che mi arrivano. E basterebbe, perché sono tanti e perché soffrono, questa è una città enorme e i luoghi di cura sono pochissimi. Però mi piace andare a visitare quelli che sono un poco speciali per me. Mi fa sentire giovane, mi ricorda di quando ero appena laureato e giravo per le case ad aiutare la gente –. Continuava a giocherellare col pietrisco che aveva raccolto. Proseguí: – Ho visto tanti posti, sono un buon osservatore. E certi dettagli mi rimangono impressi.

– Dotto', non vi capisco. Che volete dire?

Modo lasciò scorrere il pietrisco fra le dita.

– Questa è una specie di ghiaia. Non è sabbia, non sono pietre. Dev'essere l'insenatura, dev'essere il fatto di tenere gli scogli davanti, e il mare non riesce a consumare completamente. Ma questa ghiaia sta solo qua, Salvato' –. Si voltò, spalle all'acqua, guardando la via d'accesso. – Certo, questo posto è particolare. Vicino alla città, io sono arrivato a piedi da Mergellina in un quarto d'ora; ma chiuso, nascosto. Riservato, come te. Uno che avesse qualcosa da fare, può venire a farlo qua e nessuno lo vede. Ti pare?

L'altro si mosse, a disagio.

– Dotto', io non lo so che volete dire, qua non ci viene mai nessuno. Perché state facendo questo discorso proprio a me?

– Nessuno ti vede, là dietro, è vero, Salvato'? Stai tranquillo, sicuro; e sicuro vuoi restare. Ma mettiamo che qualche sera fa, magari in una di queste notti di vento che tolgono la foschia e si vede benissimo, per esempio sabato notte, sulla spiaggetta arriva qualcuno. Un paio di macchine nere che si fermano sulla strada, e cinque o sei uomini che scendono qua.

Indicò il tragitto ipotetico. Il cane si fermò con un orecchio all'insú, quasi fosse interessato a ciò che sentiva.

– Immaginiamo che con loro ci sia uno legato. Per le mani, ad esempio. E immaginiamo che quest'uomo, che magari è pure biondo, venga preso a schiaffi e a pugni, come se volessero fargli confessare qualcosa.

Salvatore era sempre piú agitato.

– Dotto', per favore, io mi faccio…

– … i fatti miei, lo so. Ma tanto stiamo soltanto raccontando una storia, no? Mettiamo che uno di questi uomini a un certo punto tira fuori una pistola, una piccola, di quelle che le donne tengono nella borsetta, e gli spara in testa. Un colpo solo, e nemmeno da troppo vicino, perché il proiettile non esce dalla testa del poveretto. Lui cade a terra, proprio in mezzo a questo pietrisco cosí particolare che sta solamente qua e che si infila dappertutto: io quando venivo a visitare a Carmela tua me lo ritrovavo sia in casa sia in ospedale, era una croce.

L'uomo si era poggiato una mano sugli occhi, come a cercare conforto dal mal di testa. Modo riprese.

– Mettiamo che tu, che conosci ogni rumore di questo posto, sentendo l'arrivo delle automobili ti sei affacciato alla finestrella tua. E quando hai visto che erano in tanti, hai detto esattamente quello che hai detto prima, e cioè…

– Io mi faccio i fatti miei, – ripeté meccanicamente il pescatore.

– Esatto. Però sei rimasto a guardare, e riconosceresti benissimo quello che ha sparato all'uomo biondo. Non è cosí?

L'altro taceva.

– Sono tempi difficili, Salvato'. Questa è gente che non va per il sottile; anche uno come te, che vive in questo posto sperduto e ha a che fare solo con la barca e col mare, ne sente parlare, magari quando va al mercato a vendere il pesce. Sente parlare di gente incarcerata per una barzelletta, o confinata in qualche isola lontana per un'imprecazione.

Lo capisco, che hai paura. Ma ti chiedo di pensarci su, e di pensare a Carmela. A quello che lei ti avrebbe detto di fare. Me lo ricordo quando diceva: dotto', sono contenta di non avere fatto figli, perché questo mondo qua non mi piace proprio.

Salvatore era rimasto immobile.

Bruno fischiò al cane, che gli corse incontro.

– Io me ne vado, Salvato'. Se pensi che non sia giusto che una povera donna vada in galera per qualcosa che non ha commesso, e se trovi il coraggio di parlare, vieni da me. Altrimenti, fammi una cortesia: non me lo portare piú il pesce. Non lo digerirei.

XXXV.

Ma il vento cambia, e quando cambia fa tutto un altro effetto.

Nella grande città la maggior parte della gente nemmeno se ne accorge, perché nei vicoli e nelle piazze spesso la brezza rimbalza e cambia direzione: non è come in riva al mare, dove la differenza fra un vento e l'altro può essere quella fra morire di fame o riuscire ad arrivare all'indomani, e quindi si deve conoscere l'aria come si conosce l'acqua. Non è come in campagna, dove il vento annuncia la pioggia o la siccità e il contadino si prepara al peggio o cerca di sfruttare il meglio.

Nella grande città, quando il vento cambia diventa un veleno. Si insinua nelle teste, altera gli equilibri.

Tre volte cambia, nei primi giorni di luglio. E il primo vento, carico di sabbia e di mare, è il libeccio.

Pina bussa alla porta di Nunzia che sono le sette del mattino.

Nunzia vuole bene a Pina: è una brava ragazza che parla poco, sta nell'appartamento di fianco, l'ha vista crescere. Fra loro corrono vent'anni di differenza ma sono buone amiche, e qualche volta sul pianerottolo o dalla finestra scambiano due chiacchiere.

Pina bada alla madre Filomena, che è anziana e inferma. È nata tardi, Pina, e la mamma si è ammalata presto. Il papà è morto, non ci sono altri fratelli. La madre non ha un buon carattere, la figlia invece sorride. Quando il vecchio se n'è andato, tutti nel palazzo temevano che Filomena seguisse il suo destino. Poi, col passare degli anni, hanno invece temuto che non morisse piú, perché la povera Pina si andava facendo grandicella e le urla della vecchia risuonavano fino in strada dal terzo piano.

Nunzia se può ascolta Pina, che sta diventando grigia. Era una ragazza allegra, ma adesso è triste. Uno alla volta sono spariti i corteggiatori, gli amici, le amiche e perfino i parenti. Hanno ancora un po' di soldi, ma le medicine costano molto.

Nunzia e Pina sono legate, ma sentire suonare alla porta alle sette del mattino spaventa, specie dopo una notte cominciata con le maledizioni di Filomena verso la figlia e proseguita col vento forte che ulula e scuote le imposte. Pina sorride, dolce, e chiede a Nunzia un parere.

Che parere?, domanda Nunzia. Stavo ancora dormendo, i miei figli fanno il turno di notte, fra poco rientrano e li devo far mangiare. Pina si scusa, cosí magra e pallida, dice che lo capisce ma non sa decidere, è una cosa molto importante. Perciò, per favore, Nunzia, puoi venire un attimo di là?

Nunzia va con Pina, facendo attenzione a prendere le chiavi di casa per non rimanere chiusa fuori, come le è successo in passato, quando si era dovuta sedere sulle scale ad aspettare il ritorno dei figli. Pina ciabatta fino alla stanza da letto, dove Filomena per una volta non urla e non rivela il proprio brutto carattere. Non urla perché prima è stata strangolata, poi straziata con decine di coltellate inutili perché era già morta, quindi Pina se la poteva pure risparmiare, quella faticaccia.

Nunzia sta per urlare, ma Pina mostra due vestiti e chiede: secondo te, Nunzia, quale posso mettere per andare a

ballare, stasera? È troppo tempo che non esco, non conosco piú la moda.

Ma il libeccio ha lo spazio di una notte. Il tempo di lasciare la rossa sabbia del deserto sulle lenzuola stese e sui
balconi, cosí da attirarsi le maledizioni e le bestemmie delle
donne che dovranno lavare ancora una volta e pulire quello
che era pulito, senza che nessuno abbia sporcato.

Cede il posto al vento di ponente, che invece della sabbia
porta umido e tempeste, insieme a un malessere che sembra non passare piú. E questo lo sanno, in riva al mare e in
campagna. Nella grande città, invece, si soffrono le palpi-
tazioni del cuore, e l'insonnia.

Giuseppe fa il muratore. A sera non arriva neanche a pog-
giare la testa sul cuscino che già cade in un sonno profondo,
dal quale si sveglia quando il buio è ancora fitto perché deve
stare in cantiere alle sei e il cantiere proprio vicino non è.

Gli piacerebbe dormire fino a tardi. Ma deve portare
avanti cinque figli; e Carlotta, la megera grassa e arcigna
che ha per moglie, gli conta i centesimi e pretende sempre
di piú. Ragion per cui niente sonno, se non le poche ore che
riesce a rubare alla giornata.

E visto che Giuseppe si deve svegliare presto e finisce che
poi si svegliano pure i gemelli, che sono piccoli e si mettono
a piangere a turno e tutto il quartiere si ribella, Carlotta gli
ha chiesto di dormire sul pagliericcio vicino al muro, cosí
i bambini rimangono con lei nel letto grande e nessuno sta
a disagio. Tanto tu, gli ha detto Carlotta, dormi pesante.

Ma quella notte è arrivato il vento di ponente, benché
nella grande città nessuno se ne sia accorto e neppure Giuseppe. Il vento di ponente che porta l'insonnia, e Giuseppe si ritrova a occhi spalancati. Mentre tenta di riprendere

sonno, ché altrimenti l'indomani al cantiere corre il rischio
di addormentarsi e di cadere da un'impalcatura, si accorge
di un rumore ritmico oltre la parete contro cui ha addossato il pagliericcio.

Si alza, Giuseppe. Va a vedere di cosa si tratta. E sco-
pre Carlotta, sempre grassa ma molto meno arcigna, che si
sollazza con Marcello, il vicino di casa che fa il giovane di
studio presso un avvocato a Porta Nolana, quindi lui sí, che
può svegliarsi tardi.

È per questo che li ho ammazzati, brigadie', dirà in questura. Perché non mi facevano dormire, con quel rumore. E
io la mattina mi sveglio presto, per andare a faticare.

E poi c'è il maestrale. Se si è fortunati, un paio di notti
di luglio possono essere godibili, se si alza il maestrale a re-
care un po' del fresco del Nord.

Certo, si alzerà pure il mare: e sbatterà violento sugli scogli, schiaffeggiandoli senza tregua, e rovescerà barche e spac-
cherà ormeggi, e le navi grandi nel porto ondeggeranno nel
sonno sognando gli abissi dell'oceano. E nelle campagne si
andranno a controllare in piena notte le vigne che si vanno
caricando, per paura che cadano tralci; e intanto le mucche
urleranno nelle stalle.

Ma nella grande città, dove nemmeno si capisce da che
direzione arrivi la follia, ci si chiederà solo quanto durerà
quel vento tanto forte, comunque si chiami. E si spererà che
smetta prima che faccia diventare tutti pazzi, anche se quel
fresco è cosí inaspettato e bello.

Quando bussano alla porta, Concetta, la governante, è
piuttosto sorpresa. A quell'ora di sera Rodolfo, il custode
del palazzo, ha già chiuso il portone e se n'è andato nelle
due stanze che occupa con la figlia tredicenne, Rossellina,

cosí bella che il signor marchese, ogni volta che la vede, le
dà un soldino in cambio di un sorriso.

Invece Rodolfo è là, in piedi, la faccia contrita e il cappello in mano, imbarazzato come lo è sempre quando è costretto a salire le due rampe che conducono al piano nobile.

Concetta domanda a Rodolfo cosa voglia. Lui chiede
scusa per l'ora, non si sarebbe mai permesso eccetera, non
vuole disturbare eccetera, ma da basso è successa una cosa
che non sa spiegare, può il signor marchese dargli udienza?

Giunge la signora marchesa, un po' curva perché lei e il
marito sono piuttosto anziani e i soldi e i quarti di nobiltà,
purtroppo, non possono comprare qualche anno di gioventú.
Vuol sapere da Concetta e da Rodolfo cosa stia accadendo.
Rodolfo chiede perdòno alla signora marchesa, ma si tratta
di una cosa non comprensibile per lui che è ignorante. Ne
vorrebbe parlare al signor marchese, che è uomo di mondo,
colto, raffinato ed è appunto un marchese, lui senza dubbio
riuscirà a spiegargli che cosa succede.

Attratto dalle voci arriva il marchesino, un ragazzo di
vent'anni che conosce Rodolfo fin da bambino. Pure a lui
Rodolfo dice che preferirebbe parlare col signor marchese, sa che l'ora è tarda, ma ha paura di non poter aspettare la mattina dopo quando il signor marchese sarebbe piú
comodo, anziché adesso che si sarà di certo già preparato
per la notte.

Mentre la commedia continua sulla porta d'ingresso, il
marchese si palesa dall'interno dell'appartamento, la reti-
na in testa per non spettinarsi, il piegabaffi per tenere in
ordine i mustacchi, una bella veste da camera a righe e le
pantofole in pelle; e siccome il signor marchese è alla mano
e incline a mantenere ottimi rapporti con la servitú, chiede
con buon modo a Rodolfo di spiegargli cosa l'abbia spinto
a presentarsi cosí tardi.

Rodolfo allora si inchina, tira fuori una rivoltella dal cappello che tiene in mano ed esplode sei colpi verso il considerevole addome del signor marchese, ricambiandolo cosí per aver trovato la bella Rossellina impiccata al lampadario in quanto ingravidata proprio dal nobile marchese, in aggiunta a un soldo per ogni sorriso, come si evince dal biglietto che la ragazzina ha lasciato. Il povero Rodolfo, che non ha studiato e a stento distingue le lettere, ci ha messo mezz'ora a leggerlo compitando.

Perché cosí è il vento nella grande città.

Non è come per i pescatori, che ne conoscono i sapori e i colori, o per i contadini, che ne distinguono il suono e l'odore: loro sí che sanno le differenze, consapevoli che i venti non sono tutti uguali, che sono pericolosi proprio per l'effetto che hanno sui pesci e sulle barche, sulle piante e sugli animali, ma anche sugli uomini.

Nella grande città il vento è solo vento; un fastidio o un sollievo. Il vento non si distingue, non fa paura. Non ci si prepara al vento, nella grande città.

Ma il vento fa correre il sangue tra i vicoli e nelle piazze.

Dentro le vene.

E fuori.

XXXVI.

Ricciardi uscí dalla sua stanza e percorse in fretta le scale. Avevano gettato le reti, ma non sapevano se e quando qualcuno ci sarebbe finito dentro.

Non si sentiva di essere ottimista. Aveva preso atto di una cosa di cui prima non aveva contezza: la paura che il popolo aveva della polizia politica. Almeno in apparenza, la città si era tenuta ai margini del trionfalismo nazionale; non si percepiva – o cosí gli era parso fino ad allora – la violenza liberticida che lamentava Bruno, e nemmeno il murmure di forze d'opposizione decise a tutto. Nella quotidiana lotta per la sopravvivenza, insomma, la politica restava ai margini: non sosteneva e non limitava.

Sotto la superficie dove si era colpevolmente fermato, vibrava invece una sofferenza di altro segno. Gli informatori erano tanti, piú di quanto fosse lecito immaginare, e spesso si concedevano il piacere di condurre processi sommari anche per i regolamenti di conti personali. Non serviva produrre prove: bastava riferire parole o dialoghi che magari non erano mai avvenuti, per rovinare un commerciante rivale o un impiegato sospettato di infedeltà coniugale.

In un clima del genere, pensava Ricciardi mentre rispondeva distratto al saluto della guardia al portone, era difficile che qualcuno si facesse vivo per dichiarare, a proprio rischio, di aver visto uomini vestiti di scuro, a bordo di automobili nere, prelevare Livia o ammazzare Manfred. E del resto Pivani era stato chiaro: se il commissario fosse riuscito a procurare un appiglio, ci avrebbe pensato lui a risolvere la questione. Non c'era altra maniera per tentare di sottrarre la povera Livia a una sorte di cui Ricciardi si sentiva in parte responsabile.

Appena fuori, si ritrovò davanti la sua Enrica. Lo attendeva all'angolo della strada, facendosi aria con un ventaglio. La raggiunse, carico d'ansia.

– Tesoro, che ci fai, qui? Perché sei uscita con questo caldo? È successo qualcosa?

– No, amore, perché dovrebbe essere successo qualcosa? Quante volte devo ripetere, a te e a tutti, che sono incinta e non malata? È una bella serata, mi sento benissimo. Ho persuaso Nelide a lasciarmi andare senza di lei; e credimi, è stata la cosa piú difficile. Poi sono venuta a prenderti, anzi, a chiederti se mi porti vicino al mare.

– Vicino al mare? Ma perché? Stanno per finire i giorni, non mi piace che ti strapazzi. Chiamo un'auto pubblica e andiamo a casa. Ti prego, non farmi preoccupare.

Enrica lo scrutò. Gli occhi neri dietro le lenti, la testa lievemente rivolta all'insú per guardarlo, erano lo spettacolo piú bello che Ricciardi avesse mai visto.

– Lo sai, amore: sono caparbia. Tu dici «testarda», ma il risultato non cambia. Ricordi il posto in cui mi hai chiesto di sposarti? Voglio andare là. E ci voglio andare adesso. Mi ci porti, per favore? O devo andarci da sola?

Ricciardi aveva imparato una cosa in quell'anno di matrimonio: l'inutilità di contrapporsi a una precisa volontà della moglie. Il tono pacato di lei ingannava; se Enrica sceglieva una linea, non erano ammesse deroghe. Sospirò e le offrí il braccio.

– A una condizione, però: se dovessi avvertire stanchezza, lo dici e torniamo a casa. Siamo d'accordo?

La città era assai polverosa per via dei molti cantieri, che
però a quell'ora erano chiusi. Il vento sollevava terriccio e
calce, spargendoli per centinaia di metri. Nella fattispecie,
ne era colpevole l'opera di pavimentazione del tratto fra il
teatro e il castello. Un lavoro analogo era in corso anche davanti all'abitazione di Ricciardi, ragion per cui le finestre
erano sempre chiuse, circostanza che rendeva insostenibile
il peso del caldo.

Mancava l'acqua. Le fontane, persino quelle monumen-
tali adornate di fregi e preziose raffigurazioni artistiche in
marmo, erano secche. Solo quelle delle piazze principali
proponevano cascate illuminate. Le altre, asciutte, erano
ridotte a ricettacoli di rifiuti e sporcizia.

Ricciardi conduceva la moglie a passo lento, lungo la discesa che portava al mare. Enrica gli raccontò di aver ricevuto la visita di Bianca, nel pomeriggio.

– Era bellissima, sai, amore mio. Bellissima. Quella donna ha un'eleganza e una grazia che lasciano senza fiato. Le
ho detto che se davvero sarà una femmina, nostra figlia dovrà passare con lei piú tempo possibile. Ha riso, ha detto
che la bambina avrà una mamma fin troppo bella e che lei
sarà felice di fare la zia. Ci pensi? Una donna cosí che dice
a me che sono bella! E adesso poi, che sembro un dirigibile!

– Bianca se ne intende, ha ottimi gusti. E ancora una
volta ha ragione: tu sei bellissima. Sei non solo la donna,
ma la persona, anzi l'essere umano, anzi l'elemento della
natura piú bello che io abbia mai visto. E pur essendo cosí
bella, non lo sarai mai piú quanto ora che, in effetti, ricordi un dirigibile.

Enrica gli diede un pugno sul braccio.

– Ecco, vedi? Come faccio a crederti, se dimostri in questa maniera di essere un bugiardo matricolato? E poi, se io
dico che sembro un dirigibile, tu devi dire: no, amore, scher-

zi? Sei sottile come un'acciuga, hai il fisico di una ballerina. Tutto io ti devo insegnare?

Attraversarono la folla scesa in strada in cerca di frescura. Ricciardi sentí insorgere un lieve mal di testa. Dai vicoli che risalivano verso la collina arrivava un effluvio di marcio, l'olezzo dolciastro della decomposizione di verdure e avanzi di pesce fra i cumuli di immondizia, che solo nella notte sarebbero stati raccolti. Le porte aperte dei bassi spandevano odore di frittura: nelle padelle sfrigolavano uova, zucchine, maccheroni, cipolle, in attesa dell'ora di cena.

Anche gli ambulanti ci mettevano del proprio: un banco e una caldaia colma d'olio vecchio per proporre, dietro vetri bisunti, le pastelle cotte al momento con un pezzetto di alice o un fiore di zucca.

Nei pressi della spiaggia, la situazione non era diversa. Il flusso di gente vogliosa di brezza faceva assiepare banchi con ogni sorta di cibarie: frutti di mare cotti e crudi, impepata di cozze, cocomeri, trippa e il celeberrimo *pere e 'o musso*, pezzi di maiale bolliti e serviti freddi col limone. C'erano carretti di gelati, anfore d'acqua fresca, venditori di taralli infilati in uno spago e portati come collane o bracciali, oppure dentro una cesta caricata sulle spalle con una coperta sopra, per tenerli al caldo, pronti a essere inzuppati nell'acqua marina.

Enrica si godeva la passeggiata, fermandosi ogni tanto per riprendere forza e ringraziando tutte le donne che, incrociandola, le facevano complimenti per la pancia. Adorava quella città, era in sintonia perfetta con la confusione multicolore che la circondava. La musica dei pianini, dei posteggiatori, dei suonatori ambulanti, con le canzoni a volte struggenti di malinconia e altre volgarmente ridanciane per via dei doppi sensi, la rendevano allegra quanto i richiami di chi smerciava lumache, maruzze, meloni.

Arrivarono nel punto in cui Ricciardi aveva dichiarato il proprio amore a Enrica. Il luogo era diverso rispetto a un anno prima. Dal muretto si vedeva una spiaggia che a quell'ora aveva già perso il suo esercito di bagnanti; i quali avevano comunque lasciato pesanti tracce del proprio passaggio, comprese le tende che sarebbero state di nuovo occupate l'indomani. Il vento sollevava cartacce e sabbia, ma non sembrava disturbare la folla, che continuava a ridere e a godersi le folate.

Ricciardi fissò la moglie negli occhi e ripeté la formula di allora.

– Sposami, Enrica. Sposami, ti prego.

Lei si toccò il pancione.

– Troppo tardi, signore. Sono già sposata.

Ricciardi la accarezzò.

– Mi dici perché hai voluto venire qui? Che ti frulla, nella testa?

Enrica allungò lo sguardo sulla distesa scura che aveva davanti. Le lampare si muovevano come lucciole, in mezzo alle onde provocate dal vento di ponente.

– Niente di particolare. È che tra poco, magari pochissimo, non saremo piú in due ma in tre. Ho voluto prendermi un altro momento per noi soli: io, insieme all'unico uomo che abbia mai amato.

Ricciardi era perplesso.

– Perché, a casa non siamo soli? Ti dà noia Nelide, forse? Posso mandarla al paese con una scusa, e…

– Sei pazzo? Nelide è meravigliosa, non intendo farne a meno mai piú! Ed è cosí discreta, quasi non ci fosse. Una piccola saggia, una giovanissima vecchietta. No, è che… Questa cosa di cui ti stai occupando, amore. Mi fa stare in pena. Credo che le persone, quelle che… che hanno fatto questa cosa, siano davvero pericolose.

Ricciardi guardò a propria volta il mare.

– Non nego che siano pericolose, tesoro. Non ti dico bugie, nemmeno se servisse a farti stare tranquilla. Ma sappi che c'è comunque chi, pure in quel buio, gioca dalla nostra parte. E comunque tutto si risolverà in tempi brevissimi. Te lo prometto.

Enrica parlò a bassa voce. Ricciardi dovette sforzarsi per capire quello che diceva.

– Io non voglio che per quell'omicidio paghi un'innocente. Ma voglio che il padre di mia figlia sia lí ad accogliere la sua creatura, quando verrà al mondo. E che sia sempre con me per crescerla come si deve –. Si girò verso di lui, seria. – Non dimenticarti di noi, amore mio. Non dimenticarti mai di noi. Devi giurarmelo qui, dove mi hai chiesto di passare la vita intera con te. Ogni tuo gesto, ogni tuo rischio dev'essere in funzione di noi. Me lo giuri?

Un gruppo di ragazze scoppiò a ridere, ascoltando la canzone greve di un giovanotto col mandolino.

Ricciardi disse, solenne:

– Ti giuro che mai, mai mi dimenticherò di noi, amore mio.

XXXVII.

Rosa si presentò tardi. Nelide dormiva da almeno due ore.
La ragazza non la sentí entrare. Un attimo prima non c'era, l'attimo dopo era là. E di sorprendente c'era pure che, anche se la luce era spenta, Nelide vedeva l'anziana com'era abituata a vederla da viva, col grembiule macchiato e la cuffietta che tratteneva gli ispidi capelli sale e pepe.

– 'A zi', come mai state un'altra volta qua? Che è successo ancora?

Rosa si asciugava le mani nel grembiule, quasi avesse appena finito di lavare i piatti.

– *Piccere'*, ci sta sempre qualcosa che è appena successo o sta per succedere, non lo sai? E siccome dall'altra parte teniamo la contabilità di tutto, basta che una va a controllare le pagine di quello che le interessa sapere, e si sa.

– 'A zi', ma che dite? Non ve lo ricordate che non sapete leggere, voi?

Rosa sembrò colpita.

– È vero, sí, io non sapevo leggere. Riconoscevo i numeri, quelli sí, ma le parole no. E mo' invece capisco tutto. Che cosa strana… Comunque, non è che è scritto tutto quello che succederà, sia chiaro. Altrimenti, sai che noia. Ci sta scritto che ci stanno varie possibilità, cambia tutto a seconda di come ci si comporta. Tu, per esempio, compri i broccoli che non sono buoni? Cambia tutto. Perché il signorino mio poi sta male con la pancia per via dei broccoli tuoi e deve andare alla latrina proprio mentre passa qualcuno che ci deve parlare, e questo qualcuno allora va da qualcun altro e fa un guaio; e allora, per colpa tua che hai comprato male i broccoli, succede chissà che cosa e chissà dove.

Nelide aggrottò il sopracciglio.

– No, 'a zi'. Io non li sbaglio, i broccoli. Li controllo a uno a uno, e se non sono freschi mi giro e me ne vado.

– Lo so, *piccere'*. Lo so. E l'esempio non l'ho fatto a caso. Tu mi capisci, vero?

Nelide non poteva arrossire nel sonno, e in verità nemmeno fuori dal sonno. Il sentimento dell'imbarazzo per lei il Creatore non l'aveva previsto. Si fece guardinga.

– Che volete dire, 'a zi'? Guardate che io manco dal Padreterno li compro, i broccoli appassiti. Quindi figuratevi se li piglio da quel deficiente di cantante senza musica.

Rosa sospirò e andò a sedersi sul bordo del letto. La ragazza notò che, nonostante il peso della zia, il materasso non si affossò neppure di un millimetro.

– Stammi a sentire, Nelidu'. Te lo ricordi a Vincenzo 'a Chioppa?

– Come no! Io ero piccola ma me lo ricordo benissimo: era il fattore di Campomedio, un possedimento bello del barone mio. È morto, no? Mo' ci sta credo il nipote, Antonio 'a Chioppa. Paga regolarmente, anche se secondo me frega sulle olive. Un poco, però.

– Brava, proprio cosí. Vincenzo dice che il nipote è un fesso ma è onesto, e che è la moglie, Sisina, che ci ha l'animo della ladra. È a lei, che devi controllare. Ma non è di questo che ti devo dire, stanotte. Te lo ricordi a Vincenzo, allora?

Nelide sembrava in difficoltà.

– Sí, sí, 'a zi'. Me lo ricordo bene, perché papà diceva che... Insomma, me lo ricordo bene.

Rosa scosse il capo.

– Nelidu', a zia tua: non ti scordare che dove sto io le bugie non si possono dire perché subito si capisce. Papà tuo, quel fesso di mio fratello, diceva che non si spiegava per quale motivo avevo affidato a Vincenzo, che era un incapace, proprio Campomedio, che tiene una terra che se ci sputi sopra nasce una pianta di ulivo. È cosí?

Nelide si agitò nel sonno.

– Sí, 'a zi'. Proprio cosí.

– E invece un perché ci stava, *piccere'*. È stato un errore, forse, ma non me ne pento. Perché Vincenzo tirava fuori dal podere esattamente quello che si poteva tirare fuori, ma lavorava meno perché la terra, questo sí, è buona. Quindi, dovendo dare a qualcuno il posto dove si lavorava meno, lo diedi a Vincenzo 'a Chioppa.

Nelide non capiva.

– E perché a lui, 'a zi'?

Rosa non rispose subito. Poi sussurrò.

– Io tenevo proprio l'età tua di adesso. Io ero... Ero tale e quale a te, Nelidu'. Noi siamo femmine toste, pensiamo al sodo. Non perdiamo tempo coi belletti e i cappellini.

– Giusto, 'a zi'. Non siamo smorfiose, noi.

– No. Per niente. E allora succede che i maschi, che sono fessi, a quelle come noi non ci guardano. E a noi ci va bene, perché teniamo che fare. È vero o no, *piccere'*?

Nelide annuí. Rosa riprese.

– Però qualcuno ci sta, che sa guardare oltre la superficie. Noi non ci crediamo e passiamo oltre, ma qualche volta uno di loro, in qualche modo, ci fa pensare. Ci fa... ci fa restare sveglie.

Nelide sbuffò.

– 'A zi', a me no. Io la notte dormo.

– Lo so, lo so. Tu sei cosí. Per ora, sei cosí. 'A Chioppa teneva una chitarra, sai? Raccontava che aveva fatto a cambio con un morto di fame calabrese che saliva in città, e che gli era costata un coniglio e sei uova. Ma teneva questa chitarra, e quando suonava e cantava perfino gli uccelli scendevano dal cielo ad ascoltare. Era bello, Vincenzo. Poteva avere tutte le ragazze del villaggio e pure dei borghi vicini. Però, chissà perché, si era fissato con me. Che ero la piú brutta.

Nelide protestò.

– Ma che dite, 'a zi'? Voi mica eravate brutta! E poi che c'entra, voi lavoravate, no? Mica vi potevate mettere a sentire 'a Chioppa che suonava la chitarra!

– Sí, è cosí. Io lavoravo dal barone, perché dovevo mantenere non so quanti tra fratelli e cugini. Ma quella chitarra mi piaceva, Nelidu'. Mi piaceva assai. E non l'ho detto mai a nessuno, prima di adesso.

– E perché me lo dite a me, 'a zi'? A che serve? Perché voi mi avete insegnato che le cose si fanno se servono, altrimenti non si fanno. E se siete venuta a parlare con me, fino a qua, allora vuol dire che serve.

Rosa tacque. Si alzò e andò alla finestra. Quando parlò di nuovo, dava le spalle a Nelide. La voce, ora, era strana.

– Io ci ho pensato sempre, a Vincenzo. Sempre. Non l'ho visto mai piú, ma quando morí il vecchio Raspello, il fattore di Campomedio, e i figli se ne andarono in America, gli feci sapere che si poteva mettere lui, là. Si sposò con quella smorfiosa di Assunta ed ebbe sei figli. Uno di questi è il padre di Antonio –. Si soffiò il naso nel grembiule, o almeno Nelide interpretò cosí il rumore. – Ogni tanto di notte, d'estate, io sentivo suonare una chitarra. Proprio sotto le mura del castello. Non mi alzavo, non accendevo la candela. Ma sentivo suonare la chitarra.

Nelide non sapeva che dire.

– Che significa, 'a zi'? Che vuol dire, questa cosa?

Rosa si girò verso Nelide. Gli occhi erano asciutti.

– Nipote mia, quelle come noi tengono un compito. Non sono come le altre, e non perché non si vestono colorate, o perché non vanno al cinematografo al sabato: non sono come le altre proprio perché tengono un compito.

Nelide si difese, con veemenza.

– 'A zi', io sono solo andata a chiedere di trovare il ragazzo che vende la frutta e ha detto alla cameriera che la madre stava male. Io non lo so perché, ma la baronessa mia è triste perché questo ragazzo non si trova, e io ho pensato che...

Rosa sollevò la mano.

– Nelidu', io lo so a che pensavi tu. Ricordati che lo so. Le combinazioni sono per il futuro, il passato si sa e basta. Il problema non è quello che pensi tu, ma quello che potresti pensare. Ricordati che il compito che tieni è assai importante. È il piú importante di tutti. Lo sai, sí?

Nelide annuí.

Rosa sembrò compiaciuta.

– Ecco. Perciò se vuoi comprare la frutta, e ti adatti a comprare frutta un poco piú scadente perché ti vuoi sentire una bella canzone, va bene: basta che non compri i broccoli guasti. Ma di piú no, Nelidu'. Di piú no, altrimenti devi lasciare il compito che hai. Mi hai capito bene, sí?

– Sí, 'a zi'. Ho capito bene.

Rosa si avvicinò, e fece una cosa che aveva fatto forse due volte da viva: accarezzò il viso ispido della nipote.

La quale sentí una lieve brezza, e forse era il vento.

– Tu, nipote mia, tieni lo stesso mio destino. Proprio lo stesso. Io sono contenta che ci stai tu col barone, ma mi dispiace per te –. Poi tornò alla finestra: – Sai, con Vincenzo ci vediamo, dove stiamo adesso. Gli hanno dato una chitarra e lui suona sempre, ma dice che questa chitarra qua non è buona come quella che gli diede il calabrese. È diventato un vecchio brontolone, è diventato –. Si girò verso Nelide, e aveva gli occhi pieni di lacrime: – Hai visto, *piccere'*? La luna è calante. Fossero stati ancora cinque, sei giorni, sarebbe stata crescente. Che peccato.

Un attimo dopo, non c'era piú.

XXXVIII.

Si alzò il maestrale, e fu il terzo vento in quattro giorni. Si alzò il maestrale e le sensazioni si divisero, e si divisero gli effetti. La grande città si allontanò dal mare e dalla campagna, che la racchiudevano come due parentesi.

Il mare rispose con violenza, ubbidiente all'aria. Urlò sugli scogli tenendo le barche in rada, fra le bestemmie e le preghiere dei pescatori e delle loro famiglie. I contadini corsero a proteggere le piante e a ricoverare gli animali, che belando e muggendo sfogavano la fame e la paura.

Gli abitanti della grande città, invece, accolsero con letizia il fresco inatteso, salvo subito lamentarsi per il mare inaccessibile, e i cappelli che volavano via, e le lenzuola appena lavate divenute vele partite per nuovi lidi.

Il vento scompigliò tutte le carte.

Il che non sempre è un male.

Maione bussò alla porta di Ricciardi.

Il commissario sperava avesse buone notizie.

– Novità? Si è fatto vivo qualcuno?

– No, commissa', ancora niente... 'Sto fatto che se non risolviamo entro uno, massimo due giorni la signora Vezzi è perduta in mano a quella gente, mi fa uscire pazzo. Stanotte mia moglie mi ha detto: se ti rigiri un'altra volta nel letto, ti sbatto fuori a calci.

– Sí, anch'io sono preoccupato. È mai possibile che nessuno abbia visto portarc via Livia e Manfred, ammazzare lui da qualche parte e riportarli al palazzo? Mi sembra incredibile, in una città come questa.

– Vedere hanno visto, commissa', statene certo. Il problema è la paura. Hanno solo paura di venircelo a dire, tutto qui. Il dottore si è sentito?

Prima che Ricciardi potesse dire di no, si udí bussare. Maione andò ad aprire.

– Se è quel fesso di Ponte, lo prendo a pedate.

Ma alla porta non c'era Ponte. C'era Nelide.

Il cuore di Ricciardi fece un balzo. Il commissario scattò in piedi.

– Nelide! È successo qualcosa? Enrica...

La ragazza, compunta sotto il cappellino, scrollò la testa.

– No, barone, no. La signora sta bene, sta con la mamma, io mica la lasciavo sola. Torno subito a casa, ma vi dovevo accompagnare un momento due persone, qua. *Quanno te promettono lu purcieddu, curri subito cu lu funicieddu.*

Solo Ricciardi intese la necessità di cogliere l'attimo nascosta in quella frase.

Dietro la ragazza c'erano due giovani. Uno bruno e riccio, dai tratti regolari; l'altro con un berretto floscio e l'aria colpevole. Maione li fece entrare, lanciando un'occhiata guardinga nel corridoio prima di richiudere il battente.

Nelide fece un cenno con il capo al ragazzo riccio, che avanzò con baldanza.

– Barone, buongiorno. Scusatemi se mi presento cosí, ma la signorina Nelide ha piacere che vi parli. Mi chiamo Scuotto Gaetano, però tutti mi conoscono come Tanino 'o Sarracino.

Ricciardi rivolse un'occhiata alla ragazza, che pareva intagliata nel legno. Accigliata, un po' curva, sguardo fisso, ricordava un animale pronto a saltare alla gola. Con una stretta al cuore, al commissario venne in mente Rosa, alla quale la nipote somigliava ogni giorno di piú.

Maione domandò:

– E che ti serve, Scuotto Gaetano detto Tanino 'o Sarracino?

– Io, non disprezzando, tengo una bancarella di frutta. Che dico, di frutta: della meglio frutta della città. Servo le signore delle famiglie piú importanti, e…

Nelide si bilanciò su un piede, senza mutare espressione. Il ragazzo si interruppe, come fosse stato preso a scapaccioni. Poi parlò di nuovo.

– La signorina Nelide, che qualche volta mi fa l'onore di comprare qualcosa da me, mi ha chiesto ieri di rintracciare un ragazzo che, dicendo di essere di Cardito, è andato a dare una falsa notizia al portiere di un palazzo di Sant'Anna dei Lombardi. Uno che vende la frutta, anche se, non disprezzando, è una chiavica rispetto alla mia, che è raccolta nei migliori orti di…

Nelide si bilanciò sull'altro piede, e Tanino chiuse la bocca con uno scatto.

Maione e Ricciardi si guardarono, senza nascondere la sorpresa. Il brigadiere si rivolse allora al giovane col berretto floscio, che non si era liberato dell'aria colpevole.

– E saresti tu, quello che è andato a Sant'Anna dei Lombardi?

Il ragazzo non pareva intenzionato a rispondere. Per cui, sorridendo a Ricciardi quasi gli stesse vendendo delle albicocche, Tanino gli sferrò un calcio nello stinco.

– Mi chiamo Esposito Paolo, brigadie'. Io non pensavo di fare niente di male, sono una brava persona, vengo dal paese, mo' io dico: un paese è un paese, no? Io sono di Casoria, ma se mi dànno dieci lire per dire che sono di Cardito, che ci sta che non va? Un paese vale l'altro, no? Io per dieci lire, brigadie', una piccola bugia la posso pure dire, non ci sta niente di male, io almeno cosí mi pensavo e...

Il tono era piagnucolante e affrettato. Raccontava tutta l'angoscia del ritrovarsi nientemeno che in questura davanti a un brigadiere enorme, e solo per aver detto una bugia che credeva innocente.

Tanino, che teneva una mano sulla spalla di Esposito Paolo da Casoria come dovesse venderlo a qualcuno, gli mollò uno scappellotto facendogli volare il berretto, che l'altro prontamente agguantò.

– E levati il cappello quando parli col brigadiere. Cafone sei e cafone resti... Scusatelo, brigadie', noi di città ci sappiamo comportare.

Maione cercò di trattenere la risata che lottava per esplodere e si mantenne crucciato.

– Tu non ti intromettere, Sarraci'. Allora, Esposito, dicci meglio quello che è successo. E non ti dimenticare niente.

Il ragazzo si fissava i piedi; ogni tanto lanciava occhiate a Tanino, che ogni tanto lanciava occhiate a Nelide, che ogni tanto lanciava occhiate a Ricciardi, che ogni tanto lanciava occhiate a Maione per ordinargli tacitamente di continuare a fare domande, posto che l'autorità era determinata dalla divisa.

– Io stavo andando col carretto a mettermi alla piazza del Municipio, qua sotto. Mi sistemo all'angolo della Marina, cosí acchiappo quelli che vengono da San Giovanni e le signore del quartiere. Non è vero che la merce mia è una chiavica, brigadie', certo non è una prima scelta perché mi devo arrangiare con quello che trovo, ma per esempio le arance...

Bilanciamento di Nelide, stretta di Tanino sulla spalla di Paolo, sobbalzo e ripresa del racconto in falsetto.

– Insomma, vicino a me si ferma una macchina nera. Ci
stanno due: uno che guida e un altro. Quest'altro scende, uno
grosso con un cappello scuro, mi dice: tu, devi venire con noi,
ci devi fare un piacere. Io ci dico: e come vengo con voi, se
ho il carretto con la merce, qua? E quello dice: devi venire
col carretto, ti diciamo noi dove. Io ci dico: ma io devo vendere la merce mia, mo' vengono tutte le clienti. E quello dice: me la compro io tutta la merce, quanto devi avere? Io ci
dico: tutta la merce? E quello dice: eh, tutta la merce. E non
solo, dice, ci metto dieci lire da sopra. Dieci lire?, ci dico io.
Eh, dieci lire, dice. Ma come, tutta la merce e pure dieci lire?, ci dico io. E quello...

Piede sinistro di Nelide, stretta di Tanino, bocca chiusa
di Paolo. Maione arrossí per lo sforzo di trattenere la risata.

– E dove siete andati?

– A Sant'Anna dei Lombardi, brigadie'. Mi ha detto: allora, tu passi col carretto davanti a quel portone là. Fermi
il carretto, entri e dici al custode: signo', io vado di fretta,
sono un fruttaiuolo di Cardito, potete dire alla signorina
Clara che la mamma sta male e che deve correre da lei? Se il
custode ti chiede di aspettare, ché la va a chiamare, tu dici:
no, non posso, devo correre, tengo il carretto solo. Io allora
ci ho chiesto perché dovevo fare spaventare a una povera
signorina, ché mi dispiaceva un poco. Lui ha detto che era
uno scherzo, che la mamma stava bene e la voleva vedere,
solo per questo. E allora io ho fatto come diceva quello, mi
ha pagato e se ne sono andati.

Ricciardi intervenne.

– Ricordi qualche particolare di quei due, o dell'automobile? Qualcosa che li possa far riconoscere?

Paolo si morse il labbro, nello sforzo di ricordare.

– Non tenevano niente di strano, però parlavano forestiero. Io sono cresciuto con mia nonna, sapete?

La notizia, totalmente incoerente col dialogo che si era svolto fino a quel momento, sorprese tutti. Nelide sbuffò, e Tanino disse:

– Va bene, mi pare che è venuto il momento di andarc...

Ricciardi sollevò una mano, tagliando la frase del Sarracino.

– Sei cresciuto con tua nonna, e allora?

Il giovane lanciò uno sguardo a Tanino e riprese.

– Mia nonna sapeva scrivere e leggere. Io stavo sempre con lei e mi ha insegnato un poco. Tenevo la curiosità di capire com'è che quelli parlavano forestiero, e allora ho guardato la targa della macchina. Roma, dodici ventitre.

Maione era rimasto di sasso.

– Sei sicuro?

Paolo fece di sí con la testa.

– È una cosa importante, questa. Importante assai. Ora ci lasci tutte le generalità; e questa storia se ci serve la ripeti, sí?

Il ragazzo tacque. Tanino gli strinse la spalla e lo spinse a rispondere.

– Sissignore, brigadie'. Sí. Perché se non era uno scherzo e hanno fatto spaventare a quella povera signorina, la colpa non è mia. E lo devono sapere tutti quanti.

– *Ra lu scemu e ra l'ubriacone se sape la verità.*

Ricciardi apprezzò la massima criptica pronunciata da Nelide, che rinveniva nella stupidità del giovane l'incapacità di dissimulare.

La ragazza ritenne il proprio compito concluso.

– Mo' devo tornare dalla baronessa mia. Basta perdere *lu tiempo*. Buona giornata a tutti.

E se ne andò, seguita in fretta da Tanino, seguito in fretta da Paolo.

XXXIX.

Per poter commentare liberamente l'accaduto, Ricciardi e Maione andarono al *Gambrinus*. Ordinarono due caffè e chiesero al cameriere di farli sedere in un angolo riservato, dove parlarono comunque a bassa voce.

– Commissa', ma come ha fatto la ragazza a capire quello che ci serviva e a trovare i contatti giusti? Vi rendete conto di quanto è stata brava? Secondo me la dovremmo assumere.

– È come la zia. Rosa faceva cosí: sembrava che si facesse i fatti propri, certe volte nemmeno pensavi ci fosse, tanto si mimetizzava: poi, al momento buono, scoprivi che sapeva tutto. Anche quello che tu stesso non sapevi. Che ti devo dire, Raffaele: avrà ascoltato le conversazioni con mia moglie e avrà compreso come utilizzare il contatto che aveva.

– Certo che è una sagoma. Ma pure l'amico suo, 'o Sarracino, avete visto che paura teneva di lei? Se non avessi la certezza che è impossibile, direi che lui ne è innamorato. A me solo Lucia riesce a fare tanta paura!

Il commissario bevve un sorso dalla tazzina.

– Sta di fatto che la notizia è utile. La targa rilevabile mostra un errore grave da parte dei romani. Ma non è sufficiente a giustificare il complotto. Ci resta pochissimo tempo per scoprire il resto. Potrebbe essere già tardi.

Si avvicinò un ragazzino dalla pelle scura, scalzo e a torso nudo, i pantaloncini troppo larghi legati con uno spago. Il cameriere accorse per cacciarlo via, ma il piccolo si divinco-

lò attaccandosi alla manica del brigadiere. Il poliziotto disse al cameriere che era tutto a posto, poi parlò al bambino.

– *Guaglio'*, me lo vuoi dire che ti piglia?

Il ragazzino non rispose, ma indicò un tavolino all'esterno dove una dama con un vestito a fiori, guanti lunghi fino
al gomito e un cappello dalla veletta scura, sorbiva un tè tenendo il mignolo sollevato, intanto che si faceva aria con un
ventaglio decorato da farfalle di vari colori.

– Questa tua capacità di affascinare signore dell'alta società
andrebbe sfruttata meglio, Raffaele. Dovresti farlo per soldi.

Il brigadiere lasciò andare il bambino, che scomparve nel
nulla. Abbozzò davanti alla presa in giro del superiore.

– Conosco quel mignolo, commissa'. Permettete.

Sedette senza chiedere permesso di fronte alla signora,
che continuò a sorseggiare il suo tè emanando un cupo gor-
goglio dalle labbra.

– Tu mo' mi devi dire il perché di questa pantomima,
Bambine'. Non ti bastava mandarmi a chiamare come al
solito, e farmi arrivare sulla montagna dove abiti?

– Uh, brigadie', voi vi dovete decidere. Avete detto che
andavate di fretta, che arrivare a casa mia è estenuante, che
siete allegorico e i gatti vi fanno venire l'asma o quello che
è. Una si mette a disposizione, viene fino a qua per farvi il
favore, e questo è il ringraziamento?

Maione sbuffò.

– E grazie, allora. Mi dici che vuoi?

Bambinella emise un verso di disgusto da sotto la veletta.

– Io non mi spiego per quale motivo in società si beve
questa brodaglia. Ma non è mille volte meglio un bel caffè?
Io comunque ho pensato che, siccome pagavate voi, tanto
valeva provare, per una volta. No?

– E già, pago io. Con tutti i soldi che ti guadagni, facendo quelle schifezze.

Il *femminiello* si portò la mano guantata alla gola, ostentando una reazione di scandalo con un gesto aggraziato.

– Uh, Gesú, ma quelle che faccio io sono cose illegali, brigadie'! Quindi i casi sono due: o lo sapete, e mi dovete arrestare, o non lo sapete, e allora io sono povera e mi dovete pagare il tè. Che ne dite?

Maione rifletté se sparare o meno in pubblico a Bambinella. Optò per la seconda ipotesi. Guardò Ricciardi che lo fissava curioso da lontano, poi ruggí:

– Facciamo un gioco, Bambine'. Ti dò tre minuti esatti per dirmi quello che hai da dirmi. E se quello che mi dici non mi soddisfa, ti sparo. Mo', se pensi sia importante, fai un tentativo; altrimenti ti consiglio di cominciare a scappare, e pure velocemente.

Bambinella emise una risata equina.

– Sono tranquilla, brigadie'. Altrimenti con questo caldo nemmeno uscivo e me ne restavo coi gatti miei. Allora: voi mi avete chiesto del ricevimento dalla duchessa Previti di San Vito, a Santa Lucia, e della casa della signora Lucani Vezzi, a Sant'Anna dei Lombardi.

Maione si agitò sulla sedia.

– Bambine', lo so quello che ti ho chiesto. Il punto è quello che mi devi dire tu. Ed è già passato un minuto.

– Aspettate, brigadie'. Perché io ho domandato un poco in giro, e mi è venuta a trovare una compagna mia di quando, per un periodo, ho lavorato al bordello di Madame Gabrielle, alla Torretta, tenete presente? Be', pare che per qualche giorno Odette, questa puttana amica mia che non si chiama veramente Odette ma Nunziatina, che, ne converrete, non è un nome da puttana e quindi non lo può usare, insomma Odette ha tenuto come cliente uno che veniva da Roma. Uno con uno sfregio in faccia.

Maione si irrigidí, quasi avesse ricevuto uno schiaffo.

– Uno da Roma? Con uno sfregio in faccia?

– Precisamente. L'amica mia Odette non è bella, brigadie', anche perché ormai tiene gli anni suoi, ne deve avere trentaquattro o trentacinque. Però sa fare una certa cosa, muovendo il bacino in senso antiorario, che quando voi siete nel meglio del...

Maione accarezzò allusivo il calcio della pistola. Bambinella tornò subito sull'argomento.

– Be', voglio dire che quando un cliente si affeziona, allora Odette se lo mette sotto e... Nel senso che lo sfrutta bene, ecco. E questo tizio romano si è proprio affezionato, perché passava con Odette tutto il tempo che poteva.

Maione fece un cenno a Ricciardi, che chiedeva con gli occhi che notizie ci fossero. Si rivolse poi a Bambinella.

– E che ti ha detto, questa Odette? Ha sentito qualcosa, dallo sfregiato? Come l'hai messo in collegamento con quello che ti ho chiesto io?

– Pare che questi stavano qua fin da giovedí. E sabato sera due di loro sono andati di corsa a prendere lo sfregiato proprio mentre stava con Odette, e gli hanno detto: capitano Rossi, siamo pronti, abbiamo già pigliato il tedesco, lo abbiamo consegnato e mo' andiamo a prelevare la signora Vezzi. Lo sfregiato si è pure incazzato perché hanno fatto tutti quei nomi, però Odette è talmente abituata a fingere, capitemi, che ha fatto appunto finta di essersi assopita e di non aver sentito niente. E invece aveva sentito proprio tutto.

– E questa Odette sarebbe disposta a testimoniare? Perché, come ti ho detto, se non possiamo usare la notizia è come se non l'avessimo mai avuta.

– Brigadie', siete stato chiarissimo. Io mi sono permessa di dire a Odette che voi sapevate di certi lavoretti extra che va a fare nella caserma dell'aviazione a Capodichino, e che se non raccontava questa cosa a voi la mettevate in galera. È un piccolo stratagemma che ho usato. Lo sapevo, che funzionava.

Maione era ammirato.

– Il demonio. Tu sei il demonio, Bambine'. Non ho dubbi. Un'ultima cosa: hai detto «lo abbiamo consegnato». Hai idea di quello che significa? Consegnato a chi?

Il *femminiello* si diede uno schiaffetto sulla fronte velata.

– Uh, tenete ragione, brigadie'. Mo' mi scordavo il meglio. Lo sfregiato, quando ha sentito il discorso dei due che lo sono andati a prendere, ha detto: ditegli di fare presto, a Falco. Cosí ha detto. Ma perché, brigadie', che significa?

XL.

Maione riferí a Ricciardi le notizie ricevute da Bambinella, riscuotendo la crescente soddisfazione del superiore.

– E insomma, commissa', il quadro si va definendo. E come abbiamo detto, se si sconfigge la paura, alla fine qualcuno
che ha visto ci sta sempre: è una città stretta, siamo uno addosso all'altro, come fai a fare qualcosa senza che ti vedano?

– È vero, Raffaele, ma non basta. Manca il pezzo piú grosso, e cioè una testimonianza che assolva Livia. Con quello
che sappiamo adesso, non possiamo ancora escludere che sia
stata lei ad ammazzare Manfred, magari su incarico di Falco.

Maione si grattò la testa calva e sudata.

– Sí, commissa', però potete provare lo stesso a parlarci
con l'uomo misterioso, no? Magari a lui tutto questo che
abbiamo raccolto gli basta.

– Quello non è un tribunale, Raffaele. Se Pivani non ha
elementi a sufficienza, corre il rischio che diano ragione a
Falco. E tra questa gente, perdere significa sparire nel nulla. Non lo corre, il rischio: è troppo furbo.

Maione sospirò. Dal taschino tirò fuori l'orologio e sobbalzò.

– Uh, mamma mia, commissa', io devo rientrare in ufficio
perché ci sta il cambio del turno. Altrimenti quell'imbecille
di Garzo chissà che deduce, dalla mia assenza. Permettete?

– Certo, vai. Io il turno l'ho finito, torno a casa. Se hai
qualche ulteriore novità, mandami a chiamare.

Rimasto solo, Ricciardi cercò di raccogliere le idee. Il pensiero di Livia in manicomio gli dava un'angoscia indicibile. Gli sembrava di sentire risuonare nella testa di lei le urla di quel luogo, incessanti e terribili: come faceva Livia a non impazzire, sapendo di essere innocente? Perdipiú aspettandosi un intervento risolutivo da Roma che invece forse non sarebbe arrivato, visto che, a quanto pareva, nella capitale si avallava freddamente la versione della sua colpevolezza.

E come avrebbe fatto Ricciardi a perdonarsi di essere felice, mentre quella donna che gli era stata amica, e che l'aveva amato al di là di ogni ragione, pagava con la vita e con la follia l'essere rimasta in città per lui?

Non dimenticarti di noi, gli aveva detto la moglie la sera prima, in riva al mare. E lui aveva giurato. Mancava ormai poco per scoprire se il figlio che stava per nascere avrebbe ereditato la serenità di Enrica oppure la pazzia di Ricciardi. Ricordò che un giorno sua madre l'aveva portato, ancora piccino, in una fattoria abbandonata; lí aveva visto, con gli occhi dell'anima, una bambina sgozzata, vicina a un'altalena, e tutta la sua famiglia sterminata da una banda di briganti. Nella memoria del commissario era piantata l'espressione straziata di Marta, nel momento in cui aveva compreso che anche lui vedeva. Ricciardi avrebbe dovuto fare lo stesso con il figlio?

Alla fine si era convinto che il segnale sarebbe venuto dagli occhi. Se avesse preso quelli neri, profondi e sereni di Enrica, il bambino sarebbe stato sano. E se invece avesse avuto i vitrei occhi verdi colmi di dolore che Ricciardi aveva ricevuto dalla madre, la sua sorte sarebbe stata segnata.

Mentre risaliva via Toledo con la mente in rovello, il commissario si ritrovò davanti il cane del dottor Modo, che precedeva di pochi passi il suo sodale.

– Ah, Ricciardi. Speravo proprio di incontrarti. Sono passato da casa tua e ho visitato Enrica: tutto a posto, credo ci voglia ancora un po'. Quindi le ho detto che per stasera le sottraggo il maritino. Ho un posto in cui portarti.

– No, Bruno, ti prego, è stata una giornata dura. Abbiamo finalmente qualche elemento di cui ti parlerò, ma non adesso. Prima voglio cercare di bloccare almeno per qualche altro giorno la situazione di Livia, attraverso Pivani. Sono certo che possa intervenire presso i suoi superiori, se non altro per avanzare qualche dubbio e...

Il dottore scrollò il capo. Al commissario parve provato e molto stanco.

– Nessun dubbio, Ricciardi. Non c'è nessun dubbio. Al contrario, tutto è molto chiaro, ed è per questo che devi venire con me in quel posto. Dài, andiamo: lungo la strada mi aggiornerai su questi nuovi elementi.

Il commissario gli raccontò di Nelide, di Bambinella e delle notizie che avevano raccolto, mentre il medico non aveva voluto anticipare nulla del luogo verso cui stavano dirigendosi. Mezz'ora dopo erano sulla spiaggetta dove Modo aveva incontrato il pescatore che abitava nella casetta di tufo. Il mare urlava, sollevato dal maestrale, schiaffeggiando gli scogli e spruzzando alte colonne di spuma.

Ricciardi fissò interrogativo Bruno, che gli indicò una specie di promontorio. Solo giungendo nelle immediate vicinanze si notava l'apertura naturale che consentiva l'accesso a una piazzola, e di lí a una porta.

Fu allora che Ricciardi capí dove si trovavano, e perché. Lo vide con gli occhi dolenti della propria anima, ma non poté dirlo all'amico come non avrebbe potuto dirlo a nessun altro, se non a Enrica.

In ginocchio nel pietrisco, le mani legate dietro la schiena, evanescente ma nitido come fosse ancora lí, c'era l'immagine di Manfred Kaspar von Brauchitsch, maggiore della cavalleria germanica. La divisa era sporca e strappata. Sul volto era stampata un'espressione che coniugava orgoglio, paura e pena. I capelli, biondi e sottili, ondeggiavano in un vento che soffiava in una direzione incoerente, rispetto a quella del maestrale. Sulla tempia sinistra c'era il foro di un proiettile, dal quale sgorgava un rivolo scuro che scendeva lungo la guancia fino a imbrattare il colletto della camicia. La bocca serrata non faceva che ripetere, in tedesco: *madre, madre mia. Madre, madre mia. Madre, madre mia.*

Un angolo nascosto dell'anima di Ricciardi registrò, con inconsapevole sollievo, che l'ultimo pensiero nell'ultimo battito di cuore del soldato non era stato per Enrica.

Modo nel frattempo si era avviato alla casupola, lasciando indietro il commissario. Bussò alla porta, mentre il cane andò ad accucciarsi nei pressi dell'apertura fra le rocce, come a montare la guardia.

Salvatore venne ad aprire, quasi li aspettasse. Raggiunse l'interno, invitandoli muto a seguirlo. Li fece accomodare a un tavolo di legno grezzo, prese una bottiglia e versò del vino.

Salvatore bevve a sorsi lenti. Modo tracannò d'un fiato. Ricciardi non toccò il bicchiere.

Poi il pescatore si alzò. Andò alla finestra dalla quale si vedevano chiaramente la spiaggia e il pezzo di strada che ci arrivava.

Trasse un respiro e cominciò a parlare.

XLI.

Io qua ci sono nato. E pure mio padre, e mio nonno. Non lo so nemmeno quand'è stato che uno della mia famiglia ha scavato queste due *stanzulelle* nel tufo, per non allontanarsi dalla barca.

Perché non è il mare, sapete. È la barca. È quel pezzo di legno la vita di un pescatore, quelle reti, la lampara. È con quella che si vive, sempre a pulire, a lisciare, ad annodare, a riparare. Il mare no. Il mare è nemico. Al mare devi togliere, se vuoi campare, e il mare da te si difende, come oggi, vedete, che fa la voce grossa. Quand'è cosí bisogna aspettare che finisce, che si calma. E se dura troppo, non si mangia.

Voi, dotto', ve la ricordate a Carmela mia. L'ho incontrata che eravamo due bambini, io accompagnavo mio padre al mercato, lei vendeva la frutta con la madre. Vi è mai capitato? Uno sguardo, solo uno sguardo. E non esiste piú nessuno.

La vita è strana, dotto'. Io, se devo raccontare come sono passati tutti quegli anni di vita insieme, fino alla malattia di Carmela, non ve lo so dire. Eppure sono state giornate tutte uguali, qua dentro, in due *stanzulelle*, che a vederle con gli occhi di un altro, per esempio i vostri, sembrano pure una prigione scura, con l'apertura solo da un lato, senz'aria. Ma se mi chiedete che cos'è il paradiso, allora io vi rispondo: le sere d'estate seduto qua fuori su due sedie sgangherate, con Carmela mia.

A vivere cosí, uno se lo dimentica che fuori ci sta un mondo. Mi dovete credere, dotto': io, se non dovessi andare al mercato a vendere il pesce e a comprare quelle due cose che non posso pigliare dal mare, manco mi muoverei da qui. Non vi capisco, a voi là fuori. Vi vedo correre, strillare, agitarvi e non vi capisco. Manco mi interessa, a dire la verità. A Carmela mia glielo chiedevo, certe volte: Carme', ma tu volessi uscire? Quella mi guardava... Vi ricordate, dotto', com'era quando guardava, no? Mi guardava e diceva: ne', Salvato', e perché? Per andare dove? E a fare che? Allora ci mettevamo a ridere e ce ne stavamo a casa.

Voi siete della polizia, no? Me l'ha detto il dottore. E vi avrà pure detto che io parlo poco, che non sono uno che ci piace di stare in mezzo alla gente. E allora starete pensando: alla faccia di uno che parla poco. Ma io ci devo arrivare piano, a quello che vi devo dire. Perciò un poco di pazienza, scusatemi. Non vi faccio perdere assai tempo.

Io e il dottore ci siamo conosciuti quando si è ammalata Carmela. L'avevo portata in un altro ospedale, qua vicino. Mi dissero che teneva pochi giorni. E allora sono stato da un altro medico che mi avevano detto che faceva i miracoli, e quello per guardarla mi ha chiesto tanto, io mi sono venduto tutto quello che tenevo, che me ne fotteva a me, gli ho detto: dotto', fate quello che potete. Niente. Si è pigliato i soldi, poi ha detto la stessa cosa che mi avevano detto all'ospedale: portatevela a casa, ché non si può fare niente. Niente.

Allora, nemmeno lo so il perché, l'ho portata ai Pellegrini. Piú per disperazione che per speranza. E là ho conosciuto il dottore, qua. Che mi ha detto pure lui di portarmela a casa, ma che è venuto tutti i giorni e me l'ha restituita quasi per un anno. Ci pensate?

Mo' uno potrebbe dire: e allora? È morta lo stesso. E un anno, nemmeno intero, che cos'è? Però credetemi, voi che siete venuto col dottore, un anno se sai che è l'ultimo non è come gli altri. Ogni mattina che Carmela apriva gli occhi e mi sorrideva, come sorrideva lei a me quando mi vedeva, era un regalo meraviglioso. Quel tempo che il dottore mi ha regalato è stato il piú bello di tutta la vita mia.

Poi però Carmela se n'è andata lo stesso, no? Se n'è andata lo stesso. Dolce dolce, come il dottore aveva detto il giorno prima, nel sonno. Semplicemente la mattina non si è svegliata. E basta.

Da quel momento il mondo mio è diventato piccolo. Non ve lo so spiegare meglio. Si è svuotato, la gente fuori ci sta o non ci sta è la stessa cosa.

Ci vado ancora, al mercato. E al dottore sono rimasto legato, gli porto il pesce da parte di Carmela, io lo so che lei è contenta. Un gesto piccolo, come il mondo mio.

Sulla spiaggia, qua fuori, ogni tanto ci viene qualcuno. Non lo sanno in molti che esiste, e nessuno vede queste due *stanzulelle* scavate nel tufo. Ci vengono i ragazzi a fare l'amore, e se poi si lasciano tornano da soli e si siedono a guardare il mare. Si possono leggere i pensieri a uno a uno, a vederli da questa finestrella che chissà chi ha aperto nel fianco della montagna, approfittando della pietra tenera. Ma quando il dolore dell'amore finito passa, non ci vengono piú.

La notte di sabato si è girata a libeccio. Io forse nemmeno mi alzavo, se non era per il vento. Se vivi qua il vento divide la vita, i giorni del vento diventano i giorni tuoi. Il libeccio non porta niente di buono. Basta che guardate oggi il mare, per capire quello che dice il libeccio quando arriva. Prima si gira a ponente, poi viene il maestrale. Il libeccio non porta niente di buono.

Mi sono affacciato da qua. Si vede la spiaggia, di notte, perché arriva la luce del lampione della strada. Sono scesi in tre, tenevano a uno legato. Urlava, si sentiva che era tedesco; lo so perché come voi, dotto', ho fatto la guerra e quella parlata la conosco bene. C'era uno coi capelli grigi, il tedesco lo chiamava Falco e lo insultava. Quello stava muto, dopo l'ha fatto mettere in ginocchio e l'ha picchiato, per farlo stare zitto, credo. Alla fine ha preso una pistola dalla tasca e gli ha sparato in testa.

È durato tutto poco, forse due minuti. Poi lo hanno ripreso e se ne sono tornati, ho sentito la macchina che ripartiva.

Io non mi sono mosso. Perché il mondo vostro, di voi che correte e strillate e vi ammazzate, non è il mondo mio. E io mi voglio fare i fatti miei.

Non lo so come il dottore ha capito che è successo tutto qua: la ghiaia, cosí ha detto. Io non gli ho voluto dire quello che avevo visto, forse perché non mi piaceva che non avevo fatto niente per difendere quel povero cristo, e magari se non era tedesco come i nemici in guerra qualcosa mi veniva pure di farlo.

Io al dottore devo molto. A quello ho pensato, quando mi ha detto di non portargli piú il pesce. Ho pensato che quella cassetta di pesce che gli porto il venerdí è l'unica cosa che mi lega al mondo di fuori. E ho pensato ai sorrisi di Carmela appena sveglia che il dottore mi ha regalato. Ho fatto il conto: sono quasi trecento, sapete? Quasi trecento.

Allora sono andato e ho detto: venite, dotto'.

Io sono pronto.

XLII.

Ricciardi si recò all'indirizzo che gli aveva indicato Pivani. Era tutto come gli era stato preannunciato: una donna anziana dal viso impenetrabile se ne stava seduta fuori della guardiola, su una consunta sedia impagliata. Si faceva aria con un ventaglio mezzo rotto.

Il commissario si avvicinò e le diede il proprio biglietto da visita. La donna lo intascò senza nemmeno guardarlo. Trascorsero diversi istanti senza che nessuno dei due dicesse una parola. La vecchia non smetteva di sventolarsi. Ricciardi allora girò le spalle e se ne andò.

Pivani gli aveva detto che sarebbe stata sua cura rintracciarlo, ovunque si fosse trovato. Era inquietante, a pensarci. Ma al commissario interessava solo sottrarre al piú presto Livia dall'incubo che stava vivendo. Se non era già troppo tardi.

Sedette su una panchina, nei pressi del Palazzo Reale. Gli venne fame. Comprò una pizza da un friggitore ambulante. La colonna di fumo che si sollevava dal pentolone e l'odore che ne effluiva erano di per sé una promessa. Aveva appena finito di mangiare, quando partí un colpo di clacson dalla berlina nera che aveva accostato.

Stavolta alla guida c'era un altro uomo, con un passeggero al fianco. Pivani stava sul sedile posteriore. Fece segno a Ricciardi di accomodarsi accanto a lui, poi mormorò all'autista una destinazione che il commissario non comprese.

La vettura si immise nel variegato traffico di tram, carretti, carrozze e automobili.

– Immagino ci siano novità, commissario, altrimenti la vostra chiamata non avrebbe senso. Ditemi pure.

Ricciardi rivolse un'occhiata agli altri occupanti della berlina. Ottenuto da Pivani un cenno di approvazione, raccontò del fruttivendolo reclutato per liberarsi della cameriera; e di Odette, la prostituta della Torretta, che aveva assistito al dialogo tra i due romani e lo sfregiato. Pivani assunse un'aria beffarda, mentre il giovane seduto dal lato del passeggero si voltò verso di lui, mostrando di essere arrossito fino alle orecchie.

Il commissario parlò infine della spiaggetta e del pescatore senza omettere alcun dettaglio, intanto che la macchina si inerpicava in direzione del Vomero.

– Il fatto che mi riferiate queste cose, commissario, sottintende che non c'è bisogno di ulteriori verifiche. E che i soggetti coinvolti sono disposti a testimoniare. È cosí?

Ricciardi pensò a Tanino, che artigliava la spalla del giovane fruttaiuolo; a Bambinella in veletta e guanti, che farneticava di una prostituta che magari nemmeno esisteva; a Salvatore, a cui la solitudine aveva forse fatto perdere la testa.

E pensò a Livia, che sarebbe potuta impazzire in manicomio, in mezzo a tutte quelle urla.

Fissò dunque Pivani, risoluto.

– Certo. Nessun dubbio. Tutto verificato, tutti disposti a testimoniare.

Sulla faccia di Pivani comparve una vena di trionfo.

Procedettero in silenzio ancora per un po'. La berlina si arrestò su un piazzale polveroso. Dall'alto della collina, l'intera città appariva vestita di luci.

L'autista rimase al posto di guida, l'altro scese invece con Pivani e Ricciardi. Solo ora che lo vedeva all'impiedi il commissario rilevò il fisico muscoloso del giovane: palesava una forza trattenuta che metteva paura.

Pivani impartí ordini sul da farsi.

– Pedicino, attivati subito: per prima cosa avverti Roma secondo i codici forniti; di' al capo che piú tardi mi farò vivo io stesso per dargli conferma. Poi vai a prendere la signora, vedrai che il dottore ne sarà ben felice. Infine, preleva chi sai tu. Io ho qualcosa da chiarire col commissario: fra un quarto d'ora, manda una macchina al piazzale.

Pedicino batté i tacchi e corse via. Pivani fece un cenno a Ricciardi e si avviarono verso una scalinata, una delle tante che punteggiavano le colline collegandole al centro. Erano rampe diritte o curvilinee; alcune molto frequentate, altre in disuso e logorate dal tempo.

Quella su cui si incamminarono Pivani e Ricciardi era fra le meno note, divenute obsolete per via della funicolare che impiegava pochi minuti a raggiungere le vie principali e grazie alla quale il quartiere nuovo si stava popolando in fretta. Le erbacce fra le crepe dei gradini rendevano difficile procedere, l'illuminazione era scarsa e aleggiava un greve tanfo di escrementi; ma la vista era magnifica. Il tappeto di luci lasciava intravedere, pur nell'oscurità, la sagoma della montagna e la distesa del mare battuto dal vento.

Pivani si fermò a metà di una rampa e raggiunse una rientranza. Lí si apriva una sorta di belvedere, invaso dalla vegetazione spontanea e invisibile sia dalla scalinata sia dal piazzale.

Ricciardi capí all'istante. Seduto sul muretto di contenimento, le gambe penzoloni nel vuoto, vide il cadavere di un bell'uomo vestito di bianco, i baffetti curati sul viso bruno, in mano un rasoio e la gola aperta da un lobo all'altro. Il sangue gli cadeva sul torace, imbrattando di un nero uniforme la camicia in batista, la cravatta a farfalla, il panciotto, la catena d'oro dell'orologio.

Il commissario sapeva chi era. Per averlo interrogato da vivo almeno due volte, e per averlo visto festoso in abiti sgargianti al funerale della matrigna, della cui uccisione era sospettato. Era Ettore Musso di Camparino, l'uomo che aveva una relazione segreta con Pivani.

Inconsapevole di ciò che Ricciardi poteva vedere, Pivani gli aprí il proprio cuore.

– L'ha fatto qui, sapete? Ettore è venuto fin qui ad ammazzarsi perché era qui che ci rifugiavamo. Per poterci guardare come ci guardavamo noi, sperando di rimanere celati al mondo. Perché un amore come il nostro non ha diritti. Ettore è venuto fin qui per dirmi addio.

La voce, piatta, non tradiva emozioni. Identica a quella con cui, pochi minuti prima, aveva chiesto conto a Ricciardi delle testimonianze raccolte.

– Mi avete domandato il perché, ricordate? Perché invece di lasciare le cose come stanno, facendo credere che Livia sia colpevole e il tedesco la spia che era, io mi sia messo a vostra disposizione per dimostrare il contrario. Be', il motivo stava proprio là –. Pivani indicò un punto e prese una lunga pausa prima di continuare. – Falco è un bastardo ambizioso. Per la carriera non si fermerebbe davanti a niente e a nessuno. Ignoro come abbia appreso di me e di Ettore; forse per puro caso. Avrebbe potuto usare l'informazione per ricattarmi; ma lui voleva il mio posto, quindi si è mosso per denunciare la sua scoperta. L'avessi saputo prima io, l'avrei fatto eliminare senza problemi; ma l'ha saputo prima Ettore.

Ricciardi sentiva un mormorio salire dal buio dov'era l'immagine del morto, ma non cessava di prestare attenzione al racconto di Pivani.

– Mi ha detto: partiamo. Andiamocene. Tu hai tutto il potere per farlo, per mettere a posto le cose. Andiamo in America, in Argentina, dove gli uomini sono liberi, dove

non si ha paura di essere sé stessi. Andiamocene subito. Tu
e io siamo la cosa piú importante, l'unica che conta.

– E voi che gli avete risposto?

– Che non volevo darla vinta a quel figlio di puttana di
Falco. Che avrei risolto tutto, di avere un po' di pazienza.
Che comunque non ci avrebbero consentito di andar via. Che
sono un uomo sposato, anche se il mio è un matrimonio di
facciata. Che se la sarebbero presa con i miei genitori. Lui
se ne è andato senza dire niente. Sparito. Lo hanno trovato
i miei uomini, morto da due giorni.

Ricciardi fissava il vuoto.

– Non abbiamo ricevuto nessun rapporto, al riguardo.

Pivani rise, amaro.

– Non li ricevete mai, questi rapporti. La gente risulta in
visita a parenti lontani, in viaggio d'affari, in qualche ospedale. Quando invece è scomparsa nel nulla.

Ricciardi udí la voce del cadavere ripetere: *Vigliacco, sei
solo un vigliacco, maledetto vigliacco, vigliacco, sei solo un
vigliacco, maledetto vigliacco*.

Pivani si fece sognante.

– Mi piace credere che il suo ultimo pensiero sia stato
per me. Un pensiero d'amore, fatto di quelle parole bel-
lissime che lui, che era un poeta, era abituato a pronun-
ciare –. Si voltò verso Ricciardi. Negli occhi gli saettava
una furia cieca. – Io volevo Falco. Mi capite adesso? Volevo Falco. Avrei potuto fermarlo prima che uccidesse il
tedesco, che mettesse la vostra Livia nei guai. Conoscevo i
suoi piani alla lettera. Ho fatto in modo che operasse tranquillo, all'interno delle falle che consapevolmente non ho
arginato. Volevo che si sentisse sicuro, che si tradisse. Ho
parlato con Roma e ho avallato il loro intervento in suo
aiuto, purché riferissero costantemente al sottoscritto. Lo
volevo. Io volevo la sua testa.

Il commissario fissava le luci della città, nelle orecchie il mormorio del vento e quello del morto. *Vigliacco, sei solo un vigliacco, maledetto vigliacco.*

– Confidavo in voi, Ricciardi, nella vostra capacità. E ho fatto bene. Altrimenti avrei dovuto muovermi io, ammettendo cosí gli errori compiuti. Ma non ce n'è stato bisogno –. Allungò una mano nel buio, come per salutare qualcuno. Poi mormorò: – Grazie, commissario. Molte grazie.

Si incamminò verso il piazzale, dove una macchina attendeva coi fari accesi.

XLIII.

La stanza non aveva finestre. L'aria sapeva di polvere, carta e fumo ristagnato. Cataste di giornali erano addossate alle pareti. L'arredamento era costituito da un tavolo e due sedie, una di fronte all'altra.

Sotto la luce fioca di una lampadina che pendeva al centro del soffitto, un uomo aspettava seduto. Le mani sul tavolo, gli occhi persi nel nulla. Capelli grigi, giacca di buona fattura, cravatta. Un segno rosso sul collo, come un graffio, e un velo di barba tradivano le sue ultime traversie.

La porta si aprí. Dei tre uomini che entrarono, il piú giovane, Pedicino, restò vicino all'ingresso; il secondo, Pivani, rimase in piedi fuori del cono di luce della lampadina. Il terzo, un signore corpulento di mezza età che si asciugava la testa calva, sedette di fronte all'uomo dai capelli grigi. Parlò, sbrigativo.

– Allora, Falco... Non ho tempo da perdere, né ho voglia di girare troppo attorno alle cose. Fa un caldo feroce e devo rientrare subito a Roma. Voi avete coinvolto sfere molto alte, ben al di là della vostra influenza, per impiantare questa assurda operazione. Vi spiace dirmene il motivo, per cortesia?

Nulla si mosse nell'uomo dai capelli grigi. A parte gli occhi, che vagavano incessanti per ogni angolo della stanza.

– Dottore, come sapete, sono stato destinato tempo fa alla protezione della signora Lucani Livia, vedova Vezzi. La

protezione era determinata, presumibilmente, dall'amicizia
della suddetta signora con...

Il pelato lo interruppe, agitando una mano nell'aria.

– Mettiamo subito in chiaro che qui nessuno può presu-
mere, tranne il sottoscritto. Quindi limitiamoci ai fatti. E
non cominciamo dalla preistoria, per favore! So benissimo
a che incarico eravate destinato, Falco; e conosco altrettanto bene la piega che ha preso quell'incarico, nello svolgere
il quale non avete brillato, diciamo cosí, per discrezione.

– Non mi era stato detto di restare nell'ombra, anzi. Il
compito prevedeva che la signora fosse consapevole, perché collaborasse e si sentisse protetta.

– Mmmh... consapevole. E ditemi, Falco, chi ha disposto che reclutaste la Vezzi? Perché a un certo punto l'avete
coinvolta nella sorveglianza del maggiore Von Brauchitsch.
Ora, io ho cercato a fondo nelle veline dei rapporti e, salvo
errore, non ho reperito nessuna direttiva in tal senso. Mi
volete spiegare?

Falco lanciò un'occhiata a Pivani, che lo fissava glaciale
come un rettile.

– Mi era stato ordinato, parallelamente al controllo della
Vezzi, di attendere all'attività del tedesco, sospettato, cosa
poi rivelatasi corretta, di spionaggio. È stato ovvio, per me,
collegare le due situazioni per facilitare la...

Il pelato batté una manata sul tavolo. Il gesto fu inatteso
e molto violento. Tutti i presenti sobbalzarono, quasi che
qualcuno avesse sparato nella stanza.

– Ovvio? Ovvio, dite? E ditemi, quand'è che vi è stato
assegnato questo potere? Quand'è che vi è stata conferita
autonomia per collegare due incarichi diversi, con altissimo
rischio per la sicurezza nazionale?

La voce era un rombo, il viso una maschera di rabbia.
Falco abbassò il capo, muto.

Il pelato proseguí.

– Non avete tenuto conto delle gerarchie, il che è di una gravità inaudita! Il vostro superiore diretto, qui presente, asserisce di non essere stato messo al corrente di ciò che avete architettato. Parlate, adesso!

Falco non represse uno sguardo di odio verso Pivani, che continuava a fissarlo impassibile.

– Mi hanno spinto due motivazioni, dottore. La prima è che il nostro lavoro, come voi stesso sostenete, è fortemente favorito dallo spirito d'iniziativa. Io non ho fatto che sfruttare la conoscenza di Livia… della signora Vezzi con Von Brauchitsch per incrementare la sorveglianza di quella spia tedesca. La circostanza è stata piú che utile, come dimostrano i rapporti dell'ultimo anno: indicano chiaramente l'attività spionistica del soggetto, svolta sotto la copertura di addetto culturale del consolato germanico.

Il pelato reagí aspro.

– Non sono sicuro che la conoscenza della Vezzi con il tedesco sia precedente alla vostra illuminazione, Falco. Ma andate avanti.

Falco fu incoraggiato da quell'apertura.

– Ciò mi ha portato, in un secondo tempo, a relazionarvi che Von Brauchitsch riferiva a Schulz, notoriamente uomo di Röhm. Quando è scattata l'Operazione Colibrí, tra le indicazioni che avevamo ricevuto c'era anche quella di capire chi tra i sorvegliati facesse capo alle SA e chi al cancelliere Hitler. Ho pensato allora che, a Roma, ci fosse chi sarebbe stato lieto di offrire a Hitler una spia di Röhm sul territorio italiano.

Il pelato scoppiò in una risata che ai presenti fece piú impressione della precedente manata sul tavolo.

– Oh, ma qui abbiamo il nostro ministro degli Esteri! Chiedo scusa umilmente, signor ministro! Avete determinato la politica internazionale del nostro paese, vi ringrazio per averci resi edotti di segreti cosí importanti. Adesso che farete, dichiarerete guerra alla Gran Bretagna o alla Francia? O pensate forse di invadere l'Austria?

Pedicino, alla porta, non trattenne una risatina. Pivani sollevò un angolo della bocca. Falco arrossí fino alla radice dei capelli, ma nessuno avrebbe saputo dire se si trattava di rabbia o di vergogna.

– Dottore, io sono fedele alla politica decisa dal nostro paese. Ho proposto l'operazione a voi e ho agito soltanto quando è stata approvata, col supporto dei vostri funzionari.

Il colpo basso inoculò nel pelato un'ira gelida.

– Sí, lo so. E infatti qualcuno sta rimpiangendo amaramente di aver seguito una fantasia. Il capitano Rossi, per esempio. Non ne sentirete parlare piú. Ma continua a non essermi chiara la ragione per la quale non vi siete mosso per via gerarchica. E ho il sospetto che la seconda motivazione riguardi appunto questo. Sbaglio?

A Falco non restava che giocarsi l'ultima carta.

– Non sbagliate, dottore. In effetti avrei dovuto muovermi attraverso il diretto superiore, il qui presente Pivani. E se posso parlarvi in privato, non avrò difficoltà a dirvi le ragioni per cui…

– Non abbiamo niente da dirci in privato, noi due. Io, sapete, rispetto le gerarchie. Se dovete comunicare con me, è solo per mia concessione e alla presenza di chi governa la struttura. Parlate, quindi. O tacete, se reputate sia meglio tacere.

Falco accusò il colpo, ma non poteva tornare indietro.

– Il dottor Pivani, signore, non è… Non è sereno. Nel corso di alcune indagini è emerso un suo rapporto di intimità con un consulente esterno, il dottor Ettore Musso di Camparino, esponente di un'altolocata famiglia della città e redattore di discorsi per importanti figure, tra cui lo stesso Duce.

Il pelato diede un'occhiata in tralice a Pivani.

– Che intendete per «rapporto di intimità», Falco? Erano amici, andavano insieme al bordello, o cosa?

Dentro o fuori, pensò Falco. Se mi crede, sono salvo. Dentro o fuori.

– No, dottore. Intendo dire che erano amanti. Che avevano un rapporto contronatura, da pederasti. Questo ha indotto il Musso a suicidarsi, una ventina di giorni fa, appena ha saputo che ne eravamo al corrente.

Il pelato annuí, grave.

– Sí, ero stato avvertito che avreste provato a seguire questa linea diffamatoria per la vostra difesa. E la cosa si è puntualmente verificata. Dunque, mi chiedo come mai questa circostanza sia venuta a vostra conoscenza; come mai non l'abbiate subito comunicata alla struttura, voi che siete cosí incline a scavalcare il vostro superiore, proprio quando la cosa riguardava il vostro superiore stesso; se possiate fornire delle prove di questo rapporto contronatura; se abbiate redatto un rapporto e a chi lo abbiate consegnato, secondo il vostro preciso dovere. Se il Musso abbia lasciato un biglietto, o una lettera nella quale spieghi le motivazioni del suo gesto. Se di gesto poi si tratta: a quanto mi è stato riferito, il Musso è stato rinvenuto sgozzato, che non è, ne converrete, una tipologia usuale di suicidio. Insomma, Falco, la vostra versione fa acqua da tutte le parti. Invece...

Fece un gesto verso Pivani, senza guardarlo. Quello, allora, disse piatto:

– La verità, dottore, è che Falco si è innamorato. Che quest'uomo integerrimo, cosí attento alle sorti della nazione e della famiglia del Duce da smuovere mezza Italia per una piccola spia che non aveva mai scoperto niente, e la cui attività era costantemente controllata dalla nostra struttura, è rimasto coinvolto dalla signora Vezzi. Che è una donna splendida, fatto che ogni uomo come voi e come me, che non abbia alcun istinto omosessuale, non ha problemi a rilevare. Le prove del corteggiamento di Falco alla Lucani Vezzi sono facilmente reperibili, giacché la suddetta signora è viva e vegeta. E per fortuna anche libera, visto che qualche ora fa l'abbiamo riportata a casa. Abbiamo anche la testimonianza di Manfredi, sottufficiale assegnato a Falco, attualmente in corso di interrogatorio a Roma in merito a questa brutta faccenda.

Il pelato continuava ad asciugarsi la testa.

– Andate avanti, Pivani. La storia si fa interessante.

– La Lucani Vezzi aveva una relazione proprio con il maggiore Von Brauchitsch, tra le braccia del quale l'aveva spinta Falco medesimo per poterlo sorvegliare meglio. Avete intuito bene, dottore: i due non si conoscevano affatto, prima che Falco li mettesse in contatto. La cosa però è andata avanti, e Falco è rimasto accecato dalla gelosia. L'invenzione della rilevanza del maggiore e del suo inesistente rapporto con le SA non è stata che un modo per vendicarsi di entrambi.

Falco si morse il labbro.

– È una calunnia! Non avete prove per dimostrare che...

Pivani proseguí imperterrito, quasi che nessuno avesse parlato.

– Essendo a noi noto tutto ciò, come potrete verificare dal rapporto riservato inoltrato alla vostra attenzione dieci giorni fa, è evidente che Falco non potesse far capo a me per l'operazione. Ed è grave che abbia disposto un contatto diretto con chi non poteva sapere di questa situazione incresciosa. Per quanto riguarda il Musso di Camparino, era una persona instabile e fragilissima. Un povero pazzo. Sarà stato ucciso da uno dei tanti malintenzionati che frequentava di notte.

Falco lo apostrofò, sprezzante:

– Anche davanti alla morte del tuo amante ti comporti da vigliacco, dannato frocio.

Pivani non reagí. Il pelato si alzò. Nelle sue pupille brillava una scintilla di disprezzo.

– Mi pare tutto molto chiaro, Falco. Verrete interrogato dai nostri esperti, a Roma. Poi si determinerà cosa fare di voi, ma ve lo dico sin d'ora: io sarò tra quelli che dovranno giudicarvi, e sono convinto non ci sia posto per uno come voi nella nostra struttura. Né altrove, a dire il vero. Be', ho perso fin troppo tempo. Me ne torno a Roma. Questa città è un inferno, davvero.

Uscí. Pivani, intanto, non aveva staccato gli occhi da quelli rabbiosi di Falco.

– Pedicino, restituite al signor Falco la pistola d'ordinanza. Con un proiettile soltanto, per cortesia. Lasciatelo solo coi suoi pensieri, badando che nessuno entri. Sono certo che la sua conoscenza degli ambienti romani e delle loro metodologie, con le conseguenze che il dottore gli ha appena prefigurato, saranno per lui fonte di matura riflessione.

Uscí anche lui.

XLIV

Il giorno dopo, Ricciardi era nel suo ufficio, in questura.
Il verbale da completare gli giaceva davanti da piú di
un'ora. Troppi pensieri.

La gravidanza di Enrica era agli sgoccioli. Il commissario
aveva insistito perché la moglie andasse in ospedale, sotto
l'ala di Bruno che non era un ostetrico, ma era il solo di cui
si fidasse. Maria, la suocera, aveva risposto con aria di sufficienza che sia lei sia Susanna avevano partorito in casa e
cosí sarebbe stato anche per Enrica. Si era perciò imposta
affinché la figlia si trasferisse nella casa paterna, dove sarebbe stata sorvegliata con costanza.

Nelide si era messa di traverso. Alla fine aveva dovuto
cedere e si era trasferita anche lei dai Colombo, montando
la guardia alla baronessa di Malomonte alla quale attendeva senza delegare nulla.

La situazione agitava Ricciardi. Cosí come lo agitava la
possibile condanna collegata al colore degli occhi di suo figlio. Due frasi lo ossessionavano; quella della madre, che gli
domandava: *come hai potuto?* E quella di Enrica, che gli ripeteva: *non dimenticarti di noi*. Per qualche strano motivo, i
due concetti gli sembravano in contrasto.

Livia era stata liberata meno di mezz'ora dopo che il commissario aveva riferito a Pivani delle testimonianze reperi-
te. Non era stata quindi necessaria una verifica, e ciò aveva
confortato Ricciardi. Era evidente che Pivani non aveva at-

teso che l'occasione giusta, quella che avrebbe punito l'uomo colpevole di aver indotto alla morte il suo Ettore. Chissà come si sarebbe sentito, se Ricciardi gli avesse riportato l'ultimo pensiero dell'amato, cosí dolorosamente duro nei suoi riguardi. Ma non toccava al commissario rivelare quello che i morti dicevano alla sua anima: l'aveva imparato anni prima.

Cercò di concentrarsi sul lavoro, quando bussarono alla porta.

– Avanti.

Dovette ripeterlo, perché la voce in realtà non era venuta fuori. Al secondo tentativo, entrò Livia.

La mente di Ricciardi andò a quando l'aveva vista varcare la stessa soglia la prima volta, tre anni prima, all'indomani della tragica morte del marito. Era tutt'altra donna. E l'antica immagine causò al commissario una forte malinconia, connessa all'amaro retrogusto instillato dal senso di colpa.

Tanto la Livia di allora era piena di baldanza e di fascino, quanto l'attuale appariva avvilita, in fuga. Il viso era scavato e privo di trucco; le mani recavano i segni del tormento degli ultimi giorni. Si era lavata e vestita: ma non era stato sufficiente a restituirle lo smalto.

– Ciao, Ricciardi. Scusami il disturbo, a quest'ora tarda: avrai senz'altro da fare. Ma volevo... dovevo vederti, e dovevo vederti stasera.

Il commissario si era alzato. Cercava di nascondere la pena.

– Non sai, Livia, che gioia sia per me averti qui, invece. La tua condizione è stata un assillo costante. Vieni, siediti. Dimmi come ti senti.

La donna si abbandonò sulla sedia. Un animale spaventato, pronto a scappare alla minima minaccia.

– Non posso trattenermi molto. Mi dispiace. Ho deciso... ho pensato che mi conviene partire. Già domani mattina, all'alba.

– Vai a Roma? Non è meglio se rifletti un po', prima di tornare là?

Il commissario ignorava cosa sapesse Livia di quanto in realtà era accaduto. Non se la sentiva di dirle che gli appoggi che credeva di avere ne erano stati forse la causa principale.

– No, non vado a Roma. Non ci passerò nemmeno. Parte una nave, da qui, per il Sudamerica. Buenos Aires, dove ho amici veri. Ci ho cantato, mi vogliono bene.

– Capisco. Mi fa piacere che non torni a Roma, sai? Ho idea che il futuro non sia troppo roseo nemmeno là.

Livia rise, di una risata isterica.

– Grazie, caro. Apprezzo che tu non voglia causarmi ulteriori tristezze, ma ho parlato con il signore settentrionale che è venuto a... a prendermi dov'ero. Mi ha detto tutto. La conosco troppo a fondo, quella Signora. Sono consapevole di quale amica sia capace di essere, e pure di quale nemica possa diventare. Non so se sia stata lei ad attivare questa operazione, né se sia responsabile della morte del povero Manfred: ma la sola ipotesi che possa essere andata cosí mi spinge a mettere piú chilometri possibili fra me e la capitale.

– L'importante è che tu sia libera, Livia. L'idea di te in quel posto non mi dava pace. Se per te va bene l'Argentina, ne sono contento.

La donna lo fissò, assorta.

– Sai, non speravo che mi chiedessi di restare; e comunque, come puoi immaginare, non sarei rimasta. Ma è doloroso accettare l'idea che la mia partenza non ti causi il benché minimo dispiacere.

Il commissario sospirò.

– Sei ingiusta, Livia. Certo che mi dispiace. Credo di averti dimostrato proprio in questa circostanza quanto tu mi sia cara. È solo che la situazione per te si è fatta pericolosa, che stare qui, come anche a Roma, può essere un rischio grave e inutile.

Livia si sfiorò un sopracciglio.

– Complimenti per tutti questi gentili eufemismi! Puoi aggiungere che se sono sopravvissuta è stato un puro caso, e che certe fortune non capitano due volte –. Ridivenne seria. – Invece devo ringraziarti, Ricciardi. È per questo che sono qui. Ti sei fatto carico di me, di quello che mi accadeva, quando avresti potuto disinteressartene salvaguardando la tua incolumità e la tua famiglia. Pivani mi ha spiegato quanto sia stata fondamentale la tua azione.

Il commissario fece un breve inchino col capo.

Livia continuò.

– Sai, in quelle ore trascorse in manicomio, la cosa piú terribile erano le urla. I ricoverati non dicono niente. O almeno, non si capisce niente di quello che dicono. Però urlano. È atroce. Allora, per non impazzire anch'io, pensavo. E pensavo a te –. Le mancò la voce. Si fece forza e riprese: – Io ti amo. Ti amo per il dolore che porti, che non conosco ma che proverei a guarire con tutte le mie forze. Per la tua sincerità, che mai mi ha illuso che mi ami anche tu. Per la forza testarda che hai, nell'affrontare la vita e anche l'amore. Io ti amo. Ma ti odio, per le stesse ragioni. E soprattutto, so con chiarezza che non sei mio, che non sei mai stato mio al di là della breve illusione di un sogno d'autunno, che non sarai mai mio. Anche per questo ho deciso di andarmene.

– Mi addolora che tu mi odî, Livia. Non avrei voluto farti del male, e mi dispiace molto per il maggiore. Ognuno di noi ha un cuore e ci deve fare i conti, ogni giorno. Ti auguro di trovare la felicità: sei una donna meravigliosa, non meriti altro.

Sul volto segnato di Livia passò un'ombra.

– Uomini. Arnaldo, Manfred. Falco. Uomini passati. E nemmeno un piccolo rimpianto –. Sorrise, e per un attimo sembrò la Livia di un tempo. – Sai una cosa, Ricciardi? Hai ragione. Io me la merito, la felicità.

Fece per uscire.

Sulla soglia, girò il capo senza guardarlo.

– Chissà se ci rivedremo mai, Ricciardi. Chissà. La vita è strana.

E se ne andò.

XLV.

Alle 3,22 Nelide si tirò su di scatto, sulla brandina che
aveva sistemato accanto al letto nel quale Enrica dormiva da
ragazza e dove era tornata a coricarsi in previsione del parto.

Nessun motivo apparente giustificava quel risveglio improvviso. Era stanchissima, non c'era stato alcun rumore,
nulla si muoveva nella notte. Persino il vento aveva smesso di soffiare.

Senza un fruscio, si alzò e si affacciò. Scrutò oltre la luce
del lampione, verso la finestra del barone di Malomonte: si
intravedeva il bagliore di un lume. La luna aveva concluso il suo ciclo, salvo che per uno spicchio appena visibile.

L'eterna espressione accigliata di Nelide non mutò quando il petto della ragazza fu serrato da una morsa di inquietudine. Si voltò verso il letto in cui Enrica riposava, e udí
un lamento.

Nelide si avvicinò. Allungò una mano e sentí una chiazza bagnata allargarsi sul lenzuolo. Corse a chiamare Maria,
nell'altra stanza.

Si mise in moto la macchina che attendeva il momento
da giorni, e malgrado ciò, confusione e frenesia ebbero la
meglio. Maria svegliò l'intera famiglia; ingiunse a Giulio di
affrettarsi a far venire Anna, la levatrice che abitava a due
portoni dal loro ed era stata allertata quasi un mese prima,
con tanto di pressoché inutili visite bisettimanali per seguire il
decorso finale della gravidanza. Ai due ragazzini fu ordinato

di avvisare Ricciardi e di rimanere da lui in attesa di notizie: secondo l'uso, non potevano esserci maschi in giro mentre una donna portava a compimento il mistero della nascita.

I ruoli erano stati assegnati da tempo, ma pareva che nessuno fosse in grado di svolgere la propria funzione. Giulio inciampò in un laccio mal stretto e cadde rovinosamente nell'ingresso. Luigino e Stefano si accapigliarono per chi dovesse uscire per primo dalla porta: la sorella Francesca fu costretta a intervenire per dirimere la questione. Intanto Susanna si trasferiva da una vicina con il piccolo Corrado.

Maria e Nelide, invece, trovarono un miracoloso accordo finalizzato al benessere di Enrica. La giovane mise sul fuoco due pentoloni d'acqua, mentre la madre provvide alla pulizia del letto e alla disinfezione scrupolosa della stanza, con annessa rimozione di oggetti ipoteticamente polverosi ma in realtà immacolati. Sapevano entrambe che l'infezione era il pericolo maggiore.

La levatrice giunse subito, quasi aspettasse la chiamata già vestita e in piedi sulla soglia. Giulio, smarrito e scarmigliato, che alle spalle di Anna tentava di capire cosa succedesse all'interno, fu cacciato via da un urlaccio e si collocò triste sul pianerottolo con il genero Marco, pronto almeno a intervenire in caso di necessità.

L'arrivo di Anna produsse l'immediata riconfigurazione della catena di comando. Quella donna minuscola, dai capelli grigi e gli occhi azzurri, a oltre sessant'anni vantava al suo attivo migliaia di neonati felicemente venuti al mondo. Quando Ricciardi aveva comunicato a Bruno che avevano scelto lei, il medico aveva approvato senza remore.

Enrica pareva piú frastornata che dolorante. Sudava copiosamente, ma era riuscita a inforcare gli occhiali per rendersi conto di ciò che le accadeva intorno. Fra sé, continuava a rassicurare la bambina, pensando al terrore che doveva provare in prossimità di un simile cambiamento. In un romanzo che aveva letto da ragazza si parlava della paura di nascere, che è poi il motivo per cui il primo atto è il pianto. Il ricordo le era salito alla mente proprio allora, e seguitava perciò a mormorare: non temere, amore mio, non ti preoccupare, la tua mamma è qui e tra poco ti terrà fra le braccia. Non temere.

Avrebbe voluto che il marito fosse con lei, ma i rigidi protocolli familiari non prevedevano, per l'occasione, nemmeno la sua presenza nell'appartamento, figurarsi tenerle la mano come Enrica desiderava.

Ricciardi, intanto, nonostante le ferree indicazioni riferite dai due piccoli cognati, era schizzato dalla poltrona nella quale sonnecchiava e ora faceva compagnia a Giulio sul pianerottolo. La concitazione aveva contagiato l'intero condominio, e davanti a casa Colombo si era radunata una piccola folla di vicini in vestaglia e canottiera. Enrica era nata e cresciuta nel palazzo, la sua dolcezza e la sua discrezione la rendevano molto amata. Quella nascita riguardava un po' tutti.

Il commissario viveva una sensazione sconosciuta e terribile. Si crogiolava nell'attesa degli ultimi istanti che lo separavano dal conoscere il figlio, e però avrebbe voluto tornare indietro nel tempo, per chiudere la finestra della propria camera un attimo prima di affacciarsi e vedere quella strana ragazza che ricamava con la mano mancina. Si sentiva colpevole della sofferenza alla quale Enrica stava andando incontro, e anche impreparato a un ruolo di padre che – adesso se ne era convinto – non sarebbe stato in grado di svolgere.

Come hai potuto, gli disse la voce della madre.

La levatrice procedeva sicura, guidata dalla professionalità e dall'esperienza. Non un gesto era improvvisato, non un'azione priva di scopo. Nelide, piantata come una statua alle sue spalle, ne preveniva le necessità porgendo panni caldi e acqua bollente.

Il dolore del travaglio si era fatto forte. Enrica era pallidissima, soffriva e si mordeva il labbro, determinata a non urlare: Luigi Alfredo era a pochi metri e non voleva spaventarlo. La madre le asciugava la fronte, sussurrandole tenere parole di consolazione.

Nelide pensava alla luna calante, e a quello che le aveva detto Rosa. Lo stesso destino mio, *piccere'*. Lo stesso destino mio. Fosse stata lí, le avrebbe chiesto: quale destino, 'a zi'? Ma Rosa non c'era.

Anna armeggiava tra le gambe di Enrica, coperte da un lenzuolo. Muoveva le mani con lo sguardo puntato su un angolo della stanza in cui non c'era niente da guardare. I boccoli grigi che fuoriuscivano dalla cuffia erano madidi di sudore, come il viso incupito. Di tanto in tanto Nelide, con un panno, le tergeva il volto. Anna dava brevi, secchi ordini alla partoriente. Respira. Aspetta. Respira. Cerca di non spingere, non ancora. Le dava del tu, imperativa. In quella stanza e in quel frangente, era il capo assoluto.

Andò avanti cosí per piú di un'ora. La tensione stava facendo impazzire Ricciardi e Giulio, ma l'uno cercava comunque di tranquillizzare l'altro. Entrambi erano immersi nella bolgia dei vicini di casa che fornivano acqua fresca, surrogato, addirittura biscotti. Sembrava una festa di paese.

Nelide fu la prima ad accorgersi che qualcosa non andava. La levatrice aveva perso baldanza, continuava a trafficare mormorando parole incomprensibili. La ragazza non le toglieva gli occhi dalla faccia, cercando di carpirne qualche emozione. Quando la donna scosse il capo, il cuore della giovane cilentana saltò un battito.

Come se Enrica non fosse presente, Anna disse a Maria: dobbiamo andare in ospedale. Ora.

Maria sbiancò. Nelide si precipitò sul pianerottolo e cercò Ricciardi nella folla: ospedale, baro'. Subito.

Dopo un quarto d'ora giunse un'auto pubblica. Giulio e Ricciardi portarono Enrica a braccia, in cortile. Gli occhi di marito e moglie restarono incatenati. Amore, amore mio, disse lei. Amore mio, disse lui.

In automobile con Enrica andarono Maria, Anna e Nelide. La madre aveva esitato a consentire la presenza di quest'ultima, ma un'occhiata della ragazza le aveva fatto capire che la cosa non era nemmeno in discussione.

Il commissario mandò Luigino, il maggiore dei fratelli di Enrica, ad avvertire Bruno Modo, poi insieme al suocero corse verso l'ospedale dei Pellegrini. Tale era la paura, che i due arrivarono quasi contemporaneamente alla vettura. Enrica sparí all'interno con le tre donne, senza che il padre e il marito facessero in tempo a vederla sulla barella.

Il dottore si materializzò in un baleno, seguito dal cane che si accucciò nel cortile. Non scambiò che due parole con l'amico, di cui percepí l'enorme terrore. Tranquillo, disse. Tranquillo. Si infilò il camice, entrò.

E il tempo si divise in due. Di là dalla grande porta laccata di bianco regnava frenesia professionale; di qua, invece, la notte estendeva le ultime ore sino a farle divenire mesi, se non anni. Giulio pregava, camminando avanti e indietro. Ricciardi fissava il vuoto, gli occhi verdi spalancati su un presente e su un futuro incomprensibili, e sul peso intollerabile del passato.

Arrivò Bianca, ancora in abito da sera. Era stata avvertita dal proprio autista, amico della custode del palazzo di Enrica. Rivolse un sorriso teso a Ricciardi e oltrepassò la grande porta per correre dalla sua giovane amica, che stava sostenendo una prova che a lei era stata negata.

Avvisato dal poliziotto del drappello ospedaliero, spuntò anche Maione, la giacca della divisa sbottonata e la cravatta slacciata, il volto che era il ritratto della preoccupazione. Riferí dell'affetto di Lucia, pronta ad accorrere per ogni necessità, e si mise come un'ombra al fianco del suo commissario. Apriva e serrava i pugni, come a cercare qualcosa da stringere, da rompere, da risolvere. Un avversario da sconfiggere, semplicemente. Ma non c'erano avversari. Non in quella sala d'aspetto.

Oltre la grande porta, però, tutto andava bene. L'errato posizionamento del bambino, che aveva allarmato Anna cosí tanto da farla decidere per l'immediato ricovero in ospedale, sembrava risolto. Enrica, squarciata da un dolore che non aveva nemmeno immaginato di poter provare, era esausta: ma la voce pacata di Modo, che operava veloce e sereno insieme ad Anna, le diceva che non sarebbe durata ancora molto.

Flebile, chiese al dottore di andare a rassicurare il marito. Lo sai com'è, Bruno, disse in un intervallo delle terribili contrazioni. Non dice niente, ma starà impazzendo. Il dottore, i capelli candidi attaccati alla fronte sudata, le sorrise. Sí, lo so com'è. Ma facciamogliela prendere, un po' di paura. È sempre cosí flemmatico. Poi, finché non ti vedo in piedi sulle tue gambe, io di qui non mi muovo.

Nelide se ne stava addossata alla parete, sostituita da un'infermiera nella somministrazione di acqua e panni caldi. Inespressiva, le braccia lungo i fianchi, assisteva inerme alla lotta delle abili mani di Anna e di Modo contro la luna calante. Che peccato, diceva Rosa nella mente di Nelide. Lo stesso destino mio.

Bianca stava con Maria: vigili entrambe, tese entrambe. In piedi ai lati di Enrica, le tenevano le mani; ne accoglievano le strette, ne accarezzavano il dorso, pronunciando parole di conforto. Enrica pensò: forza, amore mio. Forza. Non aver paura. Non averne mai.

Un lungo gemito e un'ultima forte spinta, e il corpicino uscí all'aria.

Bruno e Anna si scambiarono un cenno d'intesa. Ci fu un rumore di forbici, e dopo un silenzio infinito, un verso alieno che sembrò l'imitazione breve del gemito della stessa Enrica.

Femmina, mormorò Nelide senza guardare. Femmina, disse Anna con tono neutro. Bianca si staccò da Enrica per vedere la bambina, e cosí fece Maria. Enrica, stravolta, sorrise al soffitto.

Dotto'… Dotto', vi prego…

Lo disse Nelide, forse cinque secondi dopo. In tono basso, quasi inudibile. Nessuno mai aveva sentito un tale tono provenire da quella bocca dura e senza età, abituata a sputare parole simili a pietre. Adesso aveva parlato come una bambina straziata dal dolore, sconvolta dalla paura.

Modo voltò le spalle alla neonata e alle donne che le stavano attorno, quasi l'avesse colpito una scudisciata. I suoi occhi seguirono quelli della ragazza e andarono verso il lettino di Enrica, le gambe aperte e sollevate dai due sostegni per il parto.

Fuori, urlò. Fuori tutte, subito! Fuori!

L'infermiera raccolse l'attonito gruppo spingendolo all'esterno da una porta laterale. Nelide si divincolò, rifiutando di muoversi; nel suo sguardo la donna lesse la determinazione a uccidere e si dedicò alle altre: Anna con la neonata in braccio, Maria, Bianca.

No, no, no, no, ripeteva Bruno armeggiando con ferri, pinze e garze in mezzo alle gambe di Enrica. La giovane andava impallidendo di secondo in secondo, le palpebre semichiuse dietro le lenti appannate.

262 MAURIZIO DE GIOVANNI

Nelide la fissava, scolpita nella pietra. Si avvicinò. Lo stesso destino, zi' Ro'. Lo stesso.

Quando fu a pochi centimetri dal viso di Enrica, disse piano perché il dottore, concentrato sull'emorragia, non sentisse: io, barone'. Ci sto io. Sempre. Giura, disse Enrica muovendo solo le labbra. Giura. Nelide annuí. Giuro, disse. Una lacrima, una sola, le scorse sulla guancia.

Si girò, e andò nella stanza dove stava la neonata. Non l'avrebbe lasciata mai piú, per tutta la vita.

Enrica avrebbe voluto dire a Bruno di smettere. Non avvertiva dolore, non provava niente se non un'immensa stanchezza. Brandelli di immagini le volavano leggeri nella testa: Bianca, la madre, i fratellini, Giulio. La spiaggia dell'isola, e i bambini con le teste rasate che correvano nell'acqua. La pioggia che rigava le finestre, l'odore delle mandorle tostate.

Intravide le pupille verdi di Ricciardi attraverso la pioggia, e il pensiero per un momento la riportò indietro verso la vita. Il sangue, pensò. Se è sangue, allora lui mi vedrà. Mi vedrà.

E a occhi chiusi scrisse una lettera d'amore.

Il dottore non ebbe bisogno di parole. Non ebbe bisogno di parole il camice, intriso di sangue. Non ebbe bisogno di parole il volto, che era una maschera di sofferenza.

Maione si mosse subito verso Ricciardi e gli mise una mano attorno alle spalle. Il commissario lo guardò attonito, come non comprendendo la ragione di quel gesto. Giulio si lasciò cadere su una panca, pensando di voler morire in quell'istante.

Ricciardi si liberò dalla stretta del brigadiere e si fiondò nella stanza da cui era uscito il dottore. Sul letto, addormentata nel suo stesso sangue, la donna che aveva amato piú della propria vita, piú del cielo, piú del mare. La donna che aveva fatto fiorire la pietra che era il suo cuore, per poi frantumarlo in schegge minuscole e aguzze. Davvero mi hai fatto questo? Davvero hai voluto farmi questo, amore mio?

Accanto al lettino, in piedi sul limitare dell'ombra, mentre l'alba si faceva strada dalla finestra, l'immagine di Enrica gli sorrideva soave e tenue, una piccola cascata nera dal ventre, una mano lievemente tesa davanti, gli occhi liquidi di tenerezza dietro le lenti.

Non dimenticarti di noi, amore mio. Non dimenticarti di noi.

Non lo so fare, pensò la mente folle di Ricciardi. Io non ci posso riuscire da solo, non lo capisci? Non posso riuscirci, da solo.

Non dimenticarti di noi, rispose Enrica.

Alle sue spalle, la voce sommessa di Bianca: eccola qui, Ricciardi. Non vuoi vedere la tua bambina?

Gli occhi, pensò lui. Gli occhi, amore mio. Neri, e vivrà la tua dolcissima vita. Verdi, e avrà il mio terribile destino.

Non dimenticarti di noi, gli disse ancora una volta Enrica.

Ricciardi trattenne il fiato, e si girò verso sua figlia.

L'alba ricevette il primo pianto.

Ringraziamenti.

Quattordici anni. Tanti, pochi: non lo so. E non lo sa Ricciardi, per il quale gli anni sono stati poco piú di tre.

Ha tanta gente da ringraziare, Ricciardi. Troppa, per poter ricordare tutti. Ma gli occhi dolci e allegri, intelligenti e sensibili di Severino Cesari e Gigi Guidotti vengono prima di ogni altro ricordo, incisi a fuoco nel nostro cuore per sempre.

Stefania Negro, Giulio Di Mizio, Roberto de Giovanni, Antonio Formicola sono stati presenti dall'inizio alla fine. Indispensabili.

La squadra di Einaudi, il lavoro puntuale e sollecito di altissime professionalità.

Claire Sabatié-Garat e Marco Vigevani, mai piú senza di loro.

Anna Paone e Flavio Scuotto, un abbraccio speciale.

Colei senza la quale tutto questo non sarebbe accaduto, il supporto e il costante sostegno: Paola.

E all'autore, alla fine del cammino, lasciate il dolore di non riuscire a cambiare la storia che vede. E consentitegli di mandare, sulla punta delle dita, un tenero bacio a due donne meravigliose: Rosa e il suo burbero amore, e gli occhi neri dietro le lenti della mia piccola Enrica.

Nota.

Le strofe alle pp. 71-74 sono tratte dalla canzone *Tutta pe' mme* (1930), versi di Francesco Fiore, musica di Gaetano Lama. Per gentile concessione della casa editrice «La Canzonetta», Napoli.

La strofa a p. 184 è tratta dalla canzone *'E ccerase* (1888), versi di Salvatore Di Giacomo, musica di Vincenzo Valente.

Questo libro è stampato su carta contenente fibre certificate FSC®
e con fibre provenienti da altre fonti controllate.

Stampato per conto della Casa editrice Einaudi
presso ELCOGRAF S.p.A. - Stabilimento di Cles (Tn)
nel mese di giugno 2019

C.L. 23137

Edizione   Anno

1   2   3   4   5   6   7   2019   2020   2021   2022